Jim,
le gentleman

MIMI
MATTHEWS

Jim, le gentleman

Traduit de l'anglais (États-Unis)
par Anne Busnel

J'AI LU

J'AI LU
POUR elle

Si vous souhaitez être informée en avant-première de nos parutions et tout savoir sur vos auteures préférées, retrouvez-nous ici :

www.jailu.com

Abonnez-vous à notre newsletter et rejoignez-nous sur Facebook !

Titre original
GENTLEMAN JIM

Éditeur original
Perfectly Proper Press
Edited by Deborah Nemeth

Pour ma mère, qui m'a donné le sens de l'équité.

« Toute la sagesse humaine sera dans ces deux mots : attendre et espérer ! »

Alexandre DUMAS,
Le Comte de Monte-Cristo

Prologue

Beasley Park, Somerset, Angleterre, printemps 1807

Meurtri et ensanglanté, Nicholas Seaton était assis sur le sol jonché de paille, les jambes repliées contre la poitrine, le front posé sur les genoux.

Il n'avait aucune chance de s'échapper du box. La porte était verrouillée et les cloisons en bois, épaisses et solides, étaient conçues pour résister aux ruades des étalons les plus fougueux du squire Honeywell.

Nicholas avait épuisé ce qui lui restait de forces à donner des coups d'épaule contre les planches. Il n'y avait gagné qu'écorchures et ecchymoses supplémentaires.

Puis il s'était mis à tourner dans le box comme un lion en cage, les poings serrés, en maudissant la petite noblesse de campagne et l'aristocratie tout entière.

— Tu seras pendu, Seaton ! avait lancé Frederick Burton-Smythe après l'avoir fait entrer dans le box sous la menace de sa cravache.

Oui, il serait pendu. C'était inéluctable. Nicholas se souvenait que, deux ans plus tôt, un jeune homme de son âge avait été conduit à la potence pour avoir volé deux poules dans le poulailler de sir Roderick Burton-Smythe, le père de Fred. Si on pendait quelqu'un pour un menu larcin, celui qui avait dérobé trois bijoux de famille inestimables à Mlle Margaret Honeywell méritait sûrement d'être écartelé !

Et peu importe que Nicholas ne soit pas coupable. Il pouvait bien clamer son innocence, personne ne l'écouterait. Il n'était qu'un vulgaire garçon d'écurie. Un domestique de basse extraction. Et, pire, un bâtard. Le fils illégitime de Jenny Seaton qui travaillait dans les cuisines du squire Honeywell.

Jenny la Luronne, comme on l'appelait, était arrivée à Beasley Park dix-huit ans plus tôt, enceinte jusqu'aux yeux et à demi morte de faim. Auparavant, elle avait vendu ses charmes dans une taverne malfamée de Market Barrow qui était le repaire de Gentleman Jim, le célèbre bandit de grand chemin.

— La mère est une catin et le père une crapule, répétait à qui voulait l'entendre Mme Applewhite, la femme du pasteur. Si avec ça Nicholas Seaton n'est pas de la graine de vaurien !

Non, personne ne croirait à son innocence. Surtout si c'était Frederick Burton-Smythe qui l'accusait de vol.

Nicholas et Fred étaient ennemis jurés depuis toujours, mais ces dernières années, leur antagonisme naturel s'était mué en haine farouche. Et bien sûr, Maggie Honeywell était au cœur de l'affaire.

À la pensée de la jeune fille, sa poitrine se serra. Elle était sa meilleure amie, la seule personne au monde en qui il ait confiance. Il l'aimait de toute son âme.

Depuis des années, ils étaient liés par un serment. Enfants, ils s'étaient entaillé la main à l'aide d'un canif et avaient mélangé leur sang en se jurant qu'ils seraient toujours là l'un pour l'autre. Mais Nicholas n'avait pas besoin de ce rituel pour se sentir connecté à Maggie Honeywell. Elle était la prunelle de ses yeux.

Les années passant, elle était devenue une magnifique jeune fille qui faisait la fierté de son père et qui, malheureusement, avait aussi envoûté Fred Burton-Smythe.

Sir Roderick et le squire Honeywell s'étaient entendus depuis longtemps pour que leurs enfants se marient le moment venu, afin de réunir Beasley Park et Letchford Hall, le domaine limitrophe. Aucun papier officiel n'avait été signé – du moins, à la connaissance de Nicholas –, mais cela n'empêchait pas Fred de se comporter comme si Maggie lui appartenait.

Aussi avait-il vu rouge quand, un peu plus tôt ce jour-là, il était tombé sur Nicholas et Maggie qui dansaient dans la clairière en riant comme des fous.

Maggie n'avait rien fait pour amadouer Fred. Elle avait réagi avec son impudence coutumière, voire l'avait provoqué. Élevée par son père comme le fils qu'il n'avait pas eu, elle était un vrai garçon manqué qui montait à cheval, tirait au pistolet et chassait le renard bien mieux que la plupart des jeunes gens du comté.

Ses colères étaient légendaires. De son père au caractère sanguin, elle avait appris que la majorité des problèmes se réglaient souvent par un chapelet de jurons et quelques menaces retentissantes.

— Je m'entraîne à danser avec Nicholas, avait-elle déclaré d'un air de défi. Et si vous n'êtes pas content, Fred... allez vous faire voir ailleurs !

C'est à cet instant que Nicholas avait scellé son destin.

Il avait éclaté de rire.

En temps ordinaire, Fred lui aurait sauté dessus pour lui casser la figure. Et Maggie se serait interposée, comme toujours, criant à Fred qu'il était indigne de s'en prendre à quelqu'un qui ne pouvait pas répliquer.

Non que cela ait jamais dissuadé Fred par le passé.

En l'absence de Maggie, Fred ne se gênait pas pour calotter Nicholas, lui claquer les oreilles, le jeter par terre d'une bourrade ou lui cingler le dos de sa cravache.

Nicholas était plus grand et large d'épaules, mais mince et léger, tandis que Fred était râblé et musculeux comme un bouledogue. Dans un combat à la loyale, Nicholas aurait certainement triomphé de son rival, mais... un domestique ne frappait pas le fils d'un baronnet.

— Maître Fred est de sang noble, Nick, lui disait Jenny chaque fois qu'elle le voyait revenir avec une lèvre fendue ou un œil au beurre noir. Tu ne dois pas le provoquer.

Mais cette fois, il n'y avait pas eu de provocation.

La mine hautaine, dans une imitation plutôt bonne de sir Roderick, Fred avait reproché à Maggie de se commettre avec les domestiques et de se conduire elle-même comme une fille de ferme.

— J'en informerai votre tante Daphné, avait-il prévenu. Et quand votre père rentrera de Londres, j'aurai une bonne conversation avec lui sur le sujet.

Puis il avait tourné les talons dans ses souliers vernis et s'était éloigné, s'arrêtant à l'orée de la clairière pour jeter un regard meurtrier à Nicholas.

Une heure plus tard, alors qu'ils paressaient sur la rive herbeuse du ruisseau qui traversait Beasley Park, Maggie fulminait toujours.

— Comment ose-t-il me menacer ? Il est jaloux, ce babouin ! Ah, il veut parler à mon père ? Comme si papa allait prendre son parti contre moi !

— Mais ta tante l'écoutera, avait objecté Nicholas, inquiet.

Daphné Honeywell était la belle-sœur du squire. Veuve, elle était venue vivre à Beasley Park deux ans plus tôt et s'était donné pour mission de transformer Maggie en jeune fille du monde. Nicholas détestait cette femme. À cause d'elle, Maggie avait dû se mettre aux travaux d'aiguille et aux leçons de danse. On lui farcissait la tête avec les règles de l'étiquette. Elle ne portait plus de pantalon, ne montait plus à califourchon et ne se mettait plus en sous-vêtements pour se baigner dans le lac.

À présent, elle portait de jolies robes confectionnées dans des tissus si fragiles que Nicholas avait peur de les toucher. Son épaisse crinière d'un brun chatoyant, qui naguère cascadait en désordre sur ses épaules, était désormais coiffée en boucles sages maintenues par des rubans. Même sa carnation avait changé. Préservé des rayons du soleil par les ombrelles et les capotes, son visage avait perdu son hâle doré, remplacé par un teint de porcelaine.

Deux ans, ce n'était rien du tout, et pourtant il y avait un monde entre la Margaret de quatorze ans et la Margaret de seize ans.

De plus en plus souvent, Nicholas se surprenait à éprouver un curieux pincement au cœur quand il regardait son amie de toujours. Il n'avait jamais aimé être séparé d'elle mais aujourd'hui, quand elle s'absentait, il sombrait dans une morosité proche de la mélancolie.

Et ce n'était pas le pire.

Il rêvait d'elle, aussi.

Des rêves très réalistes, qui auraient fait honte à un homme honorable.

— Mlle Margaret n'est pas pour toi, lui disait Jenny chaque fois qu'elle le surprenait à rêvasser. Elle épousera maître Fred ou un autre gentleman. Et tu n'y peux strictement rien.

Nicholas n'en croyait pas un mot. Maggie et lui étaient des âmes sœurs. Et pourtant, alors qu'il assistait à sa lente transformation, il était parfois frappé d'un terrible accès de tristesse en songeant qu'un jour prochain, très bientôt, Margaret Honeywell ferait son entrée dans la haute société et qu'il la perdrait peut-être pour toujours.

— Nous n'allons pas arrêter les leçons de danse parce que ça déplaît à Fred et à tante Daphné, tempêtait Maggie au bord du ruisseau. Je t'ai toujours enseigné ce qu'on m'a appris, pas vrai ? Tu sais lire et écrire, je ne vois pas pourquoi tu ne saurais pas danser.

Nicholas s'était tourné vers elle en prenant appui sur son coude.

À mi-voix, il avait objecté :

— Tu avais sept ans quand tu m'as appris l'alphabet. Et cela ne supposait pas de contact physique.

— Et alors ? Pourquoi ne pourrions-nous pas nous toucher ?

Il s'était contenté de hausser les sourcils.

Maggie avait ri.

— Quelle hypocrisie ! Si on m'avait surprise en train de danser avec Fred, personne n'aurait rien dit. Et pourtant, tu te conduis bien mieux que lui.

— Que veux-tu dire ? s'était-il alarmé.

— Tu sais bien. Il me serre de près, et il est toujours en train de reluquer mes seins.

Une bouffée de jalousie rageuse avait envahi Nicholas, lui donnant envie de casser la figure à Fred ou à tout autre garçon qui oserait la regarder.

— Si jamais il a le culot de…

— Tu ne fais jamais ça, toi. Je veux dire… quand nous dansons.

— Ça… quoi ?

— Reluquer mes seins.

Une note de reproche perçait dans sa voix.

Nicholas avait senti ses joues s'échauffer. Il était resté coi quelques secondes, puis avait esquissé un sourire canaille :

— Quels seins ?

À son tour, Maggie s'était empourprée. À seize ans, sa silhouette s'arrondissait de jolies courbes et promettait d'être aussi sublime que celle de sa défunte mère, jadis surnommée « l'Aphrodite du Somerset ».

— Évidemment, tu n'as rien remarqué. Tu es bien trop occupé à conter fleurette à Cornelia Peabody, avait râlé Maggie.

— *Quoi ?*

— C'est Jenny qui me l'a dit.

— Pff… Ma mère voudrait que j'épouse l'une des filles du boulanger. Le vieux Peabody lui a promis une ristourne sur les brioches si je le débarrassais de Cornelia ou de sa sœur. Sauf que je vois mal comment je pourrais entretenir une femme en gagnant moins de cinq livres par an !

— Ce n'est pas impossible, avait objecté Maggie.

— Pas impossible, non.

Il avait feint de réfléchir à la question, avant de reprendre :

— J'imagine que Mlle Peabody pourrait trouver un travail. Ton père l'embaucherait peut-être pour récurer les pots de chambre ?

Il avait poursuivi, sans pouvoir s'empêcher de sourire :

— Évidemment il faudra la loger, mais je suis sûr qu'elle ne verra pas d'inconvénient à dormir avec moi au-dessus des écuries. Cornelia Peabody est exactement le genre de fille qui rêve de fonder une famille dans une remise infestée de rats.

Maggie ne s'était pas laissé distraire par ses taquineries :

— Ce n'est pas vrai, alors ?

Il avait soupiré.

— Bon sang, Maggie, qu'est-ce que je ferais avec Cornelia Peabody ?

— Elle est très jolie.

Nicholas avait coupé une fleur bleue dans l'herbe et s'était mis à jouer avec la tige. C'était un myosotis, cette petite fleur tenace qui envahissait le domaine chaque printemps, de la couleur exacte des iris de Maggie.

— Il y a beaucoup de jolies filles au village. Et après ?

— Cornelia est avenante et bien élevée. Ce sont des vertus qui comptent, même si elle n'est que la fille d'un boulanger.

Il lui avait chatouillé le visage avec la fleur, faisant glisser les doux pétales sur l'arête de son nez, sur l'arc tendre de ses lèvres roses et sur l'adorable fossette qui ornait son menton.

— Tu veux dire qu'elle au moins ne traite pas les gens de « babouins » ?

Maggie lui avait confisqué la fleur.

— Oui, ça je suis sûre que ce n'est pas son genre !

— Eh bien, elle a tort. Tout le monde sait que je préfère les mégères à fort tempérament, avait rétorqué Nicholas en se rallongeant tranquillement sur le dos.

— Mon Dieu, que de compliments ! Je crois que je vais défaillir.

Nicholas n'avait pas réussi à réprimer le sourire benêt qui s'inscrivait sur ses lèvres. Il avait ouvert la main, paume vers le ciel, dans une invite silencieuse. Presque aussitôt, il avait senti Maggie y glisser la sienne.

— Tu pourras t'échapper ce soir, après le dîner ? avait-elle demandé à mi-voix.

— Non. J'ai pris du retard sur mes corvées. Il va falloir que je trime, si je veux avoir le temps de te rejoindre demain.

Maggie avait entrelacé ses doigts aux siens.

— À demain, alors.

— Oui, à demain, avait-il répété.

Demain...

Nicholas ferma les yeux pour ne plus voir l'obscurité oppressante qui régnait dans le box. Sa gorge le brûlait, tant il retenait les larmes de rage qui ne demandaient qu'à jaillir.

Il n'y aurait pas de lendemain.

Plus jamais il ne reverrait Maggie Honeywell.

Dans moins d'une heure, Fred reviendrait avec le juge de paix. Et Nicholas serait jeté en prison.

Nul doute que Fred ferait en sorte que les choses aillent vite. La famille Burton-Smythe avait beaucoup d'influence dans le sud-ouest de l'Angleterre. Le jugement serait expéditif. Il n'y aurait pas de grâce de dernière minute.

Quand le pendrait-on ? Dans une semaine ? Dix jours ?

Désespéré, il cacha son visage dans ses mains.

Puis un craquement transperça le silence de la nuit.

Il bondit sur ses pieds, recula d'instinct pour s'écarter de la porte.

Un autre craquement retentit.

Fred était de retour.

Nicholas prêta l'oreille, ignorant son cœur qui battait à tout rompre et sa chemise trempée de sueur qui lui collait au dos. D'ici quelques secondes, la porte s'ouvrirait et on l'arrêterait…

Allait-il se débattre jusqu'à son dernier souffle ? Ou suivrait-il docilement le juge, tel un agneau qu'on mène à l'abattoir ?

Il serra les poings.

Quelqu'un cogna doucement contre le panneau de bois, et une voix fébrile chuchota :

— Nicholas ?

Il se figea, incrédule.

— *Maggie ?*

Le loquet métallique grinça et la porte s'ouvrit sur la silhouette de la jeune fille. La plus belle vision du monde.

Emmitouflée dans un manteau de laine rouge, elle tenait une lanterne qui illuminait son pâle visage à l'expression farouche.

Il franchit la distance qui les séparait.

À son approche, elle posa vivement la lanterne par terre, puis se jeta à son cou.

Nicholas l'étreignit à la briser.

Lorsque enfin il la relâcha, elle s'écarta juste assez pour pouvoir saisir entre ses mains son visage meurtri. Inquiète, elle fit glisser ses doigts sur ses épaules et son torse, en quête d'autres blessures. Nicholas lui emprisonna les mains pour l'empêcher de les glisser sous sa chemise déchirée. À sa grande honte, il sentit des larmes lui brûler les yeux. Personne, pas même sa mère, n'avait fait preuve envers lui d'une telle tendresse et d'une telle sollicitude.

— Comment m'as-tu trouvé ?

— Mme Applewhite, la femme du pasteur… Je t'ai dit qu'elle venait dîner ce soir, tu t'en souviens ? Quand je suis montée me coucher, elle bavardait encore avec tante Daphné. Elles ont dû abuser du xérès, car je les entendais rire et papoter de ma chambre. Je me suis relevée, et j'ai entendu ma tante parler de ce qui s'était passé... avec Fred... et cette histoire de bijoux volés. Je me suis habillée et je suis venue aussi vite que j'ai pu.

— Je te jure que je ne t'ai rien pris, Maggie. C'est Fred qui a dû dérober tes bijoux pour les cacher dans ma chambre. Sinon, comment aurait-il su où chercher ? Il veut nous séparer une fois pour toutes. Je l'ai lu dans ses yeux quand il nous a surpris dans la clairière. Il veut que je sois pendu, ou déporté à vie, ou...

— Nous n'avons pas le temps, coupa Maggie. Je suis venue te libérer. Il faut que tu t'enfuies avant l'arrivée du juge.

Dans un élan, Nicholas saisit ses frêles épaules.

— Je n'ai rien volé. Il faut me croire, Maggie !

— Bien sûr que je te crois. Et si je pensais que cela servirait à quelque chose, je clamerais ton innocence devant tante Daphné et devant le juge. Mais ils ne m'écouteront pas, tu le sais comme moi. Ils diront que notre amitié m'aveugle, que je suis trop naïve pour percer à jour ta vraie nature, ou ce genre de bêtises. Et ils m'accuseront de salir l'honneur de Fred en doutant de sa parole de gentleman.

Nicholas la lâcha brusquement.

— Tu veux dire... la parole de ton futur mari ?

Les yeux de Maggie étincelèrent.

— Pourquoi reviens-tu toujours là-dessus ? Comme si j'avais envie d'épouser Frederick Burton-Smythe !

Nicholas souleva le col de sa chemise pour montrer la zébrure rougeâtre qui courait de la base de sa gorge à son pectoral.

— Regarde ce qu'il m'a fait ce soir. Crois-tu que ce soit l'œuvre d'un gentleman ?

— Oh, Seigneur... C'est Fred qui t'a fait *ça* ? s'exclama Maggie, les yeux écarquillés.

— Qui d'autre ?

— Mais... pourquoi ?

— Tu crois que je me suis gentiment laissé enfermer ici ? Il m'a extirpé de ma chambre après avoir mis la main sur les bijoux. Nous nous sommes battus dans l'escalier. J'aurais eu le dessus s'il n'avait pas utilisé sa cravache. J'aurais dû m'y attendre. Depuis le temps que je le connais...

Il se passa la main dans les cheveux avant de poursuivre :

— Mais je n'ai rien vu venir, bon sang ! Il m'a poussé dans le box et, avant que j'aie le temps de me remettre debout, il avait fermé la porte.

— Le lâche ! Le sale rat ! gronda Maggie, tremblant de fureur. Il va voir ce que ça fait d'être cinglé à la cravache ! Quand papa rentrera de Londres, je...

Elle s'interrompit et reprit :

— Miséricorde, je n'ai même pas le temps de soigner ta blessure. Tu dois partir, Nicholas. Il faut te cacher jusqu'au retour de mon père, la semaine prochaine. Alors nous irons lui parler ensemble et je lui expliquerai...

— Pourquoi reviendrais-je ? s'exclama Nicholas dans un accès de colère. Je déteste Beasley Park !

— Non, ne dis pas ça...

— Je hais cet endroit. Je hais sir Roderick et Fred. Je hais Mme Applewhite et ta tante Daphné. Je déteste travailler aux écuries et...

— Et moi ?

Une vive douleur lui cisailla la poitrine. Il répondit plus doucement :

— Tu sais ce que je ressens pour toi, Maggie. Mais tout le reste est un calvaire.

— Tu ne peux pas partir pour toujours. Il y a Jenny, il y a moi... Et ici, tu as un toit au-dessus de ta tête, tu peux gagner ta vie...

— En restant palefrenier dans les écuries de ton père ?

Il eut un rire plein d'amertume :

— Je ne deviendrai jamais un gentleman, si je reste ici. Tu auras beau m'apprendre la littérature, la musique, la danse... rien n'y fera. La noblesse méprise les bâtards et les roturiers. Ici, je ne serai jamais rien de plus qu'un domestique, et un jour... un jour, tu épouseras Fred Burton-Smythe et tu oublieras que j'ai existé.

— *Jamais !*

— Je ne veux pas être là quand ce jour viendra, Maggie. Je préfère la mort. Pour moi, il n'y a aucun avenir à Beasley Park. Tu ne comprends donc pas ?

— Mais... où iras-tu ?

— À Bristol. Vers la mer. J'irai retrouver mon père.

— Ton père ? répéta Maggie, éberluée. Tu veux dire... Gentleman Jim ?

— Jenny dit que la dernière fois qu'elle a eu de ses nouvelles, il était en route pour Bristol. Si je le rejoins, j'essaierai de le convaincre que je suis son fils. Il me permettra peut-être de rester auprès de lui, de l'accompagner dans ses voyages...

— Mais tu n'es même pas sûr que Gentleman Jim soit ton père ! Jenny n'a jamais clairement dit...

— Elle n'a pas nié non plus. Et tous les gens qui se souviennent de Gentleman Jim disent que je suis son portrait craché.

— Je sais, mais personne ne l'a vu depuis une éternité. Que feras-tu si tu ne le retrouves pas ?

— Je le retrouverai, assura Nicholas, farouche.

Les yeux de Maggie s'embuèrent de larmes. Elle tapa du pied.

— Oh, tu sais très bien que nous n'avons pas le temps de nous disputer ! Bon... d'accord. Si tu insistes pour partir, tu dois au moins emporter ceci...

Elle glissa la main dans la poche de son manteau et en retira une petite bourse.

— Est-ce que c'est ce que je crois ?

— Mon argent de poche et des petits cadeaux de papa. Un shilling par-ci, une guinée par-là. Cela finit par faire une jolie somme. Je comptais te donner quelques pièces pour te permettre de tenir jusqu'au retour de papa, mais étant donné les circonstances, il vaut mieux que tu prennes tout.

Nicholas recula d'un pas.

— Non ! C'est une vraie fortune.

— Tant mieux. Comme ça, je ne m'angoisserai pas en me demandant si tu n'es pas mort de faim ou de froid sur la route.

Elle lui colla la bourse contre la poitrine :

— Prends-la. Et prends aussi Miss Belle. Va jusqu'au carrefour de la grand-route et libère-la. Elle retrouvera son chemin toute seule jusqu'à Beasley Park.

Nicholas referma lentement les mains sur la bourse. Il eut du mal à déglutir.

— Maggie Honeywell... tu es un ange.

Les larmes coulèrent sur les joues de la jeune fille. Elle les essuya d'un revers de main.

— C'est la dernière fois... que nous nous voyons, balbutia-t-elle.

Nicholas s'approcha et lui prit le menton, comme il en avait l'habitude depuis qu'elle était petite. Mais cette fois, son geste n'avait rien de taquin. Il ne la pinça pas gentiment, comme l'aurait fait un frère.

Non. Il fit basculer doucement sa tête en arrière pour la forcer à soutenir son regard. Du pouce, il chassa une larme sur sa joue et, avant que Maggie puisse deviner son intention, il se pencha pour l'embrasser sur la bouche.

Ce fut bref, et pas très romantique puisqu'elle était en larmes, mais c'était leur premier vrai baiser. Jamais un frère n'aurait embrassé sa sœur ainsi.

— Attends-moi, Maggie. Je vais retrouver Gentleman Jim et je vais faire fortune. Puis je reviendrai te chercher.

Il soutint son regard pendant ce qui parut une éternité, avant d'ajouter :

— Peu importe le temps que cela prendra... je reviendrai te chercher. Je te le promets.

1

Londres, Angleterre, printemps 1817

Margaret Honeywell se laissa tomber sur la banquette en velours de la voiture et ferma les yeux.

La veille, elle avait passé la nuit dans une auberge bien peu accueillante. L'aubergiste les avait reléguées, elle et sa femme de chambre Bessie, dans une chambre minuscule au-dessus des écuries. La cheminée fumait, le matelas était tout bosselé et le loquet sur la porte mal vissé. Entre le tapage nocturne, l'inconfort et la peur d'être assassinée dans son lit, Maggie avait à peine fermé l'œil de la nuit.

Bessie drapa une couverture sur les genoux de sa maîtresse, la coinça soigneusement sous ses jambes. Puis elle dénoua les rubans de sa capote.

— Reposez-vous un peu, mademoiselle. Et n'hésitez pas à vous assoupir. Il y a deux bonnes heures de route avant d'arriver chez lord et lady Trumble. N'ayez pas peur, je vous réveillerai pour que vous ayez le temps de reprendre vos esprits.

— Mais toi aussi, tu dois te reposer, Bessie, protesta Maggie sans ouvrir les yeux. Tu n'as pas mieux dormi que moi la nuit dernière.

— Ne vous tracassez pas pour moi. Une petite sieste de dix minutes, et je serai fraîche comme un gardon, assura Bessie en installant son volumineux postérieur sur la banquette d'en face.

Le roulement régulier de la voiture aida Magie à s'endormir. Lorsqu'elle s'éveilla, ils avaient atteint la banlieue de Londres.

Bessie s'assit près de Maggie et entreprit de la recoiffer, arrangeant ses boucles brunes à l'aide de quelques épingles.

— Pincez-vous les joues, ordonna-t-elle de cette voix péremptoire qu'elle utilisait pour dire à Maggie de boire un tonique vitaminé ou avaler une cuillerée de confiture censée la requinquer. Vous n'avez peut-être plus besoin d'une infirmière, mais je veille encore sur vous et je ne veux pas que vous perdiez votre éclat.

Maggie obéit docilement, mais quand Bessie voulut tirer sur les plis de sa jupe pour les défroisser, elle lui donna une tape sur la main.

— Ça suffit, Bessie. Tu me rends nerveuse à bourdonner autour de moi comme une abeille. Laisse-moi tranquille pour le moment. Jane se moque bien de ma coiffure et de ma robe.

Sans se démonter, Bessie attrapa la capote de Maggie pour la dépoussiérer.

— Mlle Trumble s'en moque peut-être, mais sa caméristе ne sera pas aussi indulgente. Et si elle vous trouve négligée, elle m'en tiendra pour responsable, soyez-en sûre. C'est une jalouse, voilà la vérité. Même si vous n'êtes pas fille de baron, elle donnerait son bras droit pour être à ma place et vous servir. Oh, je ne dis pas que Mlle Trumble n'est pas gentille. À dire vrai, elle est bien plus gentille que vous, mais enfin, on ne peut pas dire que ce soit une beauté.

— Voyons ! Dans la haute société, Jane est considérée comme une très jolie femme.

Bessie renifla.

— Un gentleman a-t-il déjà comparé son teint à la crème du Devonshire ? Ou ses yeux à deux saphirs indiens ? Ça m'étonnerait.

— Ce serait stupide, étant donné que Jane a les yeux bruns.

— Et tous ces messieurs qui se sont extasiés quand vous avez fait vos débuts dans le monde ? Qui vous appelaient « la Vénus de poche » ? Personne ne dira ça de Mlle Trumble, même si Jenkins la couvre de fanfreluches et de falbalas.

— Évidemment. Jane est très grande.

— Une vraie perche, acquiesça Bessie sans méchanceté.

— On m'a peut-être appelée la Vénus de poche en début de saison, mais ensuite on m'a trouvé un surnom moins flatteur.

— Fichaises. Ça n'empêche pas Jenkins d'être jalouse comme une teigne.

La camériste posa la capote sur la tête de Maggie et, pendant qu'elle lui nouait une pimpante rosette sur la joue, Maggie détourna les yeux vers la fenêtre.

Quatre ans s'étaient écoulés depuis son dernier séjour à Londres. Elle avait eu l'intention d'entreprendre le voyage au printemps dernier, mais elle venait à peine d'abandonner ses habits de grand deuil, un an après la mort de son père, lorsque tante Daphné était tombée un matin le nez dans son porridge, raide morte. Et Maggie avait dû ressortir de l'armoire ses robes en crêpe noir, tout en sachant que c'était la dernière fois puisqu'elle était désormais seule au monde.

— Brûle-moi tout ça, je n'en aurai plus besoin, avait-elle dit à Bessie au terme de cette nouvelle période de deuil, qui heureusement n'avait duré que six mois.

Pour se rendre chez Jane à Londres, elle avait enfilé une robe de voyage bleu marine. Naguère, celle-ci accentuait les rondeurs de sa poitrine et la finesse de sa taille. Mais Maggie avait beaucoup maigri, à cause de la méchante grippe qu'elle avait contractée et de l'isolement social qui avait suivi. Aujourd'hui, elle flottait dedans.

Le miroir ne mentait pas. Elle n'était plus qu'une pâle copie de la Vénus dont on célébrait autrefois la beauté.

— Vous allez voir du monde et vous nourrir correctement, et vous verrez : en un rien de temps, vous serez aussi vaillante que du vivant de votre papa, affirma Bessie. Même si vous êtes un peu maigrichonne, vous êtes toujours la plus jolie débutante que j'aie jamais vue.

Maggie ravala un sourire sarcastique. À vingt-six ans, elle ne pouvait plus vraiment être considérée comme une débutante. À dire vrai, elle était même en passe de devenir vieille fille.

Elle avait pourtant eu son lot de prétendants.

Durant sa première saison, elle avait reçu six demandes en mariage formelles, dont une de la part d'un comte ruiné qui lorgnait la fortune du squire Honeywell pour remplir les caisses de son domaine ancestral.

Elle les avait toutes refusées.

Et si elle avait voix au chapitre, elle continuerait.

Elles arrivèrent peu après chez lord et lady Trumble, qui habitaient Green Street. Jane les attendait sur le perron, un châle indien multicolore drapé sur ses minces épaules.

Comme un valet aidait Maggie à descendre de voiture, Jane accourut pour l'accueillir, les mains tendues.

— Ma chère amie ! Cela fait si longtemps. Comment s'est passé le voyage ? Es-tu fatiguée ?

Elle embrassa Magie sur les deux joues et la serra dans ses bras, avant de l'entraîner dans la maison.

— Tante Harriet s'est endormie dans sa chambre, sinon elle serait venue t'accueillir. Elle va nous servir de chaperon. Autrement, papa n'aurait jamais accepté que je séjourne à Londres. Mais ne va pas croire qu'elle nous empêchera de nous amuser. C'est une véritable antiquité ! Elle s'endort dès qu'elle s'assoit quelque part et elle n'entend rien sans son cornet. Nous aurons l'impression d'avoir la maison pour nous seules.

Dans le vestibule, un valet débarrassa Maggie de son chapeau, de ses gants et de son manteau.

Jane continuait de babiller gaiement :

— George, mon frère aîné, est déjà arrivé en ville. Tu te souviens de lui, n'est-ce pas ? Il séjourne dans son appartement de St. James's Street, et il a accepté de nous escorter aux bals et aux réceptions durant toute la durée de ton séjour. Mais il faudra être gentille avec lui, Margaret, parce que je le soupçonne de faire cet effort dans l'unique but de te faire plaisir. Il a toujours eu un faible pour toi.

Avec ses cheveux blonds raides comme des baguettes, un nez et un menton un peu forts et ses yeux bruns un peu trop rapprochés, Jane Trumble n'était pas d'une grande beauté, comme l'avait souligné Bessie. Néanmoins, elle était enjouée et spirituelle. Et lorsqu'elle parlait comme en cet instant, son visage s'illuminait et il était alors impossible de ne pas lui trouver de charme.

Les deux jeunes femmes s'étaient rencontrées lors d'un bal, dans le boudoir des dames, à l'époque où Maggie faisait ses débuts dans le monde.

Un cavalier maladroit ayant marché sur l'ourlet de la jupe de Maggie, le volant s'était déchiré. En l'absence de sa camériste, Jane avait proposé de le recoudre. Ce qu'elle avait fait en un clin d'œil. Néanmoins, elles étaient restées dans le boudoir une bonne heure, à rire et papoter. Quand enfin elles avaient rejoint la salle de réception, elles étaient les meilleures amies du monde.

— Dès que tu auras pris un peu de repos, nous irons faire du shopping, dit Jane en entraînant Maggie dans l'escalier. Je parie que cette robe date d'au moins trois ans. Et ce chapeau ! Depuis combien de temps le portes-tu ? Tu es terriblement démodée. Une vraie grand-mère.

— Je n'ai pas fait refaire ma garde-robe depuis la mort de papa. Je n'en avais nul besoin : je ne portais que des vêtements de deuil. En outre, c'est Fred qui tient les cordons de la bourse, maintenant.

Maggie suivit Jane dans le couloir de l'étage jusqu'à la chambre qui lui avait été attribuée pour la durée de son séjour. Bessie, qui les y avait précédées, s'activait déjà dans le dressing adjacent pour ranger les affaires de sa maîtresse.

Jane s'assit au bord du lit et invita Maggie à faire de même. La mine plus sérieuse, elle demanda :

— Fred a-t-il donc tout contrôle sur ta fortune ? Je sais bien qu'il a été désigné exécuteur testamentaire, mais...

Maggie tira sur un fil qui dépassait de sa jupe. Penser que son père lui avait joué ce mauvais tour – la pire trahison d'un père envers sa fille, selon elle – suffisait à la plonger dans une profonde mélancolie.

— Fred a tout pouvoir sur les comptes et les biens immobiliers qui sont à mon nom, et ce jusqu'au jour de mon mariage. À condition que ledit mariage reçoive son approbation. Et il ne donnera jamais son accord à moins que je ne l'épouse, *lui*.

— C'est vraiment injuste. Ton pauvre père doit se retourner dans sa tombe.

Maggie eut un petit rire sans joie.

— Bien au contraire ! C'est exactement ce qu'il souhaitait. Il n'a pas pu m'obliger à épouser Fred de son vivant, car en vérité il n'a jamais eu d'autorité sur moi. Mais maintenant qu'il est mort, il ne me laisse plus le choix. Si je ne me marie pas dans le temps imparti, Fred deviendra le maître de Beasley Park, et je n'aurai rien pour vivre ma vie de vieille fille, à part une misérable rente.

— Oh, Margaret... Ton père t'aimait tant ! Je ne comprends pas qu'il ait pu offrir ton héritage à un étranger, un homme qui n'a aucun lien avec toi. Cela n'a aucun sens !

— Papa savait très bien ce qu'il faisait.

— Eh bien, je ne comprends pas.

— Il m'a élevée dans l'amour de cette terre qu'il adorait lui-même. Il m'a appris à tenir les comptes, il m'a fait rencontrer les métayers. Il savait que jamais je n'accepterais de perdre Beasley Park. Ainsi, il s'est arrangé pour me forcer la main depuis l'au-delà.

Jane secoua la tête d'un air incrédule.

— Alors ça signifie... que tu es prête à épouser Fred ?

— Oui. Toutefois, je n'ai pas encore accepté sa demande en mariage. Il me reste un peu de temps.

— Combien ?

— Le testament stipulait que je devais me marier dans les deux années suivant la mort de papa. Après l'année de deuil réglementaire, cela me laissait en théorie un an pour trouver un mari. Hélas, il n'avait pas pensé que tante Daphné mourrait un an et huit jours après lui. En conséquence, il me reste six mois pour convoler en justes noces.

Jane soupira.

— Mon Dieu... Je ne m'étonne plus que tu sois si pâlotte et malingre. Je ne voulais pas t'en parler, mais...

Maggie ne s'offusqua pas. Elle savait bien qu'elle n'était plus que l'ombre d'elle-même.

— Les Burton-Smythe estiment qu'on ne plaisante pas avec la tradition et qu'il faut observer le deuil de la manière la plus stricte. Après la mort de papa, je n'étais pas autorisée à quitter la maison, sauf pour me promener dans le parc en compagnie de Bessie. On ne me permettait pas de recevoir des visites, ni de...

Maggie s'interrompit un instant en portant la main à son front. Elle commençait à avoir la migraine.

— Fred prend toutes les décisions à Beasley Park, comme s'il en était déjà le maître. Il a réuni nos deux domaines. Il ne me demande pas mon avis, même en ce qui concerne les métayers que je connais depuis toujours.

— Tu es tenue à l'écart ?

— Pas tout à fait. M. Entwhistle, l'intendant de papa, me tient au courant des affaires du domaine, et je sais qu'il prend mes opinions en considération. Il m'a promis de m'écrire régulièrement durant mon séjour à Londres. Pour mes besoins personnels, je dois m'adresser directement à Fred. Si je m'achète quoi que ce soit, ne serait-ce que des jarretières pour mes bas, il exige de voir la facture. Oh, ce n'est pas par radinerie. Il est même très généreux avec moi, comme il ne manque jamais de me le rappeler. Mais il adore montrer que c'est lui qui a le pouvoir. Et je déteste devoir lui quémander la moindre chose.

— Quel horrible tyran ! s'emporta Jane. Et j'imagine que c'est encore pire pour toi de tomber sous la coupe d'un homme. Tu étais beaucoup plus libre que la plupart des femmes.

— Je ne le supporte plus. Oh, Jane, je suis si fatiguée... si déprimée...

— Ma pauvre chérie ! Il faut réagir. Et j'ai reçu justement ce matin une nouvelle qui, je pense, te réjouira.

— Vraiment ? dit Maggie avec un triste sourire.

— Oui. Frederick Burton-Smythe va bientôt recevoir la leçon qu'il mérite. Demain matin, en fait.

Jane se pencha vers Maggie et baissa la voix pour ne pas être entendue des domestiques qui allaient et venaient entre le dressing et la chambre :

— Il va se battre en duel à l'aube !

Maggie sursauta.

— *Pardon ?*

— C'est la vérité. Les dames ne sont pas censées le savoir, mais je le tiens de Mme Beauchamp qui l'a appris de son mari. Il était présent quand c'est arrivé.

— Mais quoi ? Que s'est-il passé ?

— Fred était en train de disputer une partie de cartes dans un club. Un autre joueur a cédé sa place au vicomte de St. Clare. Apparemment, St. Clare et Fred se sont détestés au premier regard. Et tu sais à quel point Fred est irascible. Bref, il y a eu un litige sur le comptage des points. Les choses se sont envenimées, St. Clare a fait une remarque et Fred s'est levé d'un bond en criant qu'il lui en demandait raison. St. Clare a froidement rétorqué qu'il n'avait pas pour habitude de se battre sur le pré avec le premier venu, mais qu'il ferait une exception pour Fred.

Maggie avait le vertige.

— C'est Fred qui l'a défié ?

— Oui. Quel idiot ! répondit Jane en pouffant. Mais j'oublie le meilleur : lord St. Clare est le petit-fils du comte d'Allendale !

— Qu'est-ce que... cela signifie ?

— Eh bien, le comte était jadis considéré comme l'un des meilleurs tireurs d'Angleterre, et son fils, si ce que l'on raconte est vrai, était encore plus doué. Il a tué un homme en duel il y a très longtemps et a été contraint de s'enfuir sur le Continent, où il n'a pas tardé à en tuer un autre. Tu comprends, le duel est dans leur sang. Et il paraît que ce lord St. Clare est le plus dangereux de tous.

Maggie se leva brusquement et se mit à arpenter le salon.

— Mais Jane... c'est terrible ! Si Fred est tué, qu'adviendra-t-il de Beasley Park ? À qui ira ma fortune ?

— Il ne sera pas tué. Il aura juste la peur de sa vie, et cela lui apprendra peut-être l'humilité. Du moins, je l'espère. Voilà pourquoi l'histoire est si drôle. Ne trouves-tu pas ?

— Non ! Ça ne m'amuse pas du tout. Cela me met hors de moi ! Imagine les conséquences si les choses tournaient mal. Oh, c'est typique de Fred ! Il est tellement inconséquent... Il ne pense qu'à sa petite personne. C'est l'homme le plus égoïste que la Terre ait porté !

Maggie se tordait les mains sans cesser ses allées et venues. Soudain elle pila net, puis pivota vers son amie dans une envolée de jupes.

— Il faut empêcher ce duel ! s'exclama-t-elle.

— L'empêcher ? Mais... comment ?

— Je vais aller trouver Fred et lui dire... Oh, miséricorde, que puis-je lui dire, Jane ?

Jane fronça les sourcils.

— Je ne vois pas. Je n'ai jamais entendu parler d'une femme qui aurait réussi à stopper un duel. À moins que... Tu pourrais te rendre sur le lieu de la rencontre et te jeter entre eux, mais... ce ne serait pas très raisonnable, n'est-ce pas ?

Maggie grimaça.

— Non, pas vraiment.

— Alors tu pourrais essayer de le raisonner. Et tant que tu y es, demande-lui l'argent dont tu auras besoin pour la saison. Avec un petit supplément en prime. C'est ton argent, Margaret. Il n'a pas le droit de te refuser quoi que ce soit !

2

Un valet apporta le message de Maggie chez Fred en milieu d'après-midi. Il revint peu après avec la réponse : M. Burton-Smythe serait flatté de rendre visite à Mlle Honeywell dans la demi-heure suivante.

Quand Fred arriva, Maggie s'était rafraîchie, changée et recoiffée. Elle le reçut dans le salon des Trumble, assise sagement dans un fauteuil près de la cheminée, devant une théière et une assiette de gâteaux.

Fred s'inclina dans une élégante courbette qui fit craquer le tissu de sa veste sur son dos musculeux.

— Bonjour, Margaret. Votre message m'a étonné. Je pensais qu'après le voyage, vous auriez le bon sens de vous ménager.

Maggie était décidée à faire preuve de politesse, mais en entendant cette remarque, elle ne put s'empêcher de répliquer :

— C'est vous qui allez me donner des leçons de bon sens ?

— Vous savez bien que dans votre état il faut vous reposer.

— Et comment pourrais-je me reposer quand la première chose que j'apprends en arrivant à Londres est que vous allez vous battre en duel ?

Le teint de Fred vira à l'écarlate – ce qui était particulièrement laid, quand on avait comme lui les cheveux cuivrés.

— Inutile de demander comment vous avez eu vent d'une telle rumeur. C'est votre amie Mlle Trumble qui vous a mise au courant, n'est-ce pas ?

— Allez-vous nier ?

Il redressa ses larges épaules, aussi raide et râblé que l'était sir Roderick, son père.

— Je n'ai pas à avouer ou à nier. Je ne dirai pas un mot de plus sur le sujet. En discuter avec une dame serait de la dernière inconvenance.

— Oh, arrêtez d'imiter votre père ! s'emporta Maggie. Et cessez de me toiser de toute votre hauteur. Asseyez-vous, sapristi. Là, dans ce fauteuil. Je vais vous servir une tasse de thé et nous essayerons de parler comme des gens civilisés.

La mine renfrognée, Fred obtempéra.

Son expression s'adoucit légèrement tandis qu'il regardait Maggie verser le thé dans les tasses. Lorsqu'elle lui tendit le sien, préparé exactement comme il l'aimait, il l'accepta avec un sourire mielleux et commenta :

— Vous serez vraiment une merveilleuse petite épouse.

— Oui, mais pour qui ? répliqua Maggie avec humeur.

— Mais... pour moi, bien sûr.

L'irritation de la jeune femme se mua en colère.

Fred but quelques gorgées de thé sans paraître remarquer quoi que ce soit.

Il portait une culotte moulante, des bottes en cuir rutilantes et une chemise immaculée. Son col amidonné montait si haut qu'il devait avoir du mal à tourner la tête. C'était sans doute la dernière mode à Londres, songea Maggie. Mais il avait beau se pomponner, à ses yeux il n'était pas différent du Fred qu'elle avait côtoyé toute sa jeunesse.

Elle le détestait. Et pourtant, dans six mois, elle devrait l'épouser. Mme Margaret Burton-Smythe. Il aurait alors tous les droits sur sa fortune et sur elle-même – cette pensée lui avait causé de nombreuses nuits blanches, ces derniers temps.

— Je ne vous ai pas demandé de passer pour évoquer mes talents domestiques, mais pour parler de ce maudit duel.

— Je suis flatté que vous vous inquiétiez pour moi...

— Je m'inquiète pour Beasley Park.

— Toutefois, enchaîna-t-il comme si de rien n'était, dans le cas d'un hypothétique duel, je ne vois pas pourquoi vous partez du principe que je serais automatiquement perdant.

— Parce que, semble-t-il, votre adversaire est le meilleur tireur de toute la Chrétienté.

Fred s'empourpra de nouveau.

— C'est ce qu'on raconte ? Et comment les gens pourraient-ils le savoir ? St. Clare a passé toute sa vie sur le Continent. Je ne me rappelle pas que quiconque l'ait vu s'entraîner chez Manton[1].

— S'il a passé sa vie sur le Continent, c'est parce que son père a dû s'exiler après avoir tué quelqu'un en duel. On dit que l'habileté aux armes est dans leur sang.

— Dans le mien aussi. Quand j'étais plus jeune, mon père s'est battu deux fois.

— Oui, et à chaque fois l'un des deux adversaires a tiré en l'air. Je suis au courant. Mais ça n'a rien à voir, Fred.

— Bah ! Vous êtes une femme, vous ne connaissez rien aux affaires d'honneur.

---

1. Joseph Manton (1766-1835) : armurier britannique qui a permis de perfectionner le tir sportif. *(N.d.T.)*

Maggie laissa passer quelques secondes, avant de demander, d'un ton dangereusement calme :

— Vous voulez dire que les femmes n'ont pas d'honneur ?

— Ne me faites pas dire ce que je n'ai pas dit. Bien sûr qu'une femme a de l'honneur, mais cela n'a rien à voir avec l'honneur d'un gentleman. On ne peut pas comparer.

— Je suis d'accord là-dessus. Vous et moi n'avons pas du tout le même sens de l'honneur.

Naguère, cette réplique aurait aussitôt provoqué une dispute. Mais cette fois, Fred ne mordit pas à l'hameçon. Il se contint au prix d'un effort visible et feignit de siroter son thé.

— Comme je l'ai dit, Margaret, je ne souhaite pas aborder le sujet avec vous.

— Je m'en doute, mais nous allons quand même le faire. Parce que si vous êtes tué demain matin, qu'adviendra-t-il de Beasley Park ? Qu'adviendra-t-il de moi ?

Les doigts épais de Fred se crispèrent sur l'anse de la tasse.

— Je ne peux vous répondre avec certitude, car figurez-vous que je ne me complais pas à envisager ma propre disparition. Il faudrait que je relise le testament de votre père. Et comme il est chez le notaire, je n'en aurai pas le loisir avant demain après-midi, au plus tôt. Cela ne sert donc à rien d'en discuter.

Maggie écarquilla les yeux.

— Et que se passera-t-il, à votre avis ? Mon argent et mes biens ne vont pas disparaître comme par magie, n'est-ce pas ? Qui deviendrait exécuteur testamentaire, si vous n'étiez plus en mesure d'assurer ce rôle ? Papa a-t-il pensé à désigner quelqu'un ?

— Non, je ne crois pas.

— Alors ?

— Je suppose que s'il m'arrivait malheur, cette charge reviendrait à ce vieux bonhomme qui vit dans le Yorkshire... euh... Ah, je ne me rappelle plus son nom...

— M. Arkham ?

— Oui, voilà.

— Nous ne sommes même pas apparentés ! Il a épousé une vague tante ou demi-sœur d'un parent éloigné !

Fred posa sa tasse sur la soucoupe et remarqua :

— Vous avez les joues rouges. Dois-je sonner Bessie ?

— Non !

Ignorant sa protestation, il se leva et alla tirer le cordon de la cloche, près de la cheminée, avant de revenir s'asseoir dans le fauteuil.

Maggie tremblait de rage contenue. L'impudence de cet homme ! Il se servait de son état de santé pour la réduire au silence.

— Je n'ai pas besoin de Bessie, déclara-t-elle avec raideur. Je me sens très bien. Je suis juste en colère contre vous et...

— Il suffit. Je ne vous ai que trop écoutée. Une dame comme il faut ne discute pas de ces questions. Je vous ai dit que vous n'aviez nulle raison de vous tracasser, et cela devrait vous suffire. Je ne vous aurais pas permis de venir à Londres si...

Il fut interrompu par l'arrivée de Jane dans le salon. Ses yeux s'étrécirent :

— Bonjour, mademoiselle Trumble.

— Bonjour, monsieur Burton-Smythe.

Jane se dirigea vers Maggie. Au premier coup d'œil, elle avait compris dans quel état d'agitation celle-ci se trouvait.

— Un mot, je vous prie, dit Fred. On vient de me dire que...

— Oui, oui, une seconde.

Jane saisit la théière, remplit une tasse et ajouta une bonne dose de sucre avant de la tendre à Maggie :

— Tiens, ma pauvre chérie. Ça te fera du bien.

— Je t'assure que ça va, Jane.

— Bois, ordonna son amie.

Puis elle pivota vers Fred en se redressant de toute sa haute taille :

— Monsieur Burton-Smythe, Mlle Honeywell est mon invitée, et je ne permettrai pas que vous veniez sous mon toit la malmener au point de lui donner des étourdissements. Vous savez pourtant qu'elle est fragile, depuis...

— Je le sais parfaitement, répliqua Fred d'un ton grinçant. Et je m'étonne, puisque vous semblez si soucieuse de son bien-être, que vous lui ayez retourné la tête avec des ragots de bas étage.

— Voyons, tout le monde sait que vous avez défié lord St. Clare, riposta Jane. Je suis la meilleure amie de Mlle Honeywell, et je considère de mon devoir de la prévenir que l'homme qui gère son patrimoine s'est embarqué dans une folie qui lui vaudra bientôt une balle entre les deux yeux.

Fred toisa Jane d'un regard écrasant de mépris, avant de reporter son attention sur Maggie :

— Ne pensez plus à cette affaire, Margaret. Et je vous demanderai dorénavant de vous cantonner à des questions plus féminines.

Mais Jane ne se laissait pas aisément marcher sur les pieds :

— Des questions plus féminines ? Comme les dîners en ville, les pièces de théâtre et les essayages chez la couturière, voulez-vous dire ?

— Exactement.

— Et pouvez-vous me dire comment Mlle Honeywell paiera tout cela ?

— Bien que cela ne vous regarde absolument pas, sachez que Mlle Honeywell ne manque de rien.

— Elle porte des toilettes complètement démodées !

— Parce qu'elle sort d'une période de deuil...

— Peut-être, mais si elle paraît en société dans ces vieilles nippes, tout le monde pensera que vous la réduisez à la portion congrue. Et quand on verra en plus que vous portez une redingote confectionnée par Weston et des bottes que vous devez certainement polir au champagne, on soupçonnera que vous vous êtes enrichi à ses dépens.

À ces mots, Fred devint rubicond.

— Si vous étiez un homme, je vous jure que de telles accusations...

— Une minute, coupa Maggie en posant une main sur sa manche. Jane ne vous accuse de rien, elle ne fait que vous prévenir des spéculations qui risquent de circuler. Et vous savez bien qu'elle a raison.

Jane eut un sourire innocent.

— Si vous voulez faire taire les mauvaises langues, il est indispensable que Mlle Honeywell refasse toute sa garde-robe.

Fred fixa son regard sur Maggie. Un petit muscle tressaillait dans sa joue.

— Je ne vous ai jamais rien refusé, du moment que vous le demandiez poliment, Margaret. Si vous avez besoin d'aller chez la couturière et la modiste, faites donc, et adressez-moi les factures. Mais pas aujourd'hui. Aujourd'hui, vous allez vous reposer dans votre chambre. Si demain vous avez repris des forces, soit, vous irez faire des emplettes. En emmenant Bessie, bien sûr. J'irai lui dire un mot avant de partir. Elle connaît ses devoirs.

Fred prit congé sur ces entrefaites. Jane sonna un valet pour lui demander de le raccompagner dans le vestibule et lui rendre son chapeau et sa canne.

Elle attendit que la porte du salon se referme pour marmonner :

— C'est si généreux de votre part ! Nous sommes éperdues de gratitude.

Maggie se laissa aller contre le dossier du fauteuil. Plus jeune, les disputes, éclats de voix et joutes verbales la galvanisaient. Aujourd'hui, ces scènes l'épuisaient.

— Quelle perte de temps ! soupira-t-elle.

— Pas complètement, dit Jane en venant s'asseoir dans le fauteuil que Fred venait de laisser. Tu as maintenant tout loisir de renouveler ta garde-robe. Et si Fred pense que je vais t'emmener à Grafton House faire les soldes, il se trompe. Nous irons chez Mme Clotilde, la couturière française de Bruton Street que tout le monde s'arrache. Mme Clotilde a une clientèle triée sur le volet. Elle habille les plus belles femmes de Londres. Même si tu es un peu chétive en ce moment, elle ne refusera pas de s'occuper de toi.

— Je n'ai pas du tout la tête à faire du shopping, avec cette histoire de duel... Mais je ne vois vraiment pas ce que je pourrais...

Maggie s'interrompit, ferma les yeux en se frottant le front.

— Tu as la migraine ? s'inquiéta Jane.

— Non. Enfin si, j'ai un peu mal aux yeux, mais... je crois que j'ai une idée.

— Tu vas t'interposer entre les deux adversaires ?

— Pas du tout. Je viens de comprendre que si je ne peux pas raisonner Fred, la seule solution est de parler au vicomte.

— Tu veux dire… lord St. Clare ? Mais comment ? Vous n'avez pas été présentés. Et quand bien même, il est célibataire. Tu ne peux pas lui rendre visite en plein après-midi !

— J'irai ce soir, car je ne veux pas que quelqu'un me voie.

— Margaret, tu ne peux pas faire ça ! Et ta réputation ? s'exclama Jane, effarée.

— Il faudra attendre que la nuit soit tombée, murmura Maggie qui réfléchissait à voix haute. Je courrai moins le risque de croiser quelqu'un que je connais.

— Si tu te moques de ta réputation, pense à la mienne. En tant qu'hôtesse, je suis responsable de tes…

— Je ne te demande pas de m'accompagner, si c'est cela qui te tracasse. Et je n'impliquerai pas non plus tes domestiques. Je peux très bien prendre un fiacre pour me rendre chez le vicomte. Sauf que… Mon Dieu, j'espère qu'il n'habite pas une de ces garçonnières sur St. James's Street ?

— Non. Du moins, je ne pense pas. J'ai entendu dire qu'il vivait chez son grand-père, qui possède une immense résidence à Grosvenor Square.

— Mais c'est tout près !

— Oui, à dix minutes de marche, acquiesça Jane d'un ton sec.

Maggie soupira.

— Je sais que tu n'es pas d'accord, mais j'ai besoin de tes conseils. À ton avis, St. Clare est-il aussi buté que Fred ?

— Je n'en sais rien. Nous n'avons jamais été présentés. Mais je l'ai aperçu deux fois au théâtre. Il était dans la loge du comte d'Allendale. À première vue, il n'a pas l'air de quelqu'un de très aimable.

D'un autre côté, je n'imagine pas qu'il puisse être plus désagréable que Fred.

— Le pire qui puisse arriver est qu'il me rie au nez. Ou qu'il refuse de me recevoir. Ce sera sûrement un coup d'épée dans l'eau, mais s'il y a une petite chance pour qu'il annule ce duel stupide, je ne peux pas laisser passer l'occasion.

— Le pire qui puisse arriver ? Oh, Margaret, personne ne connaît suffisamment le vicomte pour pouvoir juger de sa personne. Il était depuis des lustres sur le Continent. C'est peut-être un gredin ou un débauché. Un vil séducteur. Si tu te rends chez lui seule... à la nuit tombée... c'est comme si tu t'offrais à lui sur un plateau d'argent !

— Voyons, je n'irai pas seule puisque Bessie m'accompagnera, rétorqua Maggie.

3

Maggie leva les yeux sur la façade de la gigantesque résidence de Grosvenor Square, celle où habitait le comte d'Allendale, lui avait assuré le cocher du fiacre qui venait de les déposer, elle et Bessie.

Il faisait froid, et le brouillard léchait le sol par nappes blanchâtres que le halo des réverbères peinait à percer.

Pendant que Bessie réglait la course, Maggie s'emmitoufla plus étroitement dans les pans de sa pelisse doublée de fourrure.

Bessie avait été moins réticente à l'accompagner que prévu.

— Vous n'avez jamais été une petite fleur fragile, mademoiselle. Jusqu'au jour où vous êtes tombée malade. Qui sait, une ou deux incartades vous rendront peut-être vos bonnes joues roses d'antan ? avait-elle prophétisé.

Maggie avait été d'autant plus touchée par la loyauté de sa camériste que Fred ne se privait jamais de sermonner cette dernière sur ses devoirs, la menaçant d'un renvoi immédiat sans lettre de références si jamais il arrivait quoi que ce soit à sa maîtresse.

— Le cocher a promis de nous attendre pour nous ramener à Green Street tout à l'heure, l'informa Bessie, dont le manteau informe épaississait encore la silhouette. Mais si vous voulez mon avis, lord St. Clare doit être couché à cette heure.

Maggie releva la tête. Aucune fenêtre n'était éclairée.

— Il n'est qu'une heure du matin. Je pense plutôt qu'il n'est pas encore rentré chez lui. La plupart des messieurs s'encanaillent en ville jusqu'aux petites heures de la nuit.

Bessie pinça les lèvres en signe de réprobation.

— Serrez bien votre col, mademoiselle. Ce serait dommage d'attraper froid. Surtout à cause de maître Fred.

Maggie remonta docilement le col de sa pelisse en velours bleu doublée de zibeline, cadeau que lui avait fait son père six ans plus tôt à son retour de sa première saison londonienne.

« Le même bleu que les fleurs sauvages à Beasley Park », lui avait-il dit.

Les deux femmes gravirent les marches du perron. Bessie actionna le heurtoir une première fois, attendit quelques secondes, puis recommença en maugréant :

— Si les maîtres s'encanaillent en ville, on se demande ce que font les domestiques pendant ce temps-là.

Maggie ferma brièvement les yeux. Elle avait chaud aux joues en dépit du froid, et avait dans la poitrine cette sensation d'oppression familière qu'elle éprouvait chaque fois qu'elle abusait de ses forces. Le voyage à Londres l'avait vraiment fatiguée : Fred avait raison, et elle ne l'en détestait que plus.

Elle était sur le point de dire à Bessie qu'elle avait fait une erreur, qu'elles feraient sans doute mieux de remonter dans le fiacre pour rentrer, quand la porte s'ouvrit enfin sur la haute silhouette d'un majordome chenu qui tenait une chandelle.

Il dévisagea d'abord Bessie, avant de tourner ses yeux chassieux vers Maggie, qu'il inspecta de sa capuche bordée de zibeline jusqu'à ses bottines en chevreau.

Comprenant qu'il avait affaire à une dame, il baissa sa chandelle :

— Oui, madame ?

De la voix claire et incisive qu'elle employait lorsqu'elle donnait des consignes aux domestiques de Beasley Park, Maggie déclara :

— Je viens voir lord St. Clare pour une affaire de la plus haute urgence.

— Et qui dois-je annoncer ? s'enquit le majordome, impassible.

— Mme... Ives.

Au moment de quitter Green Street, Jane lui avait conseillé de se présenter comme une femme mariée. Là-dessus, Bessie lui avait suggéré d'utiliser son patronyme, Ives.

C'était un petit mensonge qui ne ferait de mal à personne, mais Maggie ne se sentait quand même pas très à l'aise.

— Je vais voir si lord St. Clare est là, annonça le majordome, prêt à tourner les talons.

Maggie le rappela :

— S'il est en mesure de me recevoir, pouvez-vous lui dire, s'il vous plaît, que ma visite concerne le rendez-vous qu'il a demain à l'aube ?

Elle espérait ainsi souligner le caractère pressant de sa visite.

Cette fois encore, le majordome ne trahit aucune émotion. Il hocha la tête, puis disparut dans les profondeurs de la maison. Pendant que Bessie pestait contre les serviteurs qui laissaient poireauter les dames sur le perron au risque de les exposer à une pneumonie, quelques minutes s'écoulèrent.

Enfin, le majordome réapparut et les invita à entrer.

Le hall en soi était plus vaste que la maison de lord et lady Trumble. Un énorme lustre en cristal illuminait les dalles de marbre, les murs tapissés de soie et les statues exposées dans leurs niches. Maggie fit glisser sa capuche sur ses épaules en jetant un regard autour d'elle. Son attention se fixa sur un buste à la figure sinistre qui, quand elle l'inspecta de plus près, se révéla être un masque mortuaire.

Un petit frisson la secoua.

— Lord St. Clare va vous recevoir dans la bibliothèque.

Le majordome les précéda dans un long couloir désert. Maggie porta discrètement la main à ses cheveux pour lisser toute mèche qui se serait échappée de son chignon. Le domestique ouvrit une porte et s'effaça pour les laisser entrer.

Seules quelques bougies et le feu de cheminée éclairaient la bibliothèque. Les flammes jetaient des ombres dansantes sur les rayonnages de livres et sur le mobilier sombre.

Un homme de haute taille, aux larges épaules, se tenait devant l'âtre, leur tournant le dos.

— Mme Ives, annonça le majordome.

— Merci, Jessup. Vous pouvez nous laisser, répondit lord St. Clare de sa voix profonde de baryton.

Le majordome se retira, et lord St. Clare se tourna pour accueillir les visiteuses.

Il était vraiment très grand, au moins un mètre quatre-vingt-dix. Sa silhouette mince et athlétique semblait faite pour la mode des culottes moulantes et des redingotes cintrées. Contrairement à Fred qui paraissait toujours engoncé dans ses habits, le vicomte se déplaçait avec une grâce féline.

« C'est peut-être un gredin, un débauché ou un vil séducteur », avait prévenu Jane.

Il s'inclina légèrement devant Maggie.

— Bonsoir, madame Ives. Je ne pense pas avoir le plaisir de vous connaître.

Maggie ne répondit pas.

Les yeux écarquillés, elle le dévisageait, fixait son regard gris ardoise.

— *Oh !* souffla-t-elle.

Puis elle s'évanouit.

Des bras solides attrapèrent Maggie avant qu'elle s'effondre par terre.

Il la souleva aisément, la déposa sur le canapé en cuir de la bibliothèque, glissa un coussin sous sa tête. Puis, de ses longs doigts habiles, il dénoua le lien qui fermait son manteau. Les pans glissèrent, révélant sa modeste robe en lainage.

Alors qu'elle reprenait lentement ses esprits, la voix de Bessie résonna :

— Elle est épuisée. Nous sommes arrivées à Londres cet après-midi et elle a refusé de se reposer.

— Elle est malade, remarqua St. Clare.

— Un petit verre de cognac la remettra d'aplomb, milord.

Maggie sentit que le vicomte s'éloignait. Elle entendit un léger tintement de cristal. Puis, l'instant d'après, un bras puissant se glissa sous ses épaules pour la redresser. Elle perçut des odeurs familières, cheval, cuir, mêlées à un parfum typiquement masculin, sans doute celui du savon qu'utilisait le vicomte.

— Buvez, commanda-t-il en plaçant un verre contre ses lèvres.

Bessie intervint :

— Laissez-moi faire, milord. J'ai été son infirmière avant d'être sa camériste, et...

— Son infirmière ?

— Oui. Et beaucoup disent que sans mes soins dévoués la malheureuse ne serait plus de ce monde.

Bessie confisqua le verre et prit le relais auprès de la jeune femme :

— Buvez une gorgée, mademoiselle. Juste une.

Le bras du vicomte se raidit dans le dos de Maggie.

— *Mademoiselle ?* répéta-t-il.

— Ah... oui. Hum... je...

Bessie n'eut pas à fournir d'explications car Maggie, qui venait de boire une bonne gorgée de cognac, s'étrangla soudain et se mit à tousser.

— Oh, Seigneur... ça brûle ! fit-elle, haletante, en ouvrant les yeux.

Heureusement, la sensation de brûlure s'estompa rapidement dans sa gorge. Clignant des yeux, elle distingua la silhouette dodue de Bessie penchée sur elle ; puis, tournant la tête, elle se retrouva nez à nez avec l'homme qui la soutenait de son bras.

Les battements de son cœur s'affolèrent.

Lord St. Clare était dangereusement beau. Au premier regard, il faisait penser au *Corsaire* de Byron. Les traits bien dessinés, il avait une mâchoire carrée, des pommettes saillantes et une bouche sensuelle plissée en une moue sarcastique. Ses épais cheveux dorés étaient légèrement embroussaillés et il avait le teint hâlé, comme s'il revenait tout juste d'un pays exotique.

Il y avait quelque chose de las et de désabusé dans son attitude. Avait-il été marin ? Officier dans la Royal Navy, peut-être ? Ou cette apparence un peu burinée était-elle seulement le résultat de ses pérégrinations sur le Continent ?

Quoi qu'il en soit, cet homme avait l'allure d'un aristocrate. Il respirait l'argent, la bonne éducation et les privilèges accordés depuis la naissance. Cette touche d'arrogance patricienne, combinée à sa bonne mine et à sa grâce virile, laissait deviner qu'il passait ses journées au grand air, à chevaucher, à conduire son phaéton, et très probablement à disputer des duels pour le simple plaisir de tuer ses ennemis.

Seigneur, comment avait-elle pu penser une seule seconde que cet individu était… *Nicholas Seaton* ?

Cela n'avait aucun sens. Il était trop grand, trop musclé, trop sophistiqué. Trop… tout.

Et pourtant…

Les yeux de St. Clare étaient exactement de la même couleur que ceux de Nicholas : ce gris rare, pareil au ciel par un jour d'orage. Et ils cachaient dans leurs profondeurs le même mélange d'humour, d'amertume et de désespoir.

C'était la même odeur aussi. Pas celle du savon à raser raffiné. Nicholas n'avait jamais possédé quelque chose d'aussi cher. Mais le parfum de l'écurie et du cuir, mélangé à cette fragrance unique qui n'appartenait qu'à sa peau.

Tandis que son regard croisait celui de St. Clare, elle ne put contenir la vague de nostalgie qui montait en elle.

Combien d'années avait-elle attendu le retour de Nicholas Seaton dans le Somerset ? Il avait été son premier amour. Son seul amour. Elle s'était depuis longtemps résignée à sa mort. Il avait dû s'enrôler dans l'armée et être tué par les troupes napoléoniennes en Espagne ou au Portugal, ou à la bataille de Waterloo. Il ne pouvait pas être en vie. Sinon, il aurait trouvé le moyen de la rejoindre.

— Je vois que le cognac n'est pas à votre goût, dit lord St. Clare. Voulez-vous que je demande un verre de vin ? Une tasse de thé ? Nommez vos préférences, madame Ives, et je ferai en sorte de vous satisfaire.

Maggie se redressa en position assise.

— Merci, milord, mais je n'ai besoin de rien. Je me sens beaucoup mieux.

Il attendit qu'elle soit bien stable, avant de retirer son bras et d'aller s'asseoir dans le fauteuil le plus proche, sans la quitter des yeux.

— Vous vous appelez bien Mme Ives, n'est-ce pas ?

Maggie lissa ses jupes. Elle flottait dans sa robe en laine - comme dans toutes les autres, d'ailleurs. Avec son manteau elle faisait encore illusion, mais maintenant sa maigreur sautait aux yeux. St. Clare allait la prendre pour une opportuniste sans le sou et mal fagotée, qui tentait de se faire passer pour une grande dame.

— Non, avoua-t-elle. En vérité, « Ives » est le nom de ma camériste.

À son côté, Bessie acquiesça d'un hochement de tête sans mot dire.

— Je suis Margaret Honeywell, de Beasley Park. Et je réside en ce moment chez lord et lady Trumble, dans leur maison de Green Street.

Avait-elle rêvé cette lueur soudaine qui s'était allumée dans le regard du vicomte quand elle avait prononcé son vrai nom ?

— Donc… vous n'êtes pas mariée ?

— Non, milord. Mais comme je l'ai précisé à votre majordome, l'affaire qui m'amène est très urgente. Cela concerne le duel de demain, et comme je suis arrivée à Londres cet après-midi, je n'avais pas beaucoup de temps. J'ai préféré vous rendre visite de nuit et utiliser un faux nom pour... préserver ma réputation.

Maggie hésita à poursuivre. Lord St. Clare faisait-il partie de ces hommes qui ne toléraient pas qu'une dame aborde les sujets scandaleux comme les duels, les clubs de jeu ou les courtisanes ?

Pour le moment, son expression était indéchiffrable.

Avec une pointe de défi, elle reprit :

— Allez-vous seulement admettre que vous avez rendez-vous sur le pré à l'aube avec M. Burton-Smythe ?

Il haussa une épaule.

— Pourquoi le nierais-je ?

Elle cligna des yeux.

— Oh. Eh bien... je ne m'y attendais pas, je l'avoue. Cela simplifie grandement les choses.

— Je ne vois pas l'utilité de les compliquer.

— Moi non plus. Mais certains messieurs aiment faire des cachotteries.

— Ce sont des fâcheux. Dites-moi, mademoiselle Honeywell, ai-je raison de croire que vous êtes liée à M. Burton-Smythe ?

Maggie laissa échapper un petit rire sec et se passa la main sur le front.

— Liée ? Eh bien, d'une certaine façon, oui.

— Vous avez la migraine ? s'inquiéta Bessie.

— Pardon ? Oh non, Bessie. Je t'en prie, ne commence pas.

Maggie concentra son attention sur le vicomte qui la fixait d'un regard encore plus intense – si possible.

— Oui, milord, M. Burton-Smythe et moi sommes effectivement liés. Il est pour ainsi dire mon tuteur.

— Votre *tuteur* ?

— Plus précisément, il est l'exécuteur testamentaire désigné par mon père. Cela lui confère tous les pouvoirs sur mon héritage jusqu'au jour de mon mariage. Et les dispositions prises par papa sont telles que si M. Burton-Smythe venait à mourir, je risquerais de me retrouver sans le sou.

— Ah. Je commence à comprendre.

Maggie inspira profondément. Elle venait de s'évanouir dans les bras de cet homme, l'heure n'était pas aux chichis.

— Je me suis laissé dire que vous étiez excellent tireur.

De nouveau, il haussa les épaules.

— Je suis un Beresford.

— Pardon ? Un Beresford, dites-vous ?

— Je suis John Beresford, vicomte de St. Clare. Mon grand-père est Aldrick Beresford, comte d'Allendale. Et oui, mademoiselle Honeywell, les Beresford sont particulièrement doués au pistolet.

— Bien sûr, c'est votre nom de famille. Veuillez m'excuser, je l'ignorais. Écoutez, je ne vais pas tourner autour du pot. Je suis venue vous supplier d'annuler ce duel.

St. Clare parut réfléchir un instant, puis demanda :

— J'imagine que vous avez déjà adressé la même requête à M. Burton-Smythe ?

— C'est exact. En pure perte. Il est totalement borné. Mais vous... Enfin, je ne vous connais pas, milord, mais j'espère que vous allez prendre en considération ma détresse. Sinon, je n'aurai pour seul recours que de découvrir le lieu de rendez-vous pour m'interposer entre vous deux demain matin.

Une lueur étrange s'alluma dans ses yeux gris.

— Tiens ! Pensez-vous que la méthode soit efficace ?

— À dire vrai, je n'en sais rien. Je ne l'ai jamais tentée, entre deux duellistes armés d'un pistolet.

— Mais ce ne serait pas la première fois que vous vous interposez entre deux hommes ?

— En effet, mais... c'était il y a longtemps. Lors de bagarres à mains nues. Et Fred... je veux dire, M. Burton-Smythe... se laissait raisonner. À l'époque, j'avais un peu d'influence sur lui, ce qui n'est plus le cas aujourd'hui.

St. Clare la considéra un moment en silence, puis reprit d'un ton adouci :

— Tranquillisez-vous, mademoiselle Honeywell. Même s'il le mérite, je n'ai pas l'intention de tuer M. Burton-Smythe demain. Ce serait un crime passible de la peine capitale, vous savez. Et comme je viens tout juste d'arriver à Londres, je n'ai aucune envie de devoir m'exiler sur le Continent.

— Alors... vous allez annuler le duel ? demanda-t-elle, pleine d'espoir.

— Ah non. Je ne peux pas faire cela, hélas. Mais je vous donne ma parole d'honneur que M. Burton-Smythe ne mourra pas de ma main.

Maggie n'avait pas une très haute opinion de la parole d'honneur des hommes. Elle se garda cependant de le dire à voix haute. En général, les messieurs étaient susceptibles sur le sujet.

Elle devrait donc se contenter de cette promesse.

— Merci infiniment, milord. Je vous suis très obligée de votre compréhension.

— « Obligée », c'est le mot. On peut même dire que vous êtes ma débitrice.

Bessie émit un petit cri étouffé.

Maggie jeta un regard rapide à sa camériste, avant de reporter son attention sur le vicomte et s'étonna :

— Parce que je vous demande d'épargner M. Burton-Smythe ? Mais vous disiez que vous n'aviez pas l'intention de le tuer, de toute façon ?

— C'est vrai. Du moins, pour le moment. Mais demain à l'aube… qui sait ? Ce type est tellement horripilant.

— J'en suis bien consciente, croyez-le. Toutefois, je ne vois pas ce que…

— On ne peut écarter le risque qu'il dise une insanité et que je me mette en colère.

Maggie haussa les sourcils.

— On ne peut l'écarter, c'est vrai.

— J'aurai alors très envie de lui mettre une balle dans la tête, et j'ignore si je saurai résister à la tentation.

Bessie s'exclama de nouveau dans son coin. Nul doute qu'elle était horrifiée. Un gentleman n'était déjà pas censé parler de duel devant une dame, mais quand en plus il évoquait la possibilité de faire sauter la cervelle de son adversaire…

Maggie jaugea le vicomte. Essayait-il de la déstabiliser ?

Si c'était le cas, il allait être déçu. Petite, elle avait souvent entendu son père vociférer et proférer d'horribles menaces à l'encontre de ceux qui avaient le malheur de le contrarier : il allait écarteler celui-ci et énucléer celui-là. D'ailleurs, elle-même vitupérait contre les importuns plus souvent qu'à son tour. Les Honeywell étaient célèbres pour leurs colères tonitruantes.

— Ne pouvez-vous simplement ignorer Fred s'il vous offense ? Personnellement, c'est ce que j'essaie de faire, prétendit-elle.

Lord St. Clare se renfonça contre le dossier de son fauteuil et croisa ses longues jambes. La lumière des flammes se refléta sur le cuir de ses bottes et dans les mèches claires de sa chevelure blonde.

Dans cette posture nonchalante, il était l'incarnation du flegme aristocratique.

Mais Maggie n'était pas dupe.

Cette prétendue indolence n'était qu'une illusion. Sous cette façade, lord St. Clare était sur le qui-vive, tel un lion qui attend le bon moment pour sauter sur sa proie.

— L'ignorer ? Je le pourrais peut-être en d'autres circonstances, répondit-il enfin. Mais un homme a le sang chaud quand son honneur est en jeu. Même les plus placides ont parfois un geste malheureux quand ils ont un pistolet en main. Et je ne suis pas du genre placide. À dire vrai, je suis même plutôt caractériel.

— Moi aussi, milord. Mais que voulez-vous dire ? Que vous ne garderez votre sang-froid qu'à condition que M. Burton-Smythe se conduise de manière raisonnable ? Dans ce cas... autant dire tout de suite qu'il est mort ! Je me suis déplacée pour rien.

— Non, je veux juste dire que pour me contenir face à ses provocations... il me faudrait une bonne motivation.

— Une motivation ?

— Oui. Il me semble, chère mademoiselle Honeywell, que si je vous rendais ce grand service, je mériterais une récompense. Ce serait la moindre des choses.

— Mademoiselle Margaret ! souffla Bessie d'un ton scandalisé.

— Tout va bien, Bessie, dit Maggie sans quitter des yeux lord St. Clare.

S'il ne lui avait pas tant rappelé Nicholas Seaton, elle se serait certainement sentie insultée par son petit chantage.

En l'occurrence, elle était seulement intriguée.

— Quel genre de récompense ? demanda-t-elle.

— Vous me demandez d'épargner la vie d'un homme que je déteste cordialement. Vous exigez un gros effort de ma part. En contrepartie, je vous impose trois gages, que je pourrai exiger au moment qui me conviendra.

— Mademoiselle ! siffla Bessie.

— Chut, Bessie. De nouveau je vous pose la question, milord : qu'attendez-vous de moi ?

— Je ne sais pas encore, mais je peux vous assurer que cela restera dans les limites de la décence, répondit-il avec un sourire oblique.

La vision de ce sourire si particulier provoqua un choc en elle, comme si un éclair venait de lui transpercer le cœur. Elle en perdit le souffle.

Elle avait vu ce sourire de guingois des milliers de fois. Il avait toujours eu sur elle un effet ravageur.

Non. Lord St. Clare n'était pas Nicholas Seaton. C'était impossible, et elle le savait. Mais face à ce sourire singulier et à ce regard gris ardoise, elle songea tout à coup qu'elle était incapable de refuser quoi que ce soit à cet homme.

— Très bien, milord. J'accepte vos conditions.

4

— Jenkins a fait des miracles, dit Jane en regardant la robe de Maggie au petit déjeuner le lendemain matin. Ne te l'avais-je pas dit ? Un point ici et là, quelques rubans… et voilà !

Il est vrai que la cameriste de Jane, sans être une couturière exceptionnelle, était plutôt douée.

Elle s'était occupée de la vieille robe en mousseline blanche et, grâce à quelques modifications stratégiques, l'avait remise à la taille de Maggie. À présent, le vêtement tombait bien mieux sur sa silhouette menue.

— C'est une amélioration certaine, acquiesça Maggie. Hélas, tous les rubans du monde ne l'empêcheront pas d'être horriblement démodée.

— C'est vrai, elle est hideuse. Pas un seul volant. Mais le tissu est de qualité et le blanc te donne bonne mine. Qui l'a confectionnée, à l'origine ? Mme Dupin, je suppose ? Elle faisait fureur lors de ton dernier séjour à Londres. Elle a fermé boutique, tu sais ? Elle s'est enfuie sur le Continent avec son amant, un homme marié. Enfin, c'est ce qu'on a raconté à l'époque. À propos, Jenkins pourrait peut-être retoucher quelques-unes de tes autres robes ? suggéra Jane avant de mordre dans son toast beurré.

La proposition était tentante. Maggie avait rendez-vous chez la couturière, mais aucune toilette ne serait prête avant une semaine au minimum. En attendant, il serait agréable d'avoir quelques tenues seyantes à porter.

Elle soupira.

— C'est très gentil, Jane, mais je n'ose pas. Bessie est déjà outrée que Jenkins ait mis le pied dans mon dressing. J'ai passé la moitié de la matinée à l'amadouer.

Jane se mit à rire.

— Ces deux-là se jalousent et se chamaillent comme deux vieilles chattes. Bon, peu importe. Je suis sûre que Mme Clotilde aura quelques toilettes prêtes, que tu pourras acheter en plus de ta commande.

Elles devaient se rendre chez Mme Clotilde en fin de matinée. Maggie espérait qu'elle allait tenir le coup. En plus de son état de fatigue latente, elle avait passé une fort mauvaise nuit et se sentait au bord de l'épuisement.

Jane et elle avaient discuté de sa visite chez lord St. Clare jusqu'à quatre heures du matin. Jane l'avait bombardée de questions sur ce qui s'était passé entre le moment où le fiacre l'avait déposée à Grosvenor Square et celui où elle était rentrée dans la luxueuse voiture du vicomte, emmitouflée dans un plaid en fourrure, une brique chaude sous les pieds.

Le vicomte avait même confié une petite flasque de cognac à Bessie, au cas où sa maîtresse se sentirait de nouveau prise de faiblesse.

Quand elle y repensait, Maggie avait l'impression d'avoir vécu un rêve. Mais c'était bel et bien la réalité.

Dès qu'elle avait accepté le marché que lui proposait lord St. Clare, ce dernier s'était levé pour sonner le majordome. Il avait donné des ordres afin que le cocher du fiacre soit renvoyé et qu'on prépare sa voiture pour que Maggie regagne Green Street dans les meilleures conditions de confort.

Elle avait supposé que la brique chaude et le plaid étaient une idée de Jessup. La très chic flasque de cognac, en revanche, ne pouvait provenir que de lord St. Clare : en l'examinant de près, Maggie avait découvert l'initiale B gravée dans le métal, ainsi qu'un emblème représentant deux renards. Sans doute le blason de la famille Beresford.

Mais ce n'était pas la prévenance de lord St. Clare qui avait tenu Maggie éveillée jusqu'à l'aube, ni même la pensée des trois gages réclamés en échange de sa coopération.

Non, c'était la seule chose qu'elle n'avait pas racontée à Jane, ni même à Bessie.

L'étonnante ressemblance de lord St. Clare avec Nicholas Seaton.

— En attendant, disait Jane, je vais te prêter ma nouvelle capote, celle en satin blanc avec les rubans bleus.

Elle se tourna vers un valet qui passait :

— Carson, veuillez faire préparer la voiture. Nous partirons d'ici une demi-heure.

À l'intention de Maggie, elle reprit :

— Tu pourras aussi prendre mon ombrelle en soie bleue. Cette couleur te va mieux qu'à moi.

— C'est très gentil, mais je te soupçonne d'obéir à une motivation purement égoïste. Après tout, ce ne serait pas très chic de te promener en ville avec une… comment as-tu dit, déjà ? Ah oui, une *grand-mère*.

— Ai-je vraiment dit ça ? s'esclaffa Jane. Mais franchement, Maggie, tu étais toujours tirée à quatre épingles et vêtue à la dernière mode. Depuis la mort de ton père, on dirait que tu te moques de tout cela. Je crains qu'entre ta maladie, le tyrannique Fred et les dispositions testamentaires de ton père, tu aies complètement perdu ta vitalité.

Sans répondre, Maggie se servit une tasse de chocolat au lait.

Jane enchaîna :

— Ma chérie, je sais que tu étais déprimée, et personne ne peut t'en blâmer. Mais tu ne dois pas te laisser abattre. Au diable Fred, Beasley Park et ta fatigue ! Remets-toi entre mes mains expertes. J'ai de grands projets.

— Vraiment ? Lesquels ?

— Tout d'abord, je pense que cet horrible médecin de campagne du Somerset ne te vaut rien. Tu dois profiter d'être à Londres pour consulter un praticien sérieux. Celui de maman est très compétent. C'est le Dr Hart. Il exerce à Harley Street. Il n'est pas encore très réputé car il est jeune, mais il est au fait des thérapies les plus modernes et maman ne tarit pas d'éloges à son sujet.

— Lady Trumble a été malade ?

— Elle a juste fait une petite déprime, mais grâce aux bons soins du Dr Hart, son état s'est beaucoup amélioré. Tu dois prendre rendez-vous avec lui, Margaret. Au moins, promets-moi d'y réfléchir.

Maggie laissa passer quelques secondes avant de répondre, une note de défi dans la voix :

— Ma foi, avoir plusieurs avis médicaux ne peut pas faire de mal.

— Exactement.

— Toutefois, je préférerais consulter le Dr Hart en toute discrétion. Autrement dit, à l'insu de Fred.

Je n'ai pas envie qu'il me sermonne ou... qu'il influence le médecin de quelque manière que ce soit.

— Il n'en a pas le droit. Il n'est pas ton mari. Ce qui m'amène à une autre de mes idées...

Jane attendit que la bonne venue débarrasser la table soit repartie avec les assiettes sales pour expliquer :

— Une de mes cousines est mariée à un notaire, maître Wroxham. Crois-tu que si tu allais le voir à propos du testament de ton père...

Jane s'interrompit brusquement au moment où la porte s'ouvrait. Son frère aîné entra dans la salle à manger.

Mince et de taille moyenne, George Trumble avait une figure sympathique. Les cheveux blonds, les yeux bruns un peu trop rapprochés, il ressemblait beaucoup à sa sœur.

Il avait plus ou moins courtisé Maggie durant sa première saison à Londres, et même s'il ne s'était pas vraiment battu pour gagner son cœur, il était resté dans son cercle d'admirateurs et avait toujours répondu présent quand elle avait eu besoin d'une escorte.

Lorsqu'il avait compris que Maggie n'était pas séduite – ni par lui ni par un autre –, ses ardeurs plutôt tièdes s'étaient muées en une affection quasi fraternelle.

Il s'empourpra légèrement au moment de la saluer, et ce fut le seul signe qu'elle avait été naguère pour lui plus qu'une simple amie de sa sœur.

George se pencha par-dessus l'épaule de Jane pour saisir une tranche de cake aux pruneaux.

— Je suis sorti à cheval et...

— Si tu veux manger, assieds-toi, coupa Jane en lui tapant sur la main.

La mine penaude, il les rejoignit à table, posa la tranche de cake sur une assiette et laissa sa sœur lui remplir une tasse de café.

— Tu arrives au mauvais moment, George, lui dit cette dernière. Nous sommes sur le point de sortir. J'ai déjà demandé qu'on nous avance la voiture.

— Où allez-vous donc ? Et où est tante Harriet ? N'est-elle pas censée vous chaperonner ?

— Elle prend son petit déjeuner au lit. Margaret et moi avons rendez-vous chez la couturière. Nos caméristes nous accompagneront. Et un valet, bien sûr. Mais si tu es si soucieux de notre sécurité, tu peux venir aussi.

— Je ferais mieux. Vous laisser folâtrer en ville avec deux vieilles chouettes et un valet pour seule escorte… c'est la recette du désastre ! Je me rappelle une soirée où Mlle Honeywell pouvait à peine respirer, tant les admirateurs se pressaient autour d'elle.

Maggie se mit à rire. Elle se souvenait de cet épisode, dans une salle de bal bondée à l'atmosphère étouffante. George l'avait éventée si vigoureusement avec son éventail en dentelle que les baguettes s'étaient brisées.

— Cette époque est révolue, je vous assure, dit-elle. J'ai vingt-six ans, aujourd'hui.

— Vraiment ? Eh bien, vous ne les faites pas.

George but une gorgée de café avant de poursuivre :

— Mais ça ne fera aucune différence concernant les ragots qui circulent depuis ce matin. Les gens vont vous dévisager et chuchoter dans votre dos. Et croyez-moi, les commères n'auront pas de scrupules à vous questionner.

Le sourire de Maggie s'évanouit.

— Des ragots ? Quels ragots ?

— De quoi parles-tu, George ? s'enquit Jane en plissant les paupières.

— C'est la raison de ma venue ici. Je suis allé au parc… Oui, j'ai acheté un nouveau cheval, mademoiselle Honeywell. Un superbe hongre qui ressemble un peu à ce bai cerise que vous montiez quand…

Sous l'œil réprobateur de sa sœur, George se reprit :

— Revenons à nos moutons. Comme je le disais, je suis sorti au parc. Les messieurs ne parlaient que de cela. Bon, ce n'est pas vraiment le genre de sujet qu'on aborde devant les dames, mais je pense que Jane vous en a déjà parlé et…

— Oui, oui, elle est au courant pour le duel, acquiesça Jane en agitant la main avec impatience. Continue, George. Qu'as-tu appris ?

Maggie était tout ouïe. Hier, lord St. Clare avait promis de ne pas tuer Fred, et elle lui avait fait confiance. Elle avait cru l'affaire réglée.

— Plusieurs gentlemen qui étaient présents au parc ont assisté au duel, enchaîna George entre deux bouchées de cake. Je regrette de ne pas y avoir été moi-même. Rares sont ceux qui ont vu St. Clare tirer au pistolet, excepté lord Vickers et lord Mattingly qui ont voyagé un temps avec lui en Europe. C'est grâce à eux que nous savons qu'il est un tireur exceptionnel, comme tous les Beresford. Ce qui apparemment n'a pas impressionné Burton-Smythe. Ce type est tellement imbu de sa personne… Il ne lui est pas venu à l'esprit qu'il prenait un risque insensé en défiant St. Clare en duel. C'est d'ailleurs ce que j'ai dit à Vickers et…

— Oh, sapristi, assez de digressions ! explosa Jane.

— Bon, pour faire court, quand le mouchoir a touché le sol, Burton-Smythe a fait feu. Sa balle a frôlé la manche du vicomte, à ce qu'il paraît. Et St. Clare n'a même pas frémi. Il est resté debout, sans battre d'un cil, puis il a tiré une balle en plein dans l'épaule de Burton-Smythe !

Maggie resta une seconde bouche bée, avant de s'exclamer :

— Lord St. Clare a *tiré* sur Fred ?

— Oui, mais ce n'est pas tout, dit George, les yeux brillants d'excitation. Pendant que le chirurgien s'occupait de Burton-Smythe qui gisait à terre, St. Clare s'est approché avec la plus grande nonchalance pour lui jeter : « Tirez-en la leçon, mon brave. Si vous voulez vous conduire comme un paysan, restez dans votre campagne. » Puis il est monté dans son phaéton et il est parti. Ah, ah ! N'est-ce pas désopilant ? conclut George en s'esclaffant.

Maggie se sentait au bord de la nausée. Une blessure par balle pouvait être grave. Si la plaie s'infectait, Fred serait peut-être mort dans une semaine ! Et que ferait-elle alors ?

— Où est Fred, maintenant ? Comment va-t-il ? Oh, Jane... Crois-tu que je devrais aller le voir ?

— Ne vous mettez pas martel en tête, mademoiselle Honeywell. Burton-Smythe a été ramené chez lui. Il n'est pas sérieusement blessé : la balle est ressortie. Mais on m'a dit qu'il était d'une humeur de dogue. À votre place, j'attendrais un peu avant de lui rendre visite.

George toussota et, l'air embarrassé, tirailla sur sa cravate avant d'ajouter :

— En outre, certaines personnes pensent que vous êtes plus ou moins fiancée à Burton-Smythe et...

— Certainement pas !

— ... si vous courez à son chevet, autant publier les bans dans le journal.

— Ce sont donc là les fameux ragots dont tu nous parlais ? s'enquit Jane.

— Tu sais comment sont les gens. Quelques matrones vont arrêter Mlle Honeywell dans Bond Street pour lui demander des nouvelles de Burton-Smythe, et bientôt toute la haute société affirmera que les deux duellistes se sont battus pour elle. C'est un bruit qui court déjà. Cette pipelette de Beauchamp a assisté au duel et, à mon arrivée au parc, il racontait déjà partout que Burton-Smythe et St. Clare avaient l'air de *se haïr* et qu'il paierait cher pour connaître la véritable raison du duel. « Il y a une femme là-dessous ! » répétait-il. Ce sont des sornettes, car tout le monde sait qu'ils se sont fâchés au cours d'une partie de cartes.

— Je ferais aussi bien de rentrer à la maison, murmura Maggie.

— Certainement pas ! répliqua Jane. Nous allons nous amuser à Londres. Et si les mauvaises langues disent que tu as un lien avec ce duel... eh bien, je pense qu'il faut d'autant plus nous montrer en société. Nous irons faire des emplettes comme prévu.

George abonda dans le sens de sa sœur. Enthousiaste, il se proposa pour les escorter chez la couturière et ensuite – si elles n'étaient pas trop fatiguées – pour les emmener manger une glace chez Gunther.

— Et si quelqu'un ose vous demander des nouvelles de Burton-Smythe, il aura affaire à moi ! ajouta-t-il.

Maggie se laissa convaincre. Quelques instants plus tard, après avoir enfilé leurs gants et noué les rubans de leur capote, elle et Jane montèrent dans la voiture des Trumble.

— Je ne me soucie pas vraiment des cancans, chuchota Maggie à Jane pendant que George s'éloignait pour aller discuter avec le cocher. À dire vrai... Oh, c'est sans doute très cynique de ma part, mais si Fred devait succomber à ses blessures, la seule chose qui m'inquiète est mon héritage. Suis-je une horrible personne ?

— Pas du tout, répondit Jane en ouvrant son ombrelle jaune pâle. Fred est un rustre. À ta place, je serais verte de rage.

— Je suis en colère contre lui, mais... en réalité, je le suis davantage contre le vicomte de St. Clare. Je ne sais pas pourquoi...

Tout en prononçant ces mots, Maggie avait conscience de mentir.

Bien sûr qu'elle savait pourquoi, mais elle n'allait pas l'avouer à son amie.

Depuis la mort de son père, elle s'était souvent sentie impuissante. En revanche, elle n'avait pas l'habitude qu'on se moque ouvertement d'elle !

Trois gages, *vraiment* ?

St. Clare l'avait prise pour une godiche sortie de sa province. Oh, il avait dû bien rire !

Et dire qu'elle lui avait fait confiance... pour l'unique raison qu'il ressemblait vaguement à Nicholas Seaton !

5

Après avoir tiré dans l'épaule de Frederick Burton-Smythe, John Beresford, vicomte de St. Clare, rentra chez son grand-père à Grosvenor Square.

Il s'entretint rapidement avec son palefrenier, eut une discussion encore plus brève avec son valet – qui regarda d'un air horrifié la manche de sa chemise déchirée par la balle. Puis, comme après chaque duel, il se retira dans la salle à manger pour s'offrir un petit déjeuner pantagruélique.

Il était en train de prendre son café en lisant le journal, quand son grand-père le rejoignit.

— Dehors ! aboya lord Allendale au nez du valet posté près de la porte.

Le malheureux déguerpit sans demander son reste, et le comte prit place à table en face de son petit-fils.

Un silence tendu retomba, tellement chargé de menace que St. Clare se sentit obligé de poser son journal pour demander :

— Oui, grand-père ?

Les cheveux du comte, jadis blond doré, étaient maintenant blanc argenté. L'éclat de son regard gris si caractéristique s'était un peu éteint, sauf quand il bouillait de colère. Mais sa vie sportive et aventureuse, qui avait hâlé son teint et fortifié son corps, l'avait préservé des maladies du grand âge. Il n'avait pas de rhumatismes, ne souffrait pas de goutte. Il avait l'esprit vif et clair, une mémoire d'éléphant. Et même s'il se déplaçait plus lentement qu'avant, il s'obstinait à marcher sans canne.

Allendale n'avait jamais été l'aristocrate anglais typique. Certains l'accusaient même d'être un excentrique. Voyageur infatigable, il avait passé la majorité de sa vie à l'étranger et, durant les dernières années de ses pérégrinations, avait entraîné son petit-fils à sa suite.

Mais récemment, alors que St. Clare approchait de son trentième anniversaire, le comte avait commencé à avoir certaines marottes qui prouvaient que, finalement, il n'était pas si différent de ses pairs.

— Jessup m'a dit que tu t'étais battu en duel, ce matin ?

St. Clare ne voyait pas l'utilité de nier. Si quelqu'un pouvait le comprendre, c'était bien son grand-père qui, expert au pistolet et à l'épée, n'était pas le dernier à avoir défendu son honneur. C'était même grâce à lui qu'il était devenu un tireur hors pair.

— Oui, c'est exact.

— Avec un petit hobereau de campagne ?

Le ton du comte était plus cinglant que jamais.

St. Clare jeta un regard de regret à son journal, avant de le replier et de le poser à côté de son assiette.

— L'héritier d'un baronnet, si cela a une importance quelconque. Mais où voulez-vous en venir, grand-père ?

— Sois prudent.

— Je suis excessivement prudent.

— Je pense que tu comprends ce que je veux dire.

St. Clare se renfonça contre le dossier de sa chaise.

— Comme vous pouvez le constater, je m'en suis sorti sans une égratignure.

— Vraiment ? gronda Allendale. J'ai cru comprendre que la balle de ton adversaire t'avait frôlé le bras.

St. Clare maudit silencieusement Jessup. Ce n'était pas par hasard que son grand-père surnommait le majordome « Argus ». Tel le géant de la mythologie, Jessup semblait avoir des yeux partout.

— Une simple éraflure.

— Et ton adversaire ? Ce petit noble de province ? Comment s'en est-il tiré ?

— Bien mieux qu'il ne le méritait.

— Tu lui as tiré dans l'épaule, n'est-ce pas ? Laquelle ? La droite ?

St. Clare hocha la tête.

— Est-il droitier ou gaucher ?

— Jusqu'à ce matin, il était droitier.

St. Clare n'avait pu s'empêcher de sourire.

— Tu es content de toi, hein ? Dis-moi, mon garçon, quel affront impardonnable t'avait-il infligé ? A-t-il triché aux cartes ?

St. Clare haussa les épaules.

— Sans doute.

— Et tu as jeté de l'huile sur le feu en sachant pertinemment qu'il allait te défier en duel ?

Sans attendre la réponse, Allendale marmonna :

— Comment les choses ont-elles pu aller aussi loin, face à un type insignifiant qui ne maîtrise pas ses nerfs ? Maintenant, pendant un mois, il ne pourra pas porter sa cuillère à sa bouche. Sans parler de tenir les rênes de son cheval. Es-tu satisfait ? Eh bien, je l'espère, mon garçon. Car je te préviens, c'est la dernière fois que tu te bats en duel sur le sol anglais !

St. Clare accueillit cette diatribe dans un silence résigné. Son aïeul était coutumier du fait.

— Quand je pense que nous venons tout juste de rentrer à Londres ! N'as-tu donc aucune retenue ? Aucun sens du devoir ? Crois-tu que je me sois donné tout ce mal avec toi pour que tu finisses comme ton père ? La lignée des comtes d'Allendale remonte à deux siècles ! Jusqu'à Ivo Beresford lui-même. Penses-tu que je vais permettre qu'elle s'éteigne ? Que le titre passe à ce crétin de Lionel qui est le fils d'un vague cousin ? Je préférerais que nous allions tous deux griller en enfer !

St. Clare versa du café dans une tasse et, sans un mot, la poussa vers son grand-père.

Renfrogné, Allendale l'accepta néanmoins et but une gorgée. Au bout d'un moment, ses joues reprirent leur couleur normale.

— Quand nous avons quitté Florence, je t'ai dit qu'il était temps que tu prennes tes responsabilités. Plus de fredaines, jeune homme. Tu vas te marier et engendrer un héritier. Tu le dois à notre famille. Tu *me* le dois.

St. Clare ne protesta pas. Il savait bien qu'il avait des devoirs envers le titre. Des années durant, il s'était préparé à devenir le prochain comte d'Allendale. Il avait appris tout ce que son grand-père avait jugé bon de lui enseigner. Ses propres ambitions, au fil du temps, s'étaient effacées derrière le besoin constant de prouver sa valeur en excellant dans chaque défi à relever.

Et il avait réussi. Il avait étudié, étendu sa culture, s'était perfectionné dans les disciplines sportives, même les plus exigeantes. Il était devenu « un véritable aristocrate », comme disait son grand-père.

Mais à présent ils n'étaient plus à Florence, ni à Paris, ni au Caire, ni à Bombay. Ils étaient en Angleterre.

— Je n'oublie pas ce que je vous dois, dit-il. J'ai obéi aveuglément à toutes vos instructions.

— Pas toutes.

Imperturbable, St. Clare poursuivit :

— J'ai engagé un nouveau tailleur et un nouveau bottier. J'ai acheté des chevaux d'exception. Je suis devenu membre des clubs qui comptent. J'ai assisté aux réceptions et aux bals importants. J'ai même supporté la compagnie de ceux qui ont jadis critiqué mon père.

— Des chacals, grommela Allendale. Une vraie meute de hyènes. Ce sont eux qui ont causé sa mort.

— J'en ai bien conscience.

Le père de St. Clare, James Beresford, le précédent vicomte, avait eu une jeunesse tumultueuse. À la suite d'un accident de voiture, il s'était querellé avec le plus jeune fils du duc de Penworthy, qui était un peu simple d'esprit. Les choses avaient dégénéré et les deux hommes s'étaient retrouvés à l'aube sur le pré. Penworthy avait été tué, et la haute société avait accusé James d'avoir tiré avantage de la faiblesse de son adversaire.

L'honneur du vicomte avait été terni, et ceux qui se prétendaient ses amis lui avaient tourné le dos.

Même son père l'avait renié.

Allendale, qui plaçait l'honneur familial au-dessus de tout, avait jeté son fils en pâture aux loups au moment où ce dernier avait le plus besoin de lui.

Pour échapper à la prison, le père de St. Clare avait dû s'enfuir sur le Continent. C'est là qu'il avait passé le reste de sa courte vie, car il était mort à trente-trois ans d'une maladie.

— Ton père était trop naïf. Il avait de mauvaises fréquentations. Mais toi… tu es plus méfiant. Je crois même que tu ne fais confiance à personne.

— C'est faux. J'ai une confiance aveugle en mon valet et mon palefrenier, rétorqua St. Clare avec un demi-sourire.

— Il y a beaucoup à dire sur la loyauté des domestiques, mais n'essaie pas de changer de sujet. Je veux ta parole d'honneur que tu ne te battras plus en duel avant d'avoir engendré un héritier. Si à l'avenir tu entres en conflit avec quelqu'un… je ne vois pas pourquoi ce serait le cas, mais admettons… trouve un autre moyen de régler le problème. Dorénavant, tu auras pour seul but de trouver une épouse convenable et de perpétuer la lignée. Bon sang, je choisirai cette fille moi-même, s'il faut en arriver là !

— Je vous remercie infiniment de votre obligeance, grand-père, mais sur ce chapitre je suis capable de me débrouiller seul.

L'image de Margaret Honeywell se grava dans son esprit.

Il se remémora son visage magnifique illuminé par les flammes. L'instant où elle s'était évanouie dans ses bras. Son extrême minceur qu'il avait perçue à travers ses vêtements…

Il avait eu envie de la serrer contre lui et de ne plus jamais la lâcher.

Elle relevait de maladie, à l'évidence. Il n'aurait pas dû s'en soucier. Il n'avait que faire des faibles femmes qui tombaient en pâmoison. Mais la visite de Mlle Honeywell, la veille, l'avait troublé. Depuis, il ne cessait de penser à elle.

Il était même tenté de lui rendre visite chez les Trumble…

Plus tard ce jour-là, quand son grand-père consentit enfin à lui ficher la paix, il essaya de lui écrire une lettre pour l'inviter à se promener avec lui dans son phaéton.

Chère mademoiselle Honeywell, me feriez-vous le grand honneur de...

Très chère mademoiselle Honeywell, vous me feriez une joie immense si vous acceptiez...

Aucune formulation ne semblait adéquate. Ils n'avaient pas été formellement présentés, aussi n'était-il pas censé lui rendre visite. Ni lui adresser un message personnel, d'ailleurs.

Il allait devoir trouver quelqu'un pour procéder à cette formalité. À moins de s'asseoir carrément sur les conventions ? Plus il réfléchissait à la question, moins il savait quoi faire.

Cette indécision ne lui ressemblait pas, et le résultat fut qu'il ne revit Mlle Honeywell que trois jours plus tard, et par hasard.

Parmi les nombreux loisirs proposés en ville, le théâtre était le seul que le comte d'Allendale apprécie vraiment. La semaine passée, ils étaient allés voir Edmund Kean jouer dans *Macbeth*. Le comte avait été si impressionné par la prestation du comédien qu'il avait proposé de réunir quelques amis et connaissances pour voir la pièce une deuxième fois.

Il avait invité une vieille douairière et ses deux petites-filles, une matrone et sa fille, ainsi que l'ami de St. Clare, lord Mattingly et... sa jeune sœur.

Le soir venu, tout ce petit monde se retrouva dans la loge du comte.

— Désolé, mon vieux, dit Mattingly en s'asseyant à côté de St. Clare. Tu es la proie officielle de la saison, et ma mère a insisté pour que je te jette Astrid dans les pattes.

La jeune fille assise à côté de Mattingly sortait à peine du pensionnat. Tout en bras et en jambes, elle s'empourprait à la moindre occasion. Ce n'était qu'une enfant.

Elle leva les yeux de son programme, surprit le regard de St. Clare posé sur elle et rougit comme une tomate.

— Avez-vous vu déjà M. K-K-Kean sur scène, milord ? demanda-t-elle.

— Oui, la semaine dernière, acquiesça St. Clare en souriant. Et vous, mademoiselle Mattingly ?

— Oh non. C'est la p-p-première fois que je v-v-vais au théâtre.

St. Clare reporta son attention sur Mattingly et haussa un sourcil. « Désolé », articula ce dernier en silence.

St. Clare ne lui en voulait pas. En toute objectivité, la jeune Astrid Mattingly était la femme la plus sympathique de la loge. Assises derrière eux, les petites-filles de la douairière gloussaient comme des poules. Quant à l'autre jeune fille, Mlle Louisa Steele, elle avait le même charme que cette vipère qui était un jour entrée dans sa tente, alors qu'il campait dans le désert égyptien.

Selon sa mère qui chantait ses louanges depuis leur arrivée, Louisa était douce, gentille, spirituelle, aussi douée au pianoforte qu'à la harpe, excellente cavalière et d'une grâce éblouissante sur la piste de danse. Toutes les autres débutantes étaient jalouses d'elle.

Mme Steele tenait ce discours à la douairière, mais St. Clare savait qu'il ne s'adressait qu'à lui seul.

— Un « diamant » : c'est comme ça que le duc l'a appelée quand elle a fait ses débuts dans le monde. Il a dit qu'il n'avait jamais vu une si jolie jeune fille. Vous imaginez cela ?

— Non, rétorqua sèchement la douairière.

Mlle Steele, qui était assise devant St. Clare, pivota sur son siège et chuchota :

— N'écoutez pas maman. Je ne m'intéresse pas au duc.

« Quel duc ? » se retint-il de demander. Elle enchaîna :

— Même s'il est vrai qu'il a dit que j'étais ravissante. J'avoue que cela m'a surprise. Je me trouve très ordinaire. Qu'en pensez-vous, milord ?

St. Clare pensait surtout que Mlle Steele maîtrisait parfaitement l'art du flirt, pour une personne d'à peine vingt et un ans. Elle minaudait, faisait la moue, battait des cils. La méthode marchait peut-être sur d'autres, mais pas sur lui.

— Vous êtes très bien, mademoiselle Steele.

— Divine ! la complimenta Mattingly.

Elle pouffa.

— Oh, flatteur ! Je sais bien que non. Pas dans cette robe. Et pas avec ce collier. J'aurais dû porter mes perles, c'est ce qui va le mieux avec mes cheveux, mais maman a tenu à ce que je mette des diamants. Le duc prétend que je dois en porter, puisque je suis moi-même un diamant.

Pendant que Mlle Steele accaparait l'attention de Mattingly, St. Clare laissa dériver son regard sur la salle de théâtre.

Dans les loges d'en face, les dames étincelantes de bijoux étaient assises au premier rang, devant les messieurs en gilets argentés ou dorés. Il y avait même quelques courtisanes célèbres.

Puis, au moment où le rideau se levait, il la vit.

Margaret Honeywell.

Un frisson d'exaltation le parcourut.

Elle était assise dans une loge, un étage en dessous du sien, en compagnie d'un jeune homme mince aux cheveux blonds et d'une jeune femme tout aussi blonde et mince. À leurs côtés, une dame âgée somnolait dans son fauteuil.

Il devait avoir du mal à cacher sa fascination, car Mattingly lui tendit obligeamment sa lorgnette incrustée de nacre.

St. Clare s'en empara sans mot dire et la braqua en direction de Mlle Honeywell. La lentille puissante lui permit de distinguer chaque trait de son visage au teint parfait. Les yeux d'un bleu profond, semblables à deux saphirs. Le petit nez droit, la délicieuse fossette qui creusait son menton têtu... On n'oubliait pas aisément un tel visage. Il était de ceux qui hantent les rêves d'un homme. Et sa silhouette était tout aussi remarquable. Il n'avait pas vraiment pu l'admirer quand elle était venue à Grosvenor Square, vêtue de cette robe informe, mais ce soir...

Ce soir, elle portait une toilette en soie champagne aux courtes manches bouffantes, qui dénudait ses épaules et dévoilait la naissance de ses seins.

Ses doigts se crispèrent sur la lorgnette.

Elle avait la peau claire, laiteuse. Ses cheveux bruns relevés en chignon dégageaient son cou de cygne. Sa coiffure faussement négligée donnait l'impression que ses boucles brillantes étaient sur le point de crouler dans son dos. Ses joues rosies et sa bouche de la même couleur donnaient l'impression qu'elle venait tout juste de quitter le lit après un interlude passionné avec un amant...

Qui était ce dadais blond assis à côté d'elle ? Un de ses admirateurs transis qui avait réussi à évincer les autres pour l'escorter au théâtre ?

Le dadais se pencha pour glisser quelques mots à l'oreille de Mlle Honeywell. Elle inclina la tête, l'écouta avec attention, esquissa un sourire.

St. Clare sentit la jalousie lui mordre le cœur.

— Qui fixes-tu comme ça ? s'enquit Mattingly à mi-voix. Ne me dis pas que tu cherches un autre hobereau de campagne pour te défouler ?

— Qui est ce type blond, là-bas ?

Mattingly reprit la lorgnette.

— Où ça ? Ah, lui ? Avec le gilet aux broderies dorées ? C'est George Trumble. Il est plutôt sympathique, inutile d'aller lui chercher des poux dans la tête. Mais... tu as vu ? On m'avait dit que Mlle Honeywell était de retour en ville, mais je ne l'avais pas encore croisée. Cela doit faire... bientôt quatre ans.

St. Clare tourna la tête vers son ami. Mattingly était presque aussi grand que lui, brun, bien bâti. On le considérait comme un homme séduisant.

— Comment se fait-il que tu la connaisses ?

— Je l'ai rencontrée quand elle a fait ses débuts dans le monde.

St. Clare reprit la lorgnette et la dirigea de nouveau vers Mlle Honeywell.

— Parfait. Comme ça, tu vas pouvoir nous présenter pendant l'entracte.

6

Quand St. Clare et lord Mattingly entrèrent dans la loge, Mlle Honeywell était en train de discuter avec la grande jeune femme blonde qui, selon Mattingly, était la sœur de George, Mlle Jane Trumble.

Leur chaperon ronflait doucement dans son fauteuil. Quant à George Trumble, il avait disparu.

— Mon frère est parti nous chercher un verre de citronnade, expliqua Mlle Trumble quand Mattingly eut procédé aux présentations.

Ces paroles auraient dû culpabiliser St. Clare. Les dames restées dans la loge du comte attendaient sans doute de lui et Mattingly qu'ils fassent preuve de la même obligeance à leur égard. Mais il se moquait de passer pour un butor quand il regardait Margaret Honeywell.

Il y aurait bien un gentleman attentionné pour jouer les chevaliers servants auprès de Mlle Steele et des autres.

— Qu'avez-vous pensé du premier acte ? demanda Mattingly à Mlle Trumble en s'installant à côté d'elle.

Sans être un génie, il avait toujours les bons réflexes quand il s'agissait d'aider un ami. Comme tout à l'heure, quand il avait spontanément prêté sa lorgnette à St. Clare. Et maintenant, il s'occupait de distraire Mlle Trumble pour lui laisser le champ libre avec Mlle Honeywell.

— J'ai vu Kean jouer Othello, et je ne suis pas sûr qu'il soit aussi bon en Macbeth, ajouta Mattingly.

— Je le trouve excellent, répondit Mlle Trumble. En même temps, je n'ai pas de point de comparaison. Était-il donc si remarquable dans le rôle d'Othello ?

St. Clare s'approcha de Mlle Honeywell, dont la mine fermée n'était pas vraiment une invite à la conversation.

— Puis-je ? s'enquit-il en désignant le siège que George Trumble avait laissé vacant.

— Comme vous voudrez, répliqua-t-elle sèchement.

Il s'assit, heureux de pouvoir l'admirer de près. La robe diaphane qui découvrait la rondeur des épaules tombait en plis scintillants jusqu'à ses pieds. Sa peau laiteuse luisait à la lumière des bougies. Un petit bouquet coquin piqué au creux de son décolleté cachait ses seins... ou attirait l'attention sur eux. Et puis, il y avait ce visage mémorable encadré par deux bouclettes échappées du chignon, les grands yeux bleus, la bouche généreuse, la fossette impertinente...

Elle était magnifique.

Et elle avait l'air de très mauvaise humeur.

St. Clare ne put s'empêcher d'être déstabilisé. Il se sentait un peu dans la peau d'un collégien intimidé face à une belle dame lors de son premier bal.

Quelle idée ridicule.

Pourquoi cette nervosité ? Sur le Continent, il avait dîné à la table des rois. Valsé avec une princesse, dansé le quadrille avec une archiduchesse.

Mais le regard direct de Mlle Honeywell semblait transpercer son élégant habit de soirée pour lire au plus profond de lui.

« Que pensez-vous de moi ? » avait-il envie de lui demander. Mais il connaissait déjà la réponse. Elle avait une piètre opinion de sa personne. Cette moue dédaigneuse, cette lueur belliqueuse dans les yeux…

Il s'avisa soudain que cette attitude hostile avait peut-être une explication toute simple. Lui avait-on conseillé de se méfier de lui ? L'avait-on présenté comme un libertin ? un aventurier ?

Cette pensée le ragaillardit.

— La pièce vous plaît-elle, mademoiselle Honeywell ?

— Oui, beaucoup.

— Kean a un talent fou, n'est-ce pas ?

— En effet.

— J'ai eu la chance de voir cette pièce la semaine dernière. J'ai particulièrement apprécié la prestation de Mme Bartley dans le rôle de lady Macbeth. Je ne pensais pas que Mme Hill puisse l'égaler, mais ce soir elle m'a impressionné. Je suis impatient de voir comment elle va interpréter la scène de somnambulisme dans l'acte V.

St. Clare attendit en vain une réponse.

— Pardon, mais… vous aurais-je offensée d'une manière ou d'une autre ?

Elle le fusilla du regard et chuchota furieusement :

— Vous savez très bien ce que vous avez fait !

Il écarquilla les yeux.

— Non, vraiment, je ne vois pas…

— Me prenez-vous pour une imbécile, milord ? Croyez-vous que je ne sache pas comment s'est terminé le duel ?

— Si, mais…

Elle se pencha vers lui et il perçut l'odeur subtile de son parfum. Toujours à voix basse, elle poursuivit avec véhémence :

— Vous avez blessé M. Burton-Smythe ! Vous m'aviez donné votre parole d'honneur que...

— Que je ne le tuerais pas. Et j'ai tenu parole.

— Vous lui avez tiré dessus !

— Dans l'épaule.

— Et vous n'avez pas pensé que la balle risquait de le toucher trop haut ou trop bas ? Par temps venteux, vous auriez pu l'atteindre en pleine tête !

St. Clare réprima un sourire. Il aimait bien quand elle se mettait en colère. Cela changeait de la créature fragile et pâlotte qui était venue lui rendre visite à Grosvenor Square.

— Je vise avec une grande précision, mademoiselle Honeywell. La balle va toujours là où je l'ai décidé. J'ai touché M. Burton-Smythe où cela fait le plus mal.

— À l'épaule ? lâcha-t-elle d'un air dubitatif.

— Non. Dans son orgueil. Vous savez très bien que s'il s'en était tiré sans une égratignure, sa morgue serait restée intacte. Votre M. Burton-Smythe avait besoin d'une bonne leçon. J'ai voulu l'humilier, et j'espère qu'il a meilleur caractère maintenant.

— Ce n'est pas *mon* M. Burton-Smythe !

— Je suis ravi de l'apprendre.

— Et si vous pensez que quoi que ce soit puisse améliorer son caractère, vous vous trompez.

— Peut-être. Franchement, je crois qu'il faudrait lui tirer dessus au moins cent fois pour qu'un changement notable se manifeste.

Elle détourna vivement la tête, mais il avait eu le temps d'entrevoir un sourire sur ses lèvres.

— Vous êtes un scélérat.

St. Clare sourit. L'espace d'un instant, il oublia les dizaines de jumelles qui devaient être braquées sur eux.

— Un scélérat à qui vous devez trois gages.

— Tiens donc ?

— Voyons, je refuse de croire que vous n'honorerez pas votre parole.

— Vous espérez que je vais remplir ma part du contrat alors que vous avez saboté la vôtre ?

— J'ai fait exactement ce que vous m'avez demandé de faire. J'ai épargné sa vie.

Elle se mit à triturer l'un de ses longs gants.

— Vous avez pris mes paroles au pied de la lettre, mais vous avez trahi l'esprit de votre promesse.

— Serions-nous dans une impasse ? J'espère bien que non, car j'ai très envie de réclamer votre premier gage.

— Je ne pensais pas que vous parliez sérieusement. Des gages ! Honnêtement, depuis trois jours, je me dis que vous vous êtes moqué de moi.

— Pas du tout.

— C'est ce que vous dites, mais...

— Mademoiselle, si vous n'arrêtez pas de tripoter votre gant, je vais me sentir obligé de vous prendre la main.

Elle le foudroya du regard.

— Vous n'oseriez pas !

— Ne me mettez pas au défi, prévint-il, enchanté de voir revenir sa colère.

Elle posa les mains à plat sur son giron.

— Voilà. Satisfait ?

— Oui. Maintenant, plus sérieusement, acceptez-vous de venir vous promener au parc demain après-midi avec moi ? Je viens de m'acheter un phaéton et une paire de chevaux bais qui vous enchanteront. Je serais très honoré de les étrenner en votre compagnie.

— Pourquoi diable pensez-vous que cela m'enchanterait ?

— Vous n'aimez pas les chevaux ?

— Vous n'en savez rien. Je pourrais très bien en avoir peur.

Il ravala un sourire.

— *Vous ?*

— Ce serait possible, insista-t-elle.

— *Vous* auriez peur des chevaux ? De tous les chevaux ? Même ces bais avec une croupe magnifique ? Des jarrets superbes ?

Les coins de la bouche de Margaret frémirent, mais elle réussit à ne pas sourire.

— Est-ce une simple invitation ou le premier gage, milord ?

— Cela dépend de vous.

Elle soupira.

— Alors inutile de perdre un gage. J'accepte l'invitation. Mais seulement parce que je suis curieuse de voir vos chevaux.

— Bien sûr.

Le cœur de St. Clare cognait dans sa poitrine.

— Je viendrai vous chercher à dix-sept heures, si cela vous agrée ?

— Certainement. Merci, milord.

À cet instant, George Trumble entra dans la loge.

— Seigneur, quelle bousculade ! Je... Oh, pardon, je ne savais pas qu'il y avait quelqu'un. Tout va bien, Jane ? demanda-t-il en tendant un verre de citronnade à Mlle Honeywell, puis à sa sœur.

— Tout à fait, opina Mlle Trumble. George, je suppose que tu connais lord Mattingly ? Et voici lord St. Clare. Ils sont venus nous tenir compagnie pendant l'entracte.

St. Clare et Mattingly se levèrent d'un même mouvement et s'inclinèrent dans une courbette.

— Nous avions très envie de présenter nos respects à Mlle Trumble et à Mlle Honeywell, dit Mattingly. Mais nous étions sur le point de prendre congé. Il ne faudrait pas négliger les dames qui sont dans notre loge.

— Où est votre loge ? demanda Mlle Trumble.

— En face, juste un peu à droite, à l'étage supérieur.

Mlle Trumble leva sa lorgnette.

— Oh, mais c'est Mlle Steele que je vois ? C'est la reine de la saison, à ce qu'on dit.

— J'ai aussi amené ma sœur Astrid, fit Mattingly. C'est la jeune fille assise au premier rang. Elle sort à peine du pensionnat.

— Elle est adorable. Eh bien, messieurs, il semble que vous soyez attendus. Ce serait très égoïste de notre part de vous retenir.

— Jane a raison, acquiesça Trumble.

St. Clare avait les yeux rivés sur Mlle Honeywell, qui le regardait également. Il prit sa main gantée, qu'elle lui abandonna volontiers. Il la retint quelques secondes de plus qu'il n'était nécessaire avant de s'incliner.

— À demain, mademoiselle Honeywell.

— J'ai hâte de faire cette promenade, milord.

Il la lâcha à contrecœur et, après avoir pris congé de Mlle Trumble et de son frère, quitta la loge, Mattingly sur les talons.

Le couloir était bondé. St. Clare se fraya un chemin parmi la foule en direction de l'escalier. Dès qu'il en eut l'opportunité, Mattingly se mit à sa hauteur.

— La Jolie Guêpe.

— Pardon ? fit distraitement St. Clare.

— C'est comme ça qu'on appelait Margaret Honeywell lors de sa première saison. Pas au début, bien sûr. À son arrivée à Londres, on l'a surnommée « la Vénus de poche ». Elle est si belle. Et quelle silhouette ! Elle avait toute une cour d'admirateurs autour d'elle. Puis le premier soupirant s'est fait piquer. Et un second. Elle avait l'art et la manière de les envoyer balader. Dans un langage assez fleuri, d'ailleurs. Elle galopait bride abattue dans les allées de Hyde Park. Elle a tiré au pistolet lors d'une garden-party. Et quel caractère !

St. Clare écoutait maintenant son ami avec une attention presque avide. Il peinait à concilier la virago décrite par Mattingly avec la créature fragile qui s'était évanouie dans la bibliothèque de son grand-père. La camériste avait parlé d'une maladie. Quelle maladie ? Et était-elle toujours souffrante ?

— À t'entendre, c'est une petite mégère. Ce n'est pas l'impression que j'ai eue.

— Pourtant, elle n'avait pas l'air très avenante avec toi. On aurait dit qu'elle te faisait des reproches.

— Pas du tout. Nous discutions juste de la pièce de théâtre. Mlle Honeywell adore Shakespeare.

— Ah. Peut-être s'est-elle adoucie avec les années ? Elle n'est plus toute jeune, il est vrai.

— Tu exagères !

— Elle a au moins vingt-cinq ans. Et elle n'est toujours pas mariée, c'est incroyable.

— Sur ce point, tu as raison. N'a-t-elle jamais eu de prétendant sérieux ?

— Des tas. Au moins six hommes ont demandé sa main. Des types bien, je crois, qui avaient tous de la fortune, sauf un. Elle les a éconduits. Quant aux autres, les plus timides, ils se sont démontés à la première rebuffade. Mais ils n'ont rien à regretter, car il se trouve qu'elle était tout simplement amoureuse de quelqu'un.

St. Clare tourna vivement la tête vers son ami :

— Qui ?

Mattingly haussa les épaules.

— Un soldat, paraît-il. Je ne le connais pas. Mais comme elle n'est toujours pas mariée, je suppose que l'affaire a tourné court. Peut-être le pauvre diable est-il mort à la guerre ? Et Burton-Smythe en a profité pour s'imposer comme son soupirant attitré.

— Je suis au courant.

— On m'a dit qu'il essaie de la conduire à l'autel depuis des années.

— Sans grand succès, apparemment.

Mattingly ricana.

— Ils ne vont pas ensemble, ça saute aux yeux. Il lui faut une petite souris grise qui n'aura jamais un mot plus haut que l'autre et qui ne lui tiendra jamais tête. Mais toi… j'aurais dû me douter que tu t'intéresserais à elle. Mlle Honeywell coche toutes tes cases.

— Quelles cases ?

— Je veux dire qu'elle est tout à fait ton genre de femme.

St. Clare eut un rire bref.

— Je ne vais pas le nier, mais je ne vois pas bien comment tu peux affirmer ça.

— Oh, voyons… Quand nous avons fait ta connaissance avec Vickers en Italie, les seules femmes sur lesquelles tu te retournais étaient des brunes aux yeux bleus. Et plus ils étaient bleus, plus cela te plaisait. Chaque fois que tu en croisais une, tu faisais volte-face, comme si tu avais vu un fantôme. Ça nous amusait beaucoup, Vickers et moi.

Mattingly gloussa, puis reprit son sérieux en constatant que St. Clare s'était rembruni.

— Je ne compare pas Mlle Honeywell aux cocottes de là-bas, bien sûr. C'est une vraie dame, personne n'oserait dire le contraire. Je dis juste… un peu maladroitement, peut-être... que Mlle Honeywell est à ton goût.

St. Clare resta silencieux un moment. Puis, dans un murmure inaudible qui se perdit dans le brouhaha du théâtre, il acquiesça :

— Oui... Mlle Honeywell est à mon goût.

7

Le lendemain, après une matinée de shopping qui s'était achevée par une longue visite à la bibliothèque de Hookham, Maggie et Jane trouvèrent un message de lord St. Clare qui les attendait à Green Street.

— C'est assez effronté de sa part de t'écrire, tu ne trouves pas ? remarqua Jane en ôtant ses gants. Mais peut-être se permet-on d'agir ainsi sur le Continent... Que t'écrit-il, Margaret ? Est-ce une lettre d'amour ?

— Pas du tout, répondit Maggie qui parcourait le message. C'est un mot tout à fait banal. Il souhaite passer me chercher une heure plus tôt que prévu. Cela me convient mieux, en fait, mais ça me laisse à peine le temps de me préparer. Il faut que je me dépêche d'aller me changer.

— Tu as quand même le temps de prendre une tasse de thé, objecta Jane en l'entraînant vers la porte du salon, près de laquelle un valet était en faction. Carson ? Du thé et des biscuits, s'il vous plaît.

La lettre à la main, Maggie se laissa tomber sur le canapé. Elle la relut plus posément, et soudain ses yeux s'écarquillèrent.

— Qu'y a-t-il ? Tu es toute pâle, s'étonna Jane.

— Hein ? Oh, rien. C'est juste que... pendant un instant, j'ai cru...

Maggie sentait son cœur tambouriner dans sa poitrine. Elle arrivait à peine à aligner deux pensées cohérentes.

Jane saisit le papier pour le lire à son tour.

— Que dit-il qui puisse te troubler autant ? Voyons… Il te demande de lui répondre si tu seras prête pour seize heures. Il n'y a rien de choquant là-dedans. Hormis son écriture atroce. Ces gribouillis ressemblent aux hiéroglyphes égyptiens du British Museum.

— Oui, c'était assez brouillon, murmura distraitement Maggie. Il faut… que je rédige ma réponse…

Comme elle ébauchait un mouvement pour se lever, Jane l'arrêta :

— Inutile, je vais jouer les secrétaires.

— Oh, merci, dit Maggie, reconnaissante.

Elle avait presque le tournis depuis qu'elle avait relu le message qui avait déclenché dans son esprit un tourbillon d'hypothèses, et elle priait pour que Jane ne la questionne pas davantage.

Cette dernière alla s'asseoir devant la petite écritoire, prit une feuille de papier et une plume dans un tiroir.

— Juste une phrase pour dire que tu seras prête à seize heures et je signe de tes initiales ?

Maggie acquiesça. Jane rédigea quelques lignes rapides, plia le feuillet et le cacheta à la cire, avant d'appeler le valet :

— Veuillez porter immédiatement ce mot à lord St. Clare. Il réside chez le comte d'Allendale, à Grosvenor Square.

— Tout de suite, mademoiselle.

Carson s'éclipsa.

Jane revint s'asseoir près de Maggie.

— Il est évident que lord St. Clare préfère t'emmener au parc à une heure de faible affluence.

Sans doute parce qu'il ne veut pas déclencher les rumeurs, mais... on ne peut écarter l'hypothèse qu'il ait une autre idée en tête. Un kidnapping ? S'il t'enlevait pour t'épouser de force à Gretna Green, il raflerait ta fortune au passage.

— Si tel est son plan, il va avoir une mauvaise surprise, rétorqua Maggie avec un sourire acide. Mais je ne crois pas que le vicomte soit un coureur de dot.

— Moi non plus, admit Jane. Néanmoins, je n'arrive pas à bien le cerner. Sous ses manières policées, on a l'impression qu'il se moque un peu de tout le monde. Et il n'y a pas que cela. Quelque chose détonne chez lui, je ne sais pas quoi au juste. Il est vrai que je connais mal les canailles, encore moins les hommes vraiment dangereux...

— Comment cela, dangereux ?

— George dit que lord St. Clare est redoutable. Rappelle-toi ce qu'il a raconté du duel...

— Bah ! George est bien trop impressionnable, comme beaucoup de messieurs. Ce n'est pas si difficile d'atteindre une cible à quinze pas. À Beasley Park, je touchais une bouteille vide posée sur la clôture à vingt pas. Et c'est bien plus petit qu'un homme !

— Oui, mais la bouteille ne risquait pas de riposter.

— En tout cas, il est absurde de dire que St. Clare est dangereux parce qu'il sait viser.

— Ce qui fait froid dans le dos, c'est son détachement incroyable. Il est resté de marbre quand la balle de Fred l'a frôlé. Puis il a levé son pistolet et pouf, il a tiré ! Et ensuite, il est venu narguer Fred qui gisait à terre en le traitant de paysan et...

— Oh, assez, gémit Maggie. George a déjà raconté cinquante fois cette histoire. Tu ne vas pas t'y mettre aussi ?

— Son attitude ne t'étonne pas ?

— Si, mais je ne suis pas non plus époustouflée. Tous les Beresford sont bons tireurs, c'est dans leur nature. Et à propos des Beresford… il faut que je rende sa flasque de cognac à lord St. Clare.

— N'oublie pas d'emporter ton ombrelle neuve. Il fait beau et, pâle comme tu es, tu vas tout de suite attraper un coup de soleil. Et ne rentre pas trop tard, même s'il te fait une cour empressée.

— Une cour empressée ? Oh, Jane ! s'exclama Maggie en riant.

— Je ne dis pas qu'il va demander ta main, mais il est évident que tu lui plais. Il va vouloir flirter avec toi. Oh, ne fais pas cette tête. Il y a pire que d'être courtisée par un blond vicomte. Et pour tout dire, ça m'arrangerait, car cela me donnerait l'occasion de côtoyer lord Mattingly. J'avoue qu'il ne me laisse pas indifférente. J'avais déjà le béguin pour lui quand j'ai fait mes débuts dans le monde.

— Tu ne m'en as jamais parlé !

Jane soupira.

— Je n'aime guère me rappeler cette période. Lady Barbara Latimer m'avait surnommée « la Quenouille », et tout le monde a repris ce sobriquet. En outre, lord Mattingly était déjà séduisant et populaire, alors que moi… j'étais comme je suis aujourd'hui : trop grande, pas très jolie, sans qualités particulières hormis ma petite cervelle. Et tu sais très bien ce que les messieurs pensent des femmes intelligentes.

Avant que Maggie ait le temps de répondre, la porte du salon s'ouvrit et un froufrou de soie annonça l'arrivée de tante Harriet.

Petite, la tête couronnée de cheveux blancs, elle avait un visage ridé qui évoquait un cerneau de noix.

S'aidant de sa canne en ébène, elle s'approcha en trottinant.

— Ah, vous voilà, mesdemoiselles ! dit-elle de sa voix chantante.

— Voulez-vous du thé de Ceylan ? s'enquit Jane.

— Pardon ? Qu'est-ce qui est excellent ?

Jane haussa la voix :

— Le thé. J'en ai aussi à la bergamote...

— Vous avez sali votre capote ? C'est bien dommage.

Une fois assise dans le fauteuil, tante Harriet cala sa joue contre la têtière avec un soupir :

— Je vais fermer les yeux un instant. Réveillez-moi quand le thé sera prêt, Elizabeth.

Comme Maggie jetait un regard surpris à Jane, celle-ci ravala un sourire et expliqua dans un chuchotement :

— Elizabeth est ma mère. Ne t'avais-je pas dit que tante Harriet est le chaperon idéal ?

À seize heures précises, avant même que l'horloge du salon ait fini de sonner, lord St. Clare arriva à bord de son superbe phaéton noir, tiré par deux chevaux bais identiques qui avaient l'air plutôt ombrageux.

Maggie l'avait guetté à la fenêtre. Lorsqu'il se gara devant la façade de la maison, elle s'empressa de rejoindre le rez-de-chaussée pour se porter à sa rencontre.

À sa vue, il ordonna à son laquais de tenir les rênes, puis sauta à terre et s'inclina dans une courbette solennelle.

— Bonjour, mademoiselle Honeywell.

— Bonjour, milord.

Il promena un regard admiratif sur sa pelisse bleu outremer et son chapeau assorti.

— Vous êtes ravissante.

— Et vous, fort élégant.

C'était la stricte vérité. De son haut-de-forme à ses bottes qui brillaient comme des miroirs, sa tenue mettait merveilleusement en valeur son corps athlétique.

— J'avais l'intention de sonner pour respecter les convenances, remarqua-t-il avec un sourire taquin.

Maggie se sentit rougir. Pourquoi était-elle accourue de manière si impétueuse ? Comme à l'époque où Nicholas Seaton venait la chercher en carriole au portail de Beasley Park pour l'emmener en ville.

« On m'a demandé de livrer des provisions au presbytère. Viens avec moi, Maggie. Je n'ai pas envie d'y aller tout seul », disait-il.

Ce souvenir réveilla le sentiment d'étrangeté qu'elle avait éprouvé en lisant le message de lord St. Clare.

— Inutile de vous mettre en frais, assura-t-elle. Tante Harriet dort à poings fermés, et vous avez déjà été présenté à Mlle Trumble. Rien ne vous oblige à entrer, à moins... à moins que vous n'y teniez absolument ?

— Eh bien... non. Comme vous le dites, ce n'est pas vraiment nécessaire.

Maggie s'avança vers le phaéton. Lord St. Clare s'approcha et, comme il ne lui offrait pas immédiatement sa main, elle lui jeta un regard interrogatif. Pour cela, elle dut basculer la tête en arrière car il était diablement grand. Elle lui arrivait à peine à l'épaule !

Plutôt que lui tendre la main comme l'aurait fait n'importe quel gentleman, il la prit par la taille et, sans effort apparent, la hissa dans le véhicule.

Maggie piqua un fard.

Lord St. Clare feignit de ne rien remarquer. L'air dégagé, il sauta sur le siège et s'installa à son côté avant d'attraper les guides. Puis il prit le temps de draper une couverture sur les genoux de la jeune femme.

— Êtes-vous à votre aise ? s'enquit-il.

Maggie n'était pas à l'aise du tout. La cuisse musclée de lord St. Clare frôlait la sienne, et il lui semblait encore sentir la pression de ses mains sur sa taille.

— Oui, merci, répondit-elle.

Le son haut perché de sa propre voix la mortifia.

Lord St. Clare ne souriait plus. Était-il troublé par leur proximité, lui aussi ?

— Enzo, éloigne-toi des chevaux, commanda-t-il à son valet.

Il fit claquer le fouet et mit les bêtes au petit trot. Le valet, un mince garçon brun aux yeux noirs, s'élança et, d'un bond, se jucha sur la banquette arrière.

Maggie ne s'était pas promenée en voiture ouverte depuis plusieurs années. Son propre phaéton avait été vendu, et depuis sa maladie on lui avait interdit de monter à cheval. Elle avait juste eu le droit de sortir en voiture fermée pour ne pas fragiliser ses poumons.

Cette liberté lui avait beaucoup manqué.

Lord St. Clare conduisait adroitement le phaéton à travers les rues. Bien vite, la nervosité de Maggie s'évapora, chassée par une douce euphorie à mesure que les chevaux prenaient de la vitesse. Elle savoura la sensation du vent qui jouait avec les plumes de son chapeau et lui caressait le visage.

— N'est-ce pas merveilleux ? s'exclama-t-elle. Être perchés si haut et filer si vite !

— Vous n'avez pas peur ?

— Peur ? Mais pourquoi ? Le phaéton est très bien suspendu et vous m'avez l'air d'un conducteur chevronné. Quant aux chevaux... ils sont superbes ! Rapides, dociles, réactifs...

Il sourit.

— À ce train-là, la plupart des dames sont agrippées des deux mains à leur siège.

— C'est parce que vous n'avez promené que des chiffes molles.

À cet instant, le phaéton croisa une voiture tirée par quatre alezans. Les deux bais s'en effarouchèrent et piétinèrent en couchant les oreilles et en retroussant les naseaux. Lord St. Clare les retint d'une main sûre, puis négocia un virage tout en souplesse pour bifurquer vers l'entrée du parc.

— Vous m'avez mal compris, mademoiselle Honeywell. Je parlais de manière générale. En vérité, vous êtes la première dame que j'emmène au parc depuis mon arrivée à Londres.

Le sourire de Maggie s'éteignit. Pourquoi lui mentait-il ? Hier soir au théâtre, il était entouré d'une kyrielle de jolies femmes.

— Depuis combien de temps êtes-vous à Londres, milord ?

— Environ un mois.

— Et avant, où étiez-vous ?

— En Italie.

Ils longeaient l'allée dans un trot rapide et élégant qui aurait suscité l'admiration de tout connaisseur en matière équestre.

Maggie déploya son ombrelle en soie et cala le manche sur son épaule tout en profitant du paysage. Pour le moment, il n'y avait pas grand monde autour d'eux, juste une calèche occupée par trois matrones et un phaéton conduit par un jeune homme qui n'avait visiblement aucune idée de ce qu'il faisait.

D'ici une heure, quand la noblesse viendrait parader sur Rotten Row, la circulation serait bien plus dense.

— Pourquoi est-ce Mlle Trumble qui a répondu à mon message ? demanda-t-il soudain.

— Comment le savez-vous ? Elle a signé de mes initiales.

Comme il gardait le silence, elle reprit :

— Il n'y a là aucun mystère. Mlle Trumble a voulu me rendre service pour éviter que je me fatigue. C'est la personne la plus gentille du monde.

Le phaéton était en train de croiser la calèche. Lord St. Clare resta concentré sur les chevaux et, au carrefour suivant, les dirigea vers la partie du parc la moins fréquentée.

— Je vous ai invitée ici pour pouvoir passer un moment tranquille en votre compagnie, dit-il enfin. Ce matin, j'ai réalisé qu'à dix-sept heures il y aurait foule. Voilà pourquoi j'ai voulu avancer l'heure du rendez-vous. J'espère que cela n'a pas bouleversé vos projets ?

— Non, pas du tout.

Le soleil brillait et la brise froissait le feuillage des arbres. À présent, voitures et piétons se faisaient rares. Le phaéton s'enfonçait de plus en plus loin dans le parc.

— Où m'emmenez-vous ? demanda Maggie.

— Là-bas, au bout de l'allée, près de ce petit bosquet.

Il tira sur les guides pour ralentir les chevaux. Maggie préférait quand ils avançaient au trot. Au pas, leurs silences prolongés et les battements chaotiques de son cœur paraissaient accentués.

Elle chercha désespérément quelque chose à dire et décida finalement d'être directe :

— Quand vous étiez en Italie…

— Quand vous avez fait vos débuts..., commença-t-il au même instant, avant de s'excuser : Pardonnez-moi.

— Ce n'est pas grave. Que disiez-vous ?

— Eh bien, on m'a dit que vous avez reçu de nombreuses demandes en mariage, durant votre première saison.

— Oui... un certain nombre.

— Que vous avez toutes déclinées.

— Vous en savez, des choses...

— Les gens parlent, mademoiselle Honeywell. Et quand un sujet m'intéresse, je dresse l'oreille, forcément.

— La haute société glose-t-elle encore à ce propos ? J'ai fait mes débuts dans le monde il y a six ans : je pensais que les gens étaient passés à autre chose.

— La haute société n'oublie jamais rien. Elle a une mémoire d'éléphant.

— Inutile de nier, alors. De toute façon, ça n'a rien d'extraordinaire. Je ne suis pas la seule à avoir éconduit des soupirants.

— Mais j'ai cru comprendre que vous aviez une raison particulière. Que vous étiez amoureuse d'un homme. Un soldat.

Maggie sentit son pouls s'accélérer. Elle risqua un coup d'œil en direction de lord St. Clare. La mine impassible, il ne quittait pas la route des yeux.

— En quelque sorte, répondit-elle, évasive.

Comprenant qu'elle comptait s'en tenir là sur le sujet, il reprit avec un brin d'agacement :

— Allez-vous m'en parler, ou dois-je invoquer un gage ?

— Est-ce donc si important pour vous ? Je ne comprends pas pourquoi. C'est de l'histoire ancienne.

— Mettez ça sur le compte de mon abominable curiosité.

Maggie connaissait assez les hommes pour reconnaître un accès de jalousie.

— Comme vous voudrez. Cela comptera pour un gage, alors. Oui, c'est la vérité. J'étais amoureuse. Mais je ne sais pas s'il était soldat.

— Comment cela ?

— Nous étions amis d'enfance. Et hélas, nous avons été séparés il y a dix ans.

Les chevaux changèrent soudain de rythme et une secousse ébranla le phaéton. Lord St. Clare ravala un juron et raccourcit les guides.

— Il a été mon premier amour, poursuivit Maggie. Le seul, en réalité.

St. Clare semblait focalisé sur les chevaux, mais il aurait fallu être aveugle pour ne pas remarquer que ses épaules s'étaient raidies.

— De jeunes amants tragiquement séparés, dit-il d'un ton sarcastique. C'est une histoire banale.

— Nous n'étions pas amants.

— Bien sûr.

— Mais cela serait sûrement arrivé, s'il était resté.

Elle vit ses mains gantées se crisper sur les guides. Les chevaux, déjà nerveux, prirent une allure encore plus saccadée.

— Vous me choquez, mademoiselle Honeywell.

— Pourquoi ? Il n'y a rien de choquant. Je l'aimais. Je pensais que nous passerions notre vie ensemble.

— Beaucoup de jeunes filles ont nourri les mêmes illusions concernant leurs premières amours. Et autant de jeunes gens, sûrement. Quand on mûrit, on devient plus raisonnable.

— Vous croyez ?

— La plupart du temps, en tout cas.

— J'ai peut-être banalisé la situation en vous disant que je l'aimais. Mais comment vous expliquer autrement ? Nous étions tellement plus que des amis, que des amants. Nous étions… des âmes sœurs. Essentiels l'un pour l'autre, comme la lumière ou l'oxygène. Aussi loin que remonte ma mémoire, je n'existais que pour les moments où nous étions ensemble. Et il ressentait la même chose. Quand nous étions séparés… nous n'étions pas complets.

Une vague de tristesse inattendue l'assaillit. Envahie par les souvenirs, elle laissa glisser son regard sur leur environnement bucolique.

— Je pense souvent que depuis son départ je ne suis plus que la moitié de moi-même. Vous vous demandez pourquoi j'ai refusé toutes ces demandes en mariage ? Mais comment aurais-je pu épouser quelqu'un d'autre, quand je savais que la moitié de mon cœur allait peut-être revenir un jour ?

— Pourtant, il n'est pas revenu.

— Non. J'ai supposé qu'il s'était enrôlé dans l'armée. Que peut-être il était parti se battre sur le Continent et… qu'il était mort là-bas, acheva-t-elle, un frémissement dans la voix.

— Une pensée lugubre.

— Mais plus facile à supporter que l'alternative.

— Qui est ?

— L'idée que je n'aie finalement pas compté pour lui. Qu'après notre séparation, il ait vécu sa vie sans plus se soucier de moi.

— Impossible.

— Vous croyez ?

Il tira sur les guides pour stopper le phaéton, tourna la tête vers elle :

— Un homme qui vous aimait à ce point n'aurait pas pu vous oublier. Je crois que vous avez raison, mademoiselle Honeywell. Votre amour d'enfance est sûrement mort. Permettez-moi de vous présenter mes plus sincères condoléances.

Il appela le laquais pour lui demander de tenir les chevaux, avant de proposer :

— Voulez-vous marcher un peu ?

Maggie étudia son visage. Ses traits inexpressifs semblaient figés dans le granit. Seuls ses yeux gris – ce regard étrangement familier – trahissaient une once d'émotion, presque imperceptible mais bien réelle.

— J'ai passé la matinée à faire du shopping. Je suis un peu fatiguée. Mais si vous voulez bien me donner le bras, oui, je serai heureuse de faire quelques pas en votre compagnie.

Lord St. Clare sauta à terre et contourna le phaéton pour l'aider à descendre. Cette fois, elle n'attendit pas qu'il lui tende la main et prit appui sur son épaule. Il la saisit par la taille pour la déposer doucement sur le sol.

Il demeura un instant dans cette position, ses mains puissantes calées sur la courbe de ses hanches, son regard rivé au sien.

Un passant qui les aurait vus aurait pensé qu'ils étaient sur le point de s'embrasser. Si on les surprenait dans une attitude aussi intime, il y aurait des commérages. Un scandale. La réputation de Maggie serait ternie et, pire, celle de la pauvre Jane aussi.

Elle devait se ressaisir. Ce n'était pas compliqué. Lord St. Clare ne s'imposait pas par la force. Un mot, un geste suffirait à le décourager. Plus simple encore, elle n'avait qu'à reculer d'un pas pour se dégager.

Pourtant, elle semblait paralysée et continuait de le dévisager, comme dans un rêve.

Lentement, elle leva la main pour lui toucher la joue.

Il tressaillit, ferma brièvement les yeux en s'abandonnant à la caresse. Puis il dit d'une voix sourde :

— Arrêtez.

Sans l'écouter, elle posa l'autre main sur son visage. En réaction, il l'enlaça de ses bras solides, puis se figea, la tête légèrement inclinée. Seul un muscle frémissait dans son cou.

De sa main gantée, elle écarta une mèche blonde qui lui retombait sur le front.

— Margaret…

— Maggie, chuchota-t-elle.

— Maggie.

Sa bouche captura la sienne dans un baiser avide, presque désespéré.

Maggie sentit ses jambes se dérober sous elle.

Glissant les bras autour de son cou, elle se pressa contre lui et s'abandonna à ses lèvres brûlantes.

Même après dix longues années, elle retrouvait les mêmes émotions.

— Oh, Nicholas ! Nicholas… Je savais que tu reviendrais ! souffla-t-elle, éperdue de bonheur.

8

Pendant quelques secondes, lord St. Clare serra Maggie à l'étouffer. Puis, avant qu'elle ait compris ce qui se passait, il lui écarta les bras pour se dégager de son étreinte et la repoussa d'un mouvement ferme.

Ses traits figés ne révélaient aucune émotion.

— Il semble qu'il y ait méprise, mademoiselle Honeywell, dit-il avec une politesse horripilante.

Maggie avait les lèvres gonflées par leur baiser. Elle percevait encore la chaleur de son corps. Elle mit quelques secondes à absorber son changement d'attitude.

Dressé de toute sa haute taille, il était redevenu l'incarnation de l'aristocrate hautain et intimidant.

Sa voix teintée de dédain lui fit l'effet d'un seau d'eau glacée jetée en pleine figure :

— Ne vous y trompez pas, votre complaisance est agréable et j'ai très envie de l'encourager. Mais j'ai déjà mauvaise réputation, je ne veux pas la noircir davantage en vous trompant sur mon identité. En outre, je me flatte de ne pas en avoir besoin pour séduire une jolie fille.

Avec un sourire moqueur, il ajouta :

— Votre Nicholas a bien de la chance de vous avoir inspiré une telle dévotion, mais hélas je ne suis pas lui.

La nature passionnée de Maggie reprit le dessus.

— Si, c'est toi ! Me prends-tu pour une imbécile ? Pensais-tu que je ne te reconnaîtrais pas ? Je l'ai su dès l'instant où nous nous sommes revus. Pourquoi crois-tu que je me sois évanouie ?

— Vous étiez épuisée.

La colère de Maggie flamba. Comment osait-il invoquer sa maladie ? Fred employait souvent cette tactique, mais ce n'était pas digne de Nicholas.

Elle ouvrait la bouche pour le lui dire quand son attention fut attirée par la présence du valet, qui les écoutait avec une curiosité manifeste. L'avait-il entendue appeler son maître « Nicholas » ? Les avait-il vus s'embrasser ?

Ses joues s'embrasèrent. D'un mouvement abrupt, elle tourna les talons et s'éloigna.

Lord St. Clare la rattrapa l'instant d'après et lui offrit son bras, qu'elle accepta à contrecœur.

Comme s'il avait lu dans ses pensées, il remarqua :

— Enzo ne maîtrise pas bien notre langue. Enfin, juste assez pour pouvoir s'occuper des chevaux.

— Ah. Est-il aveugle aussi ?

— Je crains que non. Mais je vous promets qu'il ne dira rien. Même s'il avait assez de vocabulaire pour bavarder avec les autres domestiques, il ne s'abaisserait pas à le faire. Il est d'une loyauté sans faille.

— C'est très réconfortant.

— Mademoiselle Hon…

— J'ai reconnu ton écriture, tu sais. C'est quand même moi qui t'ai appris à lire et à écrire.

— Vous vous trompez, objecta-t-il sans élever la voix.

— Et comment as-tu deviné que je n'ai pas écrit la réponse à ta lettre ? Non, inutile de répondre. C'est une évidence. J'ai passé des heures à recopier des phrases dans ton cahier d'étude, et je suis sûre que tu connais mon écriture par cœur.

Elle commençait à s'essouffler. Au bout d'un moment, elle avait du mal à parler en marchant.

— Je t'ai reconnu, et puis j'ai commencé à avoir des doutes, admit-elle. Je me suis dit qu'il s'agissait peut-être d'une simple ressemblance. Que le vrai Nicholas n'aurait pas attendu tout ce temps pour venir me voir. Qu'il aurait débarqué dans le Somerset à peine le pied posé sur le sol anglais, au lieu de passer un mois à Londres à jouer aux cartes et à se battre en duel. Mais tu n'as pas défié n'importe qui. Tu as défié Frederick Burton-Smythe. Apparemment, la haine que tu lui portes a perduré toutes ces années, contrairement à ton amour pour moi.

L'expression de St. Clare se durcit.

— Taisez-vous. Vous dites n'importe quoi.

— Alors explique-moi ! Dis-moi où je me trompe.

— Vous vous trompez sur toute la ligne.

— Je ne dis pas que je sais tout. J'ignore comment tu es arrivé ici, et pourquoi tu prétends être vicomte...

— Je *suis* vicomte.

Il avait parlé avec tant de conviction que Maggie le crut presque. Presque.

— Si tu refuses de me dire la vérité, si tu ne me fais pas confiance, pourquoi m'avoir invitée à faire cette promenade ? Tu devais savoir que je te reconnaîtrais.

— Je vous rappelle que c'est *vous* qui êtes venue me chercher. Pour me supplier d'épargner la vie de Burton-Smythe.

— Non, je veux dire après. Au théâtre. Et aujourd'hui. Et... si je suis juste une étrangère, pourquoi m'avoir embrassée ?

— Chère mademoiselle Honeywell, je crois que vous sous-estimez grandement votre charme, rétorqua-t-il avec une nonchalance étudiée. Regardez-vous dans le miroir. Vous êtes d'une beauté rare. Quel homme n'aurait envie de vous embrasser si vous l'y encouragez ?

— J'ai fait cela, moi ?

— Non ?

Elle fronça les sourcils.

— Non... Peut-être... Oh, je ne sais pas ! Essaies-tu de provoquer une dispute ? Ou tout simplement de me faire du mal ?

Le visage de St. Clare trahit enfin une émotion fugace.

— Je ne souhaite pas vous faire de mal. Ni maintenant ni jamais. Si vous ne deviez croire qu'une seule chose, croyez celle-ci.

— Tu m'as fait souffrir chaque jour de ces dix dernières années. Tu m'as brisé le cœur !

Ses pommettes s'empourprèrent et il détourna la tête pour laisser son regard errer sur la pelouse qui les entourait. Son profil aurait pu être sculpté dans la pierre.

— Je vous demande pardon. Je me suis mal conduit. Je n'aurais pas dû vous embrasser. C'est entièrement ma faute, et je vous présente mes excuses.

— Et maintenant, tu te moques de moi !

— Pas du...

Il s'interrompit, marmonna un juron, puis reprit d'un ton irrité :

— Cette conversation n'a pas de sens !

— C'est bien mon avis.

Maggie avait les joues en feu. Elle pressa sa main gantée contre son visage. Si Bessie avait été là, elle l'aurait gourmandée : toutes ces émotions allaient la faire défaillir une fois de plus.

Mais il n'y avait pas que cela. Ce matin, avec Jane, elle avait déjà beaucoup marché. Et cette promenade en compagnie de St. Clare lui demandait un effort physique qu'elle n'était plus capable de fournir.

Avec amertume, elle lâcha :

— Je suis peut-être folle. Je dois l'être, si je vous confonds avec Nicholas Seaton, milord. Complètement folle. Aussi, je ne vois pas l'utilité de nous revoir à l'avenir.

— Au contraire. J'ai l'intention de vous faire la cour.

Maggie n'aurait pas été plus ahurie s'il lui avait donné un coup de maillet sur la tête.

— Me faire la cour ? Mais... pourquoi ?

— Pourquoi un gentleman courtise-t-il une dame ?

— Tu veux dire...

Il visait le *mariage* ? Elle ne réussit pas à prononcer le mot. C'était grotesque. Impensable.

Dans six mois, elle épouserait Fred.

Elle n'avait pas le choix. Elle devait penser à Beasley Park. Aux terres, aux métayers. Elle était chez elle, là-bas. Le domaine lui revenait de droit.

L'ironie de la situation la frappa de plein fouet. Nicholas Seaton était enfin revenu. Mais trop tard.

— Avez-vous perdu votre langue ?

Maggie jeta un regard autour d'elle. Elle avait le tournis. Jusqu'où avaient-ils marché ? Aux alentours, on ne voyait aucune voiture, aucun promeneur. Où étaient Enzo et le phaéton ? Oh, Seigneur, elle avait du mal à respirer. Ses poumons étaient en feu...

La voix de lord St. Clare perça le brouillard de ses pensées :

— Il y a une souche là-bas, où nous pouvons nous asseoir un instant. Pouvez-vous marcher jusque-là ? Ou dois-je vous porter ?

— Je ne suis pas malade !

Sa voix sifflante lui fit peur. Mon Dieu, qu'allait-il penser d'elle ? Mais, à son air inquiet, il était clair qu'il avait remarqué ses joues empourprées et sa respiration laborieuse.

— Il y a quatre jours, vous vous êtes évanouie dans la bibliothèque de mon grand-père. Votre camériste a dit qu'elle avait d'abord été votre infirmière. Elle a même dit que sans elle vous seriez peut-être morte.

— Oui, j'ai été malade. Mais je suis guérie maintenant.

Elle tourna la tête vers la souche d'arbre. Lord St. Clare glissa un bras autour de sa taille.

— Allons, encore quelques pas…

Une minute plus tard, Maggie s'assit pesamment sur la souche. Elle voulut dénouer le ruban de son chapeau, mais ses gants la rendaient malhabile. Des larmes de frustration lui montèrent aux yeux.

— Je n'arrive pas à respirer, dit-elle en haletant.

— Laissez-moi faire.

Il s'assit près d'elle, dénoua rapidement les rubans avant de soulever le chapeau avec délicatesse.

— Ça va mieux ?

Maggie hocha la tête. Elle ferma les yeux et prit une courte inspiration. Puis une autre, et encore une autre. Peu à peu, les battements de son cœur s'apaisèrent et la sensation d'oppression diminua dans sa poitrine.

— J'avais l'impression de suffoquer… Pardon. Cela ira mieux d'ici une minute.

Elle s'appliqua à se calmer, à respirer régulièrement. Le grand air lui faisait du bien. La brise agitait les frondaisons, elle sentait l'odeur rafraîchissante de l'herbe humide. Et puis il y avait la présence de St. Clare, solide, réconfortante.

Plusieurs minutes s'écoulèrent avant qu'il murmure, l'air fâché contre lui-même :

— Je n'aurais pas dû vous emmener si loin. Ni me disputer avec vous. Une fois encore, je vous présente mes excuses.

Elle leva les yeux sur lui, et son cœur manqua un battement.

Pendant qu'elle respirait les yeux fermés, il avait ôté son haut-de-forme. Ses boucles dorées brillaient au soleil de fin d'après-midi. La mine soucieuse, il la regardait de ses yeux gris ardoise. Près de lui, elle se sentait petite et vulnérable, étonnamment féminine. Elle se souvint de l'instant où sa bouche chaude s'était écrasée sur la sienne, et un petit frisson de plaisir la parcourut.

Elle secoua la tête.

— Mon Dieu, je ne suis même pas capable de faire quelques pas au bras d'un gentleman. J'ai déjà renoncé à monter à cheval, à conduire un buggy et… à toutes les activités qui me plaisent. Je ne vais quand même pas devenir impotente !

— Pourtant, vous prétendez n'être pas malade.

— Je ne le suis pas ! Du moins, je ne le suis plus.

— Que s'est-il passé ? demanda-t-il à mi-voix.

— Il y a trois ans, j'ai attrapé une mauvaise grippe qui m'a laissée très faible. Le médecin du village a diagnostiqué une faiblesse des poumons. Voilà pourquoi je n'ai assisté à aucun bal depuis mon arrivée à Londres. Je ne peux plus danser, ni faire aucun effort prolongé.

— Il y a eu une épidémie dans votre village ?

— Non, heureusement. Un vieux métayer qui vivait en bordure du domaine a attrapé la grippe. Il n'a survécu que quatre jours et, après sa mort, sa femme est tombée malade à son tour. C'était difficile pour elle : elle n'avait ni famille ni amis, personne pour la soigner. Je ne pouvais pas la laisser seule. Naturellement, mon père m'a interdit d'aller la voir, mais rien n'aurait pu m'en empêcher. Je suis restée à son chevet trois jours, jusqu'à sa mort. Et j'ai contracté la maladie à mon tour.

— Et vous avez failli en succomber.

— Heureusement, Bessie est venue s'occuper de moi.

Tout à coup, le masque de détachement aristocratique se fissura sous une explosion de colère :

— Mais à quoi pensiez-vous donc ? Votre santé n'a aucune importance pour vous ? Vous moquiez-vous de mourir ? Oh, Seigneur...

Il se passa rageusement la main dans les cheveux et enchaîna :

— Risquer votre vie pour... qui ? Une femme que personne n'aurait regrettée ? Dont la mort serait passée complètement inaperçue ? Je ne comprends pas. Et aujourd'hui, vous êtes toujours malade...

— Non !

— Vous *êtes* malade, répéta-t-il d'un ton accusateur. Parce que vous avez pris des risques inconsidérés. Sans aucune raison valable.

— Arrête de me faire la leçon ! C'est vrai, je n'ai pas pensé aux risques, mais la raison était tout à fait valable. Cette pauvre femme était en train de mourir. C'était mon *devoir* de prendre soin d'elle.

— Il a fallu que vous jouiez les grandes dames du manoir, ironisa-t-il méchamment.

— Non ! Oui, j'étais la châtelaine, mais... assister les pauvres et les malades n'a jamais été... Oh, va au diable, Nicholas ! Si tu veux vraiment le savoir, j'y suis allée parce que cette femme... Je suis désolée... Il s'agissait de Jenny Seaton.

Cette fois, il ne protesta pas parce qu'elle l'avait appelé Nicholas. Il se contenta de la fixer comme si elle venait de lui parler dans une langue inconnue.

— Quoi ?

— Un an après ton départ, elle a épousé Ned Jensen. Tu te souviens peut-être de lui. Ce vieil ermite revêche qui nous criait dessus chaque fois que nous passions devant chez lui. Il avait besoin de quelqu'un pour entretenir la maison et Jenny lui a dit que s'il l'épousait, il dépenserait moins que s'il engageait une femme du village.

— Comme c'est romantique.

— Ce n'était pas un mariage d'amour, mais ils ont réussi à se supporter. Et je crois qu'ils ont été satisfaits de leur sort durant le temps qui leur a été donné.

— Ils se sont *supportés*. Quelle belle épitaphe...

Maggie ne comprenait pas sa réaction. Au début, il avait paru assommé. Mais maintenant... il était furieux.

Nicholas n'avait jamais été très proche de sa mère. Il ne l'avait d'ailleurs jamais appelée « maman ». Le méritait-elle, au demeurant ? Jenny était inculte, négligée, et encline aux sautes d'humeur qui la faisaient passer des lamentations à des accès de rage incontrôlés. Dans ces moments-là, elle brisait tout ce qui lui tombait sous la main et frappait souvent son fils.

Mais si les coups portés par Frederick Burton-Smythe mettaient Nicholas dans une fureur noire, il réagissait d'une tout autre manière quand sa mère levait la main sur lui.

Maggie se rappelait un jour en particulier où, après avoir reçu une sévère raclée, il était venu la rejoindre dans les bois de Beasley Park. La tête posée sur ses genoux, il avait pleuré, secoué de sanglots douloureux, pendant qu'elle lui caressait les cheveux.

Ce souvenir réveilla une émotion si poignante que, l'espace d'un instant, elle craignit de fondre elle-même en larmes.

Avait-elle eu tort d'évoquer la mort de sa mère ? de lui causer ce chagrin ? Le Nicholas qu'elle avait connu attendait désespérément quelque chose de Jenny. Un amour inconditionnel, sans doute.

— Je suis désolée, répéta-t-elle.

Malgré la froideur qu'il lui opposait, elle tendit la main, paume ouverte. Une ombre passa sur ses traits. Finalement il saisit ses doigts, les retint dans les siens.

— Vous n'auriez pas dû faire ça. Vous auriez pu mourir, dit-il d'une voix enrouée.

C'était donc ça, la source de sa colère. Non pas la mort précoce de Jenny, mais les risques que Maggie avait pris.

— Je l'ai fait pour toi.

— Non.

— Jenny était tout ce qui subsistait de toi. Le seul lien qui me restait. Alors je me suis rendue à son chevet pour lui tenir la main, comme je tiens la tienne en ce moment, jusqu'à son dernier soupir. Je l'ai fait pour toi. Parce que je t'aimais.

— Bon sang, Maggie !

Elle eut un coup au cœur. Il refusait toujours d'avouer sa véritable identité, mais pour elle cela n'avait plus d'importance.

Elle ramena sa main vers elle, pressa sa joue contre sa paume.

— Nicholas…

— Non, répéta-t-il d'une voix durcie. Je ne veux plus entendre ça.

— Quoi, ça ? La vérité ?

Son cœur battait follement. Elle percevait la force des émotions qu'il refrénait.

Un homme dangereux. Redoutable, avait dit Jane.

C'était sans doute vrai.

Mais Maggie n'avait pas peur.

— Tu me demandes de faire comme si le passé n'existait pas ? Comme si nous nous étions rencontrés pour la première fois chez le comte d'Allendale, à Grosvenor Square ?

— C'est la seule vérité en ce qui me concerne. Il est inutile de prétendre quoi que ce soit d'autre.

« En ce qui me concerne. »

Maggie retint son souffle. C'était presque un aveu. Une confession… mais aussi une mise en garde. Il ne voulait pas évoquer le passé. Il préférait oublier qui il avait été et ce qu'ils avaient signifié l'un pour l'autre.

Sans doute avait-il de bonnes raisons. Certaines étaient même évidentes. Bonté divine, il se faisait passer pour un riche vicomte ! Et le plus ahurissant, c'est que lord Allendale était complice de cette imposture.

— Moi, je n'ai rien oublié. Jamais je ne pourrai…

— Mademoiselle Honeywell…

— Maggie.

— Maggie…

Il saisit son menton entre le pouce et l'index, puis murmura de nouveau son prénom, de cette voix de baryton teintée d'adoration :

— *Maggie*.

— Je ne sais même pas comment je dois t'appeler.

— St. Clare.

— C'est un titre.

— Oui, le mien. Mais si vous préférez, quand nous sommes seuls, vous pouvez m'appeler par mon prénom. John.

Maggie se rembrunit. Ce ne serait pas Nicholas, alors, mais John Beresford, vicomte de St. Clare. Et personne d'autre.

— John, dit-elle.

John, St. Clare, milord... Quelle différence cela faisait-il ? Pour elle, il restait Nicholas. *Son* Nicholas.

Et pourtant...

Pourtant, en prononçant cet autre prénom, elle avait eu un frisson. Comme s'il était l'étranger qu'il prétendait être. Comme s'il n'avait aucun rapport avec Nicholas Seaton.

Il eut soudain un sourire malicieux, lui caressa la lèvre inférieure du pouce.

— On dirait que vous venez d'avaler un verre de poison. Allons, redites-le.

— John, souffla-t-elle.

Il inclina la tête, sa bouche à quelques millimètres de la sienne.

Maggie ferma les yeux. Son cœur s'emballa, comme à l'époque où son cheval galopait vers une haute clôture, quand elle éprouvait ce mélange de peur et d'euphorie dont les Honeywell se nourrissaient.

Ses lèvres s'entrouvrirent...

Mais un crissement de roues retentit sur le sable d'une allée, et la brise apporta sur ses ailes le son d'un rire lointain.

St. Clare s'était figé.

Il se redressa avec un soupir.

— C'est l'heure de la promenade des élégantes.

Maggie se mordit la lèvre. Elle n'était plus une débutante dont il fallait préserver à tout prix la réputation, et elle n'avait jamais beaucoup respecté les diktats de l'étiquette.

Néanmoins, il y avait des règles.

Elle était seule avec un homme. Et pas n'importe lequel. Le vicomte de St. Clare. Celui-là même qui avait transpercé d'une balle l'épaule de Frederick Burton-Smythe.

— Il faut rentrer.

Elle se releva si brusquement qu'elle marcha sur le bas de sa pelisse et faillit trébucher.

St. Clare la retint par le bras.

— Doucement. Ils sont encore loin, nous avons le temps.

— Le temps de sortir du parc sans que personne nous voie ?

— Ça, c'est malheureusement impossible. Mais nous avons le temps de remonter dans mon phaéton, et nous ne serons plus qu'un couple parmi d'autres qui se promène dans Hyde Park.

— Les gens jasent déjà. George m'a mise en garde. Si jamais Fred apprend...

— Et alors ? Burton-Smythe n'est pas votre père.

Il avait posé le chapeau de Maggie sur sa tête et était en train d'en nouer les rubans.

— Non, mais... il y a Beasley Park, mon héritage et... le testament de papa. Oh, tu ne comprends pas la situation ! s'agaça-t-elle.

St. Clare, qui s'apprêtait à poser son haut-de-forme sur son crâne, suspendit son geste. Un sourire sardonique barra le bas de son visage.

— Pas encore, admit-il. Mais je vais mettre rapidement mon nez là-dedans, ne vous y trompez pas.

9

Le comte d'Allendale parlait souvent de l'extrême sang-froid dont faisait preuve son petit-fils. St. Clare avait appris à ne jamais être esclave du tempérament fougueux des Beresford, et il mettait un point d'honneur à maîtriser ses émotions en toutes circonstances.

Il savait que, la plupart du temps, une indifférence glacée suffisait à désarmer l'adversaire, bien plus efficacement que des injures ou une brutale démonstration de force.

Sans en avoir jamais vraiment eu la preuve, il aurait juré que son grand-père admirait secrètement ce flegme inébranlable.

Le comte était hélas bien incapable d'exercer un tel contrôle sur lui-même. Il avait suffi que les invités prononcent le nom de son défunt fils pour qu'il s'enflamme et perde rapidement ses nerfs.

— Comment cela, vous n'avez jamais entendu parler du mariage de mon fils ? Mais naturellement ! Comme tous les membres de la haute société, vous lui avez tourné le dos sans vous soucier de ce qu'il devenait. Espériez-vous qu'il allait vous écrire pour vous annoncer officiellement ses fiançailles ?

Mme Lavinia Beresford était la veuve d'un cousin éloigné du comte, et la mère de l'homme qui arrivait juste après St. Clare dans l'accession au titre.

Maigre à faire peur, elle avait des traits émaciés et un tempérament perfide sous ses faux airs d'évaporée.

Accompagnée de son précieux rejeton, elle s'était présentée un quart d'heure plus tôt en demandant à être reçue par le comte.

Depuis, perchée au bord du sofa, elle leur infligeait son insupportable verbiage ponctué de piques insidieuses.

— Mon Dieu, milord, inutile de vous emporter, dit-elle avec un petit rire niais. Il n'y avait aucun sous-entendu dans ma remarque.

Elle tourna la tête vers St. Clare, et les plumes d'autruche de son chapeau frémirent au-dessus de sa tête.

— Il est cependant normal que je m'interroge, comme tout le monde. Après tout, personne ne connaît votre mère, lord St. Clare. Et personne ne sait de quelle famille elle vient.

St. Clare soutint sans broncher son regard de fouine. Il s'était préparé à ce genre de questions, et se doutait que la curiosité se muerait bientôt en accusations qu'il devrait affronter avec calme et détermination.

C'était du moins le plan initial.

— Comment connaîtriez-vous sa famille ? aboya le comte. Mon fils s'est exilé sur le Continent, il ne courait pas les soirées de l'Almack's !

— Oh, Seigneur… Je me suis mal exprimée, n'est-ce pas ?

Lavinia Beresford pivota vers son fils pour l'appeler à la rescousse :

— Lionel ?

Qualifié par le comte de « jeune chiot imbécile », Lionel Beresford, à presque trente ans, était en réalité un type imposant, presque aussi grand que St. Clare.

L'oisiveté lui avait empâté la silhouette. Son gilet et sa culotte beiges le boudinaient. Ses cheveux châtains étaient coiffés à la diable et son double menton reposait sur sa cravate au nœud sophistiqué. Il affectait une mine blasée qu'il avait sans doute longuement pratiquée devant le miroir.

— Madre ne voulait pas vous offenser, milord, assura-t-il. Elle est juste curieuse.

Sous ses sourcils broussailleux, Allendale le fusilla du regard.

— Curieuse ? Mais de quel droit venez-vous fureter dans la vie de mon héritier ?

— Voyons, mon oncle, nous faisons partie de la famille…

— Je ne suis pas votre oncle, espèce d'insolent !

Mme Beresford gloussa en regardant St. Clare :

— Vous avez le regard bien noir, milord. Vous ne pensez quand même pas que nous voulons critiquer vos origines ? Je suis sûre que votre mère était une très brave femme, même si elle n'avait peut-être pas reçu la meilleure éducation. Quant à votre père, ma foi… il a toujours été rebelle. Prêt à toutes les frasques, m'a-t-on dit. Et quand il s'est battu en duel avec ce pauvre Penworthy, il ne s'est vraiment pas conduit de manière honorable. C'est du moins l'opinion de nombreuses personnes. Mais je n'en dirai pas plus sur le sujet. Le passé est toujours une affaire délicate pour les Beresford, pas vrai ? Et cependant les secrets finissent toujours par émerger, c'est inévitable.

— Lavinia, grogna Allendale, si vous êtes venue à Londres pour déterrer un scandale…

— Un scandale ? Mais pourquoi y aurait-il matière à scandale, milord ? Les gens parlent, naturellement. Certains avancent même que lord St. Clare ne serait pas légitime. Mais soyez tranquille : Lionel et moi n'avons pas du tout l'intention d'alimenter ces rumeurs. N'est-ce pas, Lionel ?

Son fils, qui était plongé dans la contemplation d'un bibelot précieux, s'empressa d'acquiescer :

— Pour ma part, je suis prêt à défendre votre réputation sur tous les fronts. Entre Beresford, nous devons nous serrer les coudes.

Allendale ricana.

— Nous avons peut-être un lointain ancêtre commun, je vous l'accorde, mais vous descendez de quatre générations de commerçants. À mes yeux, vous n'êtes pas plus un Beresford que Jessup !

Le vieux majordome, qui venait de faire son entrée dans le salon, s'inclina dans une courbette pleine de déférence. Puis il annonça l'arrivée de lord Vickers et de lord Mattingly.

— Eh bien, faites-les entrer, marmonna Allendale. La seule chose qui manque à cette farce, c'est un public.

— Des commerçants ? répéta Mme Beresford, l'air choqué. Certes, l'arrière-grand-père de feu mon mari a épousé une héritière, mais...

— La fille d'un vulgaire manufacturier.

— Oh non, pas du tout ! Il a peut-être fait quelques investissements...

— Il était propriétaire d'une usine à Leeds !

St. Clare avait souvent entendu cette histoire. À cette époque, il y avait quatre frères Beresford. Charles, l'aîné, avait hérité du titre. Harold, le plus jeune, avait épousé la fille d'un industriel et leurs fils avaient fait fortune grâce à l'usine familiale.

Mais ce qui hérissait surtout le comte, c'est que les mauvaises langues affirmaient que Harold Beresford affichait une ressemblance frappante avec l'un des valets de la maison.

Que ces médisances soient vraies ou pas, il était difficile de croire que Lionel ait une seule goutte de sang Beresford dans les veines. Il n'avait ni le charme, ni l'allure, ni les aptitudes sportives qui caractérisaient la lignée.

En revanche, il était rusé et opportuniste. Sa roublardise transparaissait dans son regard métallique, entre ses paupières lourdes. Ces yeux-là avaient sans doute déjà calculé la valeur de chaque bibelot et de chaque meuble exposés dans le salon.

— Lord Vickers et lord Mattingly... Des amis à vous, je présume, lord St. Clare ?

Lionel tira une petite boîte émaillée de sa poche, prit une pincée de tabac à priser et la renifla d'un coup sec, avant d'éternuer plusieurs fois de suite.

— Ils sont sûrement très distingués, pérora Lavinia Beresford. Les connais-tu, Lionel ? Non ? Mais, bien sûr, nous venons trop rarement en ville. Allendale, voulez-vous que je sonne pour commander du thé ? Je vais tenir le rôle d'hôtesse, puisque je suis la seule dame présente. Oh, Seigneur, mais c'est vrai, je suis entourée de messieurs célibataires ! Lord St. Clare, j'imagine que vous souhaitez vous marier et fonder une famille ? C'est la raison de votre venue en Angleterre, non ? Mon Lionel se mariera bientôt. N'est-ce pas, Lionel ? Il est prêt à assumer ses responsabilités familiales et à transmettre le titre au cas où... au cas où les choses ne se passeraient pas comme prévu.

St. Clare fixait Mme Beresford d'un œil froid. Il ne broncha pas et eut le plaisir de voir son sourire artificiel retomber.

— Non, madame, nous n'allons pas prendre le thé, décréta Allendale. J'ai assez perdu de temps comme ça, et je vous invite à prendre congé.

L'instant d'après, Mattingly et Vickers entraient dans le salon.

On procéda rapidement aux présentations, puis le comte demanda à Jessup de raccompagner Lionel Beresford et sa mère.

— Des parasites, murmura Mattingly en les regardant s'éloigner. Tout droit sortis de leur campagne pour se renseigner sur ta légitimité. Ai-je raison ?

— On dirait bien, opina St. Clare.

— Je parie qu'ils vont te coller aux basques, maintenant.

Allendale tourna un regard approbateur vers son petit-fils :

— S'ils espéraient te déstabiliser, ils en sont pour leurs frais. Sapristi, mon garçon, tu n'as pas sourcillé ! Quel sang-froid. J'aurais mieux fait de suivre ton exemple. Mais quand cette femme a mentionné James... j'ai vu rouge. Et son imbécile de fils qui se prend pour un Beresford ! J'ai bien failli les étrangler tous les deux.

— Ils ont loué une maison pour la saison à Half Moon Street, je crois, dit St. Clare. J'espère que Mattingly se trompe et qu'ils ne vont pas traîner dans nos pattes. Mais, à moins de couper purement et simplement les ponts, nous serons amenés à les croiser de temps en temps.

— Quoi qu'il en soit, cette scène pénible m'a conforté dans l'idée qu'il était grand temps que tu te maries. Alors, fiche-moi le camp. Va donc faire la cour à Mlle Steele ou aux filles de la douairière. Si tu ne te débrouilles pas pour engendrer bientôt un héritier, il faudra que je le fasse à ta place !

Vickers étouffa un rire.

Les trois gentlemen quittèrent le salon. Une fois dans le vestibule, Mattingly demanda :

— Ton grand-père plaisantait, n'est-ce pas ?

St. Clare hocha la tête, sans s'expliquer davantage.

Vickers ne pouvait pas le savoir, mais un accident de voiture survenu dans les premiers temps de son mariage avait rendu le comte impuissant. Il n'avait engendré qu'un seul enfant : James Beresford.

Ainsi, il ne restait plus que St. Clare pour perpétuer la lignée. C'était même sa seule valeur aux yeux d'Allendale, qui ne se privait pas de le lui répéter.

Comme si St. Clare avait pu l'oublier.

10

Le Dr Felix Hart n'était peut-être pas le praticien le plus prestigieux de Londres, mais il était sûrement le plus consciencieux. Il avait passé une heure à ausculter Maggie, à qui sa mine bienveillante et ses manières posées avaient d'emblée inspiré confiance.

Il ne s'était pas contenté d'écouter son cœur et ses poumons : il lui avait posé de nombreuses questions. Et contrairement au médecin de campagne qui l'avait vue à Beasley Park, il était plus intéressé par ses réponses que par le son de sa propre voix.

À présent, assise dans la bibliothèque des Trumble face à cet homme dont les lunettes reflétaient la lumière du soleil sous ses cheveux en épis, elle commençait à entrevoir une lueur d'espoir.

— Les cas comme le vôtre sont légion, mademoiselle Honeywell, dit le Dr Hart en acceptant la tasse de thé que Jane lui tendait. Une famille bien intentionnée, un médecin incompétent qui met son patient dans un cocon à la moindre alerte… Je ne le répéterai jamais assez : plus tôt on reprend ses activités quotidiennes après une maladie, plus vite on se rétablit.

— Mais comment le pourrais-je ? demanda Maggie. Je ne suis pas clouée au lit, mais je suis à peine capable de faire quelques pas, sans parler de monter à cheval ou de pratiquer toutes mes anciennes activités. La semaine dernière, j'ai failli m'évanouir après une courte promenade au parc.

Ayant fini de servir le thé, Jane vint s'asseoir au côté de Maggie sur le sofa.

— Margaret a la tête qui tourne et s'essouffle au moindre effort physique, dit-elle. Quand nous sortons, j'ai tout le temps peur qu'elle ait un malaise et qu'elle se fracasse le crâne sur les pavés.

Le Dr Hart hocha la tête d'un air compréhensif.

— Vous êtes affaiblie, mademoiselle Honeywell. Je ne dis pas le contraire. Et une partie de cette asthénie est certainement imputable à votre grippe. Mais c'est surtout le résultat de trois années de quasi-invalidité.

Il lui expliqua encore que la sédentarité avait amoindri sa capacité pulmonaire déjà entamée par la grippe, et qu'à son avis les deux périodes de deuil rapprochées et le confinement qui en avait découlé n'avaient rien arrangé.

Le grand air et la lumière étaient essentiels au corps, affirma-t-il.

— On ne passe pas sa convalescence au coin du feu, dans une pièce aux rideaux tirés. Il faut sortir, et dans l'idéal respirer l'air pur de la campagne, passer du temps au soleil et pratiquer de courtes séances d'activité physique chaque jour. Rien d'intense. Un tour de jardin suffit.

— Alors, vous pensez que Margaret peut se remettre et retrouver sa vie d'avant ?

— Pas forcément. Selon vos dires, mademoiselle Honeywell, vous meniez une existence très active avant d'attraper la grippe. Il est peu probable que vous retrouviez le même niveau d'énergie. Néanmoins, vous êtes jeune. Il n'y a aucune raison pour que vous ne puissiez pas recommencer à vous promener ou à monter à cheval. Il faut d'abord reprendre des forces petit à petit, sans outrepasser vos limites.

Le médecin resta encore un quart d'heure pour apporter quelques précisions tout en finissant son thé. Il se serait peut-être attardé davantage si le majordome n'était entré pour informer Jane que lord St. Clare et lord Mattingly étaient venus leur rendre visite.

— Je leur ai dit que vous ne receviez pas aujourd'hui, mademoiselle, mais… lord St. Clare s'est montré très insistant pour que je prévienne Mlle Honeywell de sa présence.

Maggie réprima un sourire. Depuis leur sortie au parc, une semaine plus tôt, elle l'avait vu ou avait reçu un mot de sa part presque chaque jour.

Un matin, il les avait croisées soi-disant par hasard à la bibliothèque de Hookham. Un autre jour, elles étaient tombées sur lui alors qu'elles sortaient d'un magasin de Bond Street. Il lui avait envoyé deux gros bouquets de fleurs. Et à deux reprises déjà, il était venu la voir chez les Trumble.

Leurs échanges s'étaient limités à de cordiales salutations et à quelques banalités, par exemple quand il lui avait proposé son aide pour attraper un livre en hauteur à la bibliothèque ou pour monter en voiture devant la boutique de la couturière. Il ne perdait jamais une occasion de lui rendre un menu service. Mais, à l'évidence, il espérait réussir à avoir une conversation privée avec elle.

C'était sans doute la raison de sa venue aujourd'hui à Green Street. Chacune de ses précédentes visites s'était déroulée sous stricte surveillance, en présence de Jane, de la tante Harriet ou de George Trumble. En conséquence, la conversation avait été réduite à des lieux communs. Il avait poliment bavardé avec Jane et échangé une ou deux plaisanteries avec George – en veillant à ne pas parler trop fort pour ne pas réveiller tante Harriet. Et quand il s'était adressé directement à Maggie, il avait seulement évoqué les conditions météorologiques ou les qualités de l'étalon dont il venait de faire l'acquisition à Tattersalls.

Il lui faisait ouvertement la cour, et son attitude était au-dessus de tout reproche. Mais Maggie voyait bien qu'il s'impatientait.

— Faites-les entrer, Olmstead, dit Jane au majordome.

— Nous n'avons pas terminé notre entretien avec le Dr Hart, objecta Maggie.

— Ce n'est rien, mademoiselle Honeywell, assura le médecin en se levant. J'ai un autre rendez-vous que je dois honorer dans l'heure.

Jane lui sourit.

— Merci, docteur.

Une fois le médecin parti, Maggie déclara :

— Jane, j'aimerais voir lord St. Clare en tête à tête, si possible.

— Je ne vois pas comment. Je veux dire... sans porter atteinte à nos réputations. À moins que... Nous pourrions faire une promenade dans le jardin ? Si je bavarde avec lord Mattingly et si le vicomte et toi vous laissez un peu distancer... je ne le remarquerai pas forcément.

— Oh, merci ! dit Maggie en déposant un baiser sur la joue de son amie.

— Il te plaît vraiment ? Il est beau, je te l'accorde, et riche si la rumeur dit vrai. Mais...

— Mais quoi ?

— On détecte quelque chose d'implacable en lui. Comme s'il n'y avait aucune chaleur. Franchement, cela me fait un peu peur.

Maggie se remémora le baiser de St. Clare dans le parc. Ses bras forts qui l'étreignaient, sa bouche qui dévorait la sienne…

— Oh, je t'assure qu'il se réchauffe de temps en temps.

Jane haussa les sourcils.

— Miséricorde, Margaret, tu ne l'as pas laissé prendre des privautés, au moins ?

Avant que Maggie puisse répondre, le majordome introduisit lord St. Clare et lord Mattingly dans le salon.

Il aurait tout aussi bien pu faire entrer un tigre, car c'est à cela que ressemblait St. Clare. Il détonnait clairement dans cette pièce lambrissée de chêne, véritable temple de la civilisation avec ses tapis d'Aubusson et ses étagères pleines de livres anciens reliés de cuir. Lord St. Clare n'était pas civilisé. Pas tout à fait.

Jane avait raison. Quelque chose de sauvage rôdait sous la surface. Une férocité de prédateur. Cela ne sautait pas aux yeux de prime abord. Comme d'habitude, il était tiré à quatre épingles dans sa culotte fauve et sa redingote cintrée. En comparaison, lord Mattingly paraissait bien insignifiant. Mais pas aux yeux de Jane qui était visiblement émoustillée par sa présence, même si elle s'acquittait à la perfection de son rôle d'hôtesse.

— Nous sommes restées enfermées toute la matinée alors qu'il fait très beau. Nous pourrions peut-être faire quelques pas dans le jardin ? proposa-t-elle.

Le regard gris ardoise de lord St. Clare ne quittait pas Maggie depuis qu'il avait fait son entrée. On aurait dit que les autres n'existaient pas pour lui.

Elle se sentait bizarre. Par nervosité, sans doute, ou alors sous l'effet d'une exaltation un peu puérile. Après tout, cet homme l'avait embrassée comme elle n'avait jamais été embrassée auparavant. Il lui était impossible de le regarder sans y penser… impossible de ne pas avoir envie de recommencer.

Elle avait passé des années à rêver du retour de Nicholas, des années à imaginer leurs retrouvailles, leur bonheur, leur mariage…

— Vous sentez-vous assez en forme pour sortir ? lui demanda lord St. Clare.

Elle tressaillit.

— Bien sûr. Un peu d'exercice me fera du bien.

St. Clare parut sur le point d'ajouter quelque chose, mais se ravisa. Sans doute préférait-il attendre qu'ils soient seuls. Leur promenade dans Hyde Park n'avait pas vraiment été propice à la conversation. Elle avait bien failli s'évanouir, une fois de plus.

Comment s'étonner qu'il la considère comme une infirme ?

Ils gagnèrent le jardin et, alors qu'ils emboîtaient le pas à Jane et lord Mattingly, Maggie posa la main sur le bras de son compagnon.

Le soleil brillait, la brise caressait le feuillage des arbres fruitiers, juste assez fraîche pour que la jeune femme ait drapé un châle sur ses épaules.

Lord St. Clare ralentit le pas pour s'adapter à son allure. Il était plein d'égards, aussi attentif à son bien-être que l'était Bessie.

Maggie glissa un regard furtif en direction de son beau profil. La joie qu'elle éprouvait à le revoir était ternie par un accès de timidité. Elle regrettait de ne plus être la Maggie Honeywell d'avant, celle dont il gardait le souvenir. Une fille indomptable, au caractère volcanique.

À l'époque, elle était prête à toutes les audaces, sans penser une seule seconde aux risques encourus. Elle ne se sentait nullement fragile.

Son père était pareil. Une vraie force de la nature ! Sa mort avait été subite. Son cœur avait lâché lors d'une partie de chasse, alors qu'il galopait sur les terres de Beasley Park. Il était tombé et était mort avant d'avoir touché le sol. C'est exactement de cette façon qu'il avait souhaité mourir : soufflé comme la flamme d'une bougie.

Maggie, en revanche, avait vu sa propre flamme s'amenuiser lentement. À présent, il ne restait plus qu'une faible lueur au milieu des cendres de sa vie.

Si seulement Nicholas était rentré plus tôt. S'il était venu la voir avant que Jenny Seaton tombe malade et que la grippe détruise ses poumons. Si seulement…

— Vous êtes bien silencieuse, remarqua-t-il.

— Je réfléchis.

— Puis-je connaître vos pensées ?

Un peu plus loin, Jane et lord Mattingly venaient de bifurquer dans une allée. Le jardin des Trumble n'était pas grand, mais très bien paysagé. Partout l'on voyait des arbustes, des treillages et des haies qui offraient des zones d'intimité.

Maggie s'arrêta près d'un banc en pierre placé derrière un grand massif de roses. L'endroit idéal pour une conversation intime.

— Asseyons-nous un moment.

Une expression de soulagement presque comique s'inscrivit sur les traits de lord St. Clare.

— Oui, volontiers. Cela fait une semaine que j'essaie de vous parler.

— C'est plus difficile aujourd'hui, n'est-ce pas ? remarqua-t-elle en souriant. Nous ne sommes plus des enfants.

Elle s'assit, arrangea les plis de sa jupe en mousseline brodée de petites fleurs. C'était une toilette neuve, confectionnée par Mme Clotilde qui s'était révélée aussi talentueuse que Jane l'avait dit. La Française, une petite femme à l'œil vif, d'âge indéterminé, tirait l'aiguille avec l'habileté d'une fée qui aurait manié sa baguette magique. Et bien que Maggie n'ait plus la silhouette pulpeuse qui l'avait rendue célèbre autrefois, Mme Clotilde avait su choisir des couleurs qui lui donnaient bonne mine et des coupes qui la mettaient en valeur.

Lord St. Clare s'assit à côté d'elle. Tout près. *Trop* près.

— Mademoiselle Honeywell...

— Oh, je t'en prie, tu ne vas pas continuer de nier ?

— J'y suis bien obligé. Je vous l'ai dit, je ne suis pas votre ami d'enfance, ce monsieur... quel que soit son nom.

— Nicholas Seaton.

Elle pivota pour le regarder en face, et son genou frôla le sien. Un contact infime, à travers plusieurs épaisseurs de vêtements, qui la troubla pourtant jusqu'au tréfonds de son être.

— Mais une telle ressemblance... ce serait quand même extraordinaire !

— Cela ne prouve rien. Je lui ressemble peut-être, mais de votre propre aveu, vous n'avez pas revu cet homme depuis dix ans.

— Justement. Dix ans. Pas vingt, ni trente. Ce n'est pas si long.

— C'est une éternité !

— Cela ne suffit pas à faire de quelqu'un un étranger. Je t'ai reconnu tout de suite. Tu n'as pas changé tant que cela.

Il sourit.

— M. Seaton était donc ma copie conforme ? Mon jumeau ?

— Non. Il était plus petit, moins... Mais le visage... les yeux...

Son regard se riva au sien, et une brusque chaleur lui irradia la poitrine. Elle le connaissait. Elle *sentait* que c'était lui, dans chaque fibre de son corps. Un étranger n'aurait pas eu cet effet sur elle. Aucun autre homme ne lui aurait fait éprouver cela.

— Je connais Nicholas Seaton par cœur.

— Eh bien, comme je l'ai dit, votre ami a beaucoup de chance.

Un mélange de déception et de frustration l'envahit. Elle s'écarta brusquement.

— Très bien, si tu t'obstines à prolonger cette mascarade...

— Ce n'est pas une mascarade, ma chère. Je ne suis pas Nicholas Seaton, c'est un fait indéniable.

« Ma chère. »

Qui qu'il soit, il s'amusait bien. Et il la dévorait du regard, semblait boire ses moindres expressions et changements d'humeur.

Piquée au vif, elle repassa au vouvoiement :

— Bon, d'accord. Où êtes-vous né ?

— À Venise, répondit-il sans hésiter.

— Et votre mère ?

— Une dame originaire du nord de l'Italie. Mon père l'a épousée à l'étranger et elle est morte en me mettant au monde.

Maggie pinça les lèvres. Elle n'en croyait pas un mot. Impossible. Cela reviendrait à nier les preuves qu'elle avait sous les yeux. Nier ce que lui criait son cœur.

— Quel était son prénom ?

— Giovanna.

— Ce n'était pas Jenny Seaton, alors.

— Non.

— Et votre père était le vicomte de St. Clare, qui a fui Londres après avoir tué un homme en duel.

— Je vois que vous avez eu vent des rumeurs, murmura-t-il, rembruni.

— Sont-elles vraies ?

— En partie. Mon père a bel et bien tiré sur le fils du duc de Penworthy, qui avait une vingtaine d'années à l'époque. C'était un benêt, qui avait la réputation d'être agressif. La plupart des gens savaient qu'il valait mieux ignorer ses insultes, mais mon père…

— Il était connu pour être un tireur d'exception ?

— Oui. Trop connu. Tous les jeunes gandins désireux de prouver leur valeur voulaient se mesurer à lui. C'était une sorte de rituel initiatique.

— Il ne se battait quand même pas avec tous ceux qui le défiaient ?

— Je n'en sais rien. Selon mon grand-père, il s'emportait facilement, lui aussi. Penworthy est décédé des suites de sa blessure, et mon père a dû fuir sur le Continent. Il est mort quelques années plus tard.

— Vous ne l'avez pas connu ?

— Non. C'est mon grand-père qui m'a élevé.

Pour la première fois, Maggie sentit ses certitudes vaciller. Elle s'efforça d'ignorer le doute qui s'insinuait en elle. Il n'était pas possible que cette histoire soit vraie. Qu'il soit vraiment lord St. Clare, héritier du comte d'Allendale. Il était Nicholas Seaton. Il lui ressemblait tant ! Il avait la même écriture, la même odeur, le même sourire, la même façon de prononcer son nom.

Maggie…

Certes, il y avait des différences. De sacrées différences, même. Il ne se comportait pas comme Nicholas. Il ne s'exprimait pas non plus comme lui.

Il avait un accent distingué et était à l'aise avec les sujets touchant à l'art, à la musique ou à l'histoire.

Nicholas n'avait pas reçu une bonne éducation. Il n'avait pas voyagé. Il était d'un caractère ouvert, affectueux. Même s'il piquait parfois des colères noires, son sourire oblique n'était jamais bien loin, car malgré son enfance difficile il aimait plaisanter.

Quelles épreuves s'était-il infligées ? Qu'avait-il dû sacrifier pour devenir le vicomte de St. Clare ?

Elle craignait de connaître la réponse.

Il avait sacrifié son passé. L'avait totalement effacé de sa mémoire. Et par la même occasion, il l'avait oubliée, elle.

— Nous avons beaucoup voyagé, reprit-il. Ma scolarité a été plutôt chaotique, mais j'ai vécu de grandes aventures qui m'ont beaucoup appris.

— Racontez-moi.

Il s'exécuta.

Il lui parla de sa jeunesse. De ce comte grec avec qui il avait fait une course en yacht en Méditerranée. Du redoutable petit maître d'armes italien qui lui avait enseigné l'escrime à Venise. Et de ce précepteur perpétuellement ivre que son grand-père avait engagé, un homme qui les avait suivis d'Italie en Égypte, avant de revenir en Italie pour finalement mourir de son alcoolisme dans une taverne romaine.

— J'ai rencontré lord Mattingly et lord Vickers peu après que Napoléon a été exilé à Sainte-Hélène. Nous avons voyagé ensemble pendant plus d'un an, puis j'ai dû rejoindre mon grand-père.

— Et ensuite ?

— Je suis venu à Londres.

— Si vous n'y aviez jamais mis les pieds, cela a dû sacrément vous dépayser, remarqua-t-elle sans pouvoir contenir une note de sarcasme dans sa voix.

— Pas du tout. Il ne s'est pas passé une journée de ma vie sans que mon grand-père me parle de l'Angleterre. Il m'a décrit toutes les facettes de la haute société, chaque pierre et chaque poutre de notre domaine. J'ai toujours su que mon destin m'amènerait ici.

Elle détourna la tête un instant, de peur de perdre son calme. Seigneur… Quelle farce ! Elle avait envie de le secouer comme un prunier jusqu'à ce qu'il se décide à avouer la vérité.

Mais elle n'osait pas. C'était impossible, tant qu'il subsistait l'ombre d'un doute sur son identité. Et maintenant qu'il lui avait raconté son histoire, elle n'était plus si sûre d'elle face à cet homme sophistiqué, à la voix cultivée, détenteur d'un titre, d'une fortune, et héritier du comte d'Allendale.

— Ne trouvez-vous pas ennuyeux de vivre avec votre grand-père, à votre âge ? s'enquit-elle.

Il haussa les épaules.

— Parfois, oui. Mais je ne compte pas rester très longtemps.

— Vous avez une autre maison ?

Il laissa passer quelques secondes avant de répondre avec un sourire mitigé :

— Eh bien, j'ai une suite réservée au Grillon. Je m'y rends quand je souhaite avoir un peu d'intimité. Mais ce n'est pas quelque chose dont je parle souvent.

Une suite réservée au Grillon.

Maggie sentit ses joues s'enflammer. Elle n'était pas une oie blanche. Elle savait bien pourquoi un gentleman réservait une suite dans un hôtel.

— Vous allez donc vous installer à Londres de manière permanente ? demanda-t-elle encore.

— Je vous l'ai dit, j'ai l'intention de vous faire la cour.

— Mais pourquoi ? Je ne peux pas vous épouser ! s'agaça-t-elle, décidée à se montrer aussi brutale qu'il était mystérieux.

Il se figea, et son regard chercha le sien.

— Oh, je sais bien que vous n'avez pas demandé ma main, s'empressa-t-elle d'ajouter, un peu gênée. Vous n'avez même pas parlé de mariage. Mais quand on courtise une femme, c'est dans un but précis.

— Pourquoi refuser l'idée d'une demande en mariage ?

— Parce que je n'aurais pas la liberté d'accepter, même si je le voulais. Vous ne comprenez donc pas ? C'est trop tard !

Elle se leva brusquement, le cœur vrillé par le désespoir :

— Qui que vous soyez... vous arrivez avec un an et demi de retard !

11

St. Clare prit doucement Maggie par le poignet pour la ramener sur le banc. Elle obtempéra de mauvaise grâce.

— Parlez-moi, dit-il. Je veux comprendre.

Elle n'arrivait pas à soutenir son regard. Elle avait déjà du mal à admettre qu'elle allait devoir épouser Fred, mais accepter en prime de perdre Nicholas... pour toujours... alors qu'il venait de ressurgir dans sa vie...

Comment renoncer à lui maintenant ? C'était si injuste ! Elle avait envie de pleurer à chaudes larmes.

Mais elle ne voulait pas se donner en spectacle.

— Que dire de plus ? soupira-t-elle. Il me semble que tout est très clair.

Il saisit sa main nue. Lui non plus ne portait pas de gants. Il les avait laissés dans le vestibule, avec son chapeau et sa canne. Il n'y avait rien d'incorrect dans son geste. Ils étaient dans un jardin privé, pas dans un parc. Pourtant, elle n'avait pas du tout l'impression de respecter les convenances. Ses doigts pressaient étroitement les siens. C'était intime, sensuel... interdit.

Il n'avait pas les mains douces d'un aristocrate. Elles étaient larges, puissantes, marquées de callosités aux points de contact avec les rênes et le manche du fouet. C'étaient les mains d'un homme actif.

Les mains de Nicholas, elle en était sûre.

— Est-ce à cause de M. Burton-Smythe ? demanda-t-il à mi-voix. Vous avez dit qu'il était en quelque sorte votre tuteur.

— Il a tout contrôle sur mon argent et mon héritage.

— Jusqu'à quand ?

Elle osa enfin le regarder. Sa poitrine se serra.

— Je dois me marier dans les six prochains mois. Sinon, tout reviendra à Fred.

— Et alors ? Je ne vois pas...

— Vous ne comprenez pas. Pour me marier, je dois obtenir son accord. C'est lui qui choisira mon futur époux.

— En d'autres termes...

— En d'autres termes, lui-même. Il ne me permettra pas d'épouser quelqu'un d'autre.

— Et si vous refusez ? Si vous vous mariez sans son consentement ?

— Je perdrai Beasley Park.

Si elle parlait à Nicholas, il comprendrait la portée de ces mots. Nicholas savait à quel point Beasley Park comptait pour elle. Il savait que l'amour de cette terre était imprimé dans son âme.

Mais lord St. Clare ne sembla pas saisir la nature du problème.

— Je me fiche de votre fortune. J'ai bien assez d'argent pour deux.

— Vous voudriez que je renonce à Beasley Park ?

Maggie s'était raidie.

— Pourquoi pas ? À choisir entre ça et le bonheur...

— Je ne serai jamais heureuse si je perds Beasley Park.

La main de St. Clare se crispa imperceptiblement sur la sienne.

— Vous seriez prête à épouser Burton-Smythe pour garder le domaine ?

— Je n'en ai nulle envie, mais Beasley Park passe avant tout.

— Vous craignez que Fred soit mauvais gestionnaire, qu'il laisse le domaine partir à vau-l'eau ?

— Non, ce n'est pas ça…

Au contraire, à en croire la lettre que lui avait récemment envoyée M. Entwhistle, Fred prenait des décisions éclairées. Il ne mégotait pas sur les dépenses nécessaires au bien-être des métayers. Il avait donné son accord à la réfection des toitures des cottages, une opération onéreuse que Maggie avait elle-même préconisée.

— Fred m'a mise dans une position intenable, impossible.

— Rien n'est impossible.

— Certaines choses le sont, croyez-moi. Si la solution au problème était simple, je l'aurais déjà trouvée. J'ai l'intention de prendre conseil auprès d'un juriste, mais je n'ai guère d'espoir. Mon père a été très clair dans ses dernières volontés.

— Que puis-je faire pour vous aider ? Mon grand-père a tout un bataillon d'hommes de loi et d'enquêteurs privés. S'il s'agit seulement d'un problème juridique…

— Merci, mais non. Je vais m'en occuper. Et gérer Fred, aussi. Je n'ai pas besoin de…

— Ne vous butez pas par principe. Permettez-moi de vous venir en aide. Sinon, je vais devenir fou.

— Vous êtes bien fébrile, pour quelqu'un qui prétend ne me connaître que depuis quinze jours, rétorqua-t-elle avec ironie. Quoi qu'il en soit, je me débrouillerai. Il y a plus qu'une question juridique ici.

Fred est… Fred. Si vous étiez Nicholas Seaton, vous comprendriez ça mieux que quiconque, conclut-elle en dégageant sa main.

Jane choisit cet instant pour réapparaître en compagnie de lord Mattingly au bout de l'allée. Maggie se leva avec un sourire artificiel :

— Ah, vous voici ! Je me demandais où vous étiez passés.

Le lendemain, St. Clare était toujours énervé lorsqu'il quitta le club de sport en fin d'après-midi. D'ordinaire, boxer lui permettait de se défouler, mais pas aujourd'hui. Pas même quand, sur le ring, il s'était déchaîné contre son adversaire en s'imaginant face à Frederick Burton-Smythe.

De retour à Grosvenor Square, il confia son chapeau et ses gants à Jessup.

— Lord Allendale vous prie de le rejoindre dans la bibliothèque, milord, lui annonça le vieux majordome.

St. Clare passa la main dans ses cheveux ébouriffés.

— Tout de suite ?

— Il a précisé : dès votre retour à la maison.

St. Clare enfila le couloir d'un pas pressé. Si son grand-père le réclamait d'urgence, cela n'augurait rien de bon. Mieux valait ne pas traîner.

Il entra sans frapper, découvrit le comte assis à son grand bureau d'acajou sculpté, en train de lire le journal.

St. Clare s'approcha en foulant l'épais tapis qui recouvrait le parquet.

— Vous souhaitiez me voir, grand-père ?

Dans la bibliothèque à l'atmosphère masculine flottaient des odeurs de tabac et de cuir. Les étagères ployaient sous le poids des ouvrages anciens et modernes. Sur toutes les surfaces disponibles s'empilaient récits de voyages, manuels d'archéologie et encyclopédies d'histoire naturelle. Des cartes géographiques étaient étalées sur des tablettes. Près de la fenêtre, un magnifique globe terrestre trônait sur son piédestal.

Allendale leva le nez de son journal.

— Enfin, te voilà. Assieds-toi, ordonna-t-il en désignant le fauteuil en cuir qui lui faisait face.

St. Clare obtempéra et s'étonna :

— Vous m'attendiez plus tôt ? Pour quelle raison ? Au petit déjeuner, nous sommes convenus de nous retrouver au dîner avant d'aller au bal de lady Colchester.

Il avait en outre précisé à son grand-père qu'il se rendrait aux enchères de Tattersalls dans la matinée, puis au club de sport dans l'après-midi.

— Je sais. C'était avant que je voie *ça*, grogna le comte en poussant le journal dans sa direction.

Il s'agissait en réalité d'une gazette à ragots, parmi les pires. St. Clare parcourut rapidement les lignes d'imprimerie légèrement floues, avant de lever un regard interrogatif sur son grand-père :

— Eh bien ? Je ne...

— Au bas de la deuxième page. Après l'entrefilet sur la ballerine.

St. Clare baissa de nouveau la tête et cette fois, il vit. Il se demanda même comment cela ne lui avait pas sauté aux yeux la première fois. C'était écrit là, en toutes lettres, dans la rubrique intitulée : *POTINS DE LA HAUTE.*

Le comte d'A. est enfin rentré d'exil en compagnie de son précieux héritier aux boucles blondes. Mais le mystérieux lord S. est-il vraiment légitime ?

St. Clare ne put réprimer un léger frisson.

— C'est tout ? s'enquit-il.

— Comment ? Tu trouves ça trop vague, peut-être ? Ne t'inquiète pas, ils te désigneront bientôt de manière plus précise. Cela commence toujours ainsi, par quelques insinuations et sous-entendus. Mais ça prendra bientôt de l'ampleur. Surtout si Lavinia et son chiot ont leur mot à dire.

— Vous pensez qu'ils sont derrière tout ça ?

— Qui d'autre, à ton avis ?

St. Clare garda le silence. Oui, qui d'autre ?

Allendale plissa les paupières.

— Tu n'as pas fait de bêtises, au moins ?

— Je ne vois pas ce que vous voulez dire.

— Je te préviens : plus question de te battre en duel. Je ne veux plus de vendettas, plus de scandales. Toi et moi avons des affaires pressantes à régler.

— Vous l'avez déjà dit.

Allendale s'empourpra.

— Bon sang, je te jure que si tu recom...

— Calmez-vous, grand-père. Je ne me suis pas battu en duel, et je n'ai rien fait qui puisse vous déplaire.

Aux dernières nouvelles, Burton-Smythe était toujours retranché dans son appartement de St. James's Street, à soigner sa blessure. St. Clare attendait avec impatience qu'il en sorte.

— Je t'ai demandé d'être prudent, grogna encore Allendale. Tu n'as qu'une chose à faire : trouver une femme et procréer. Je t'ai fait une liste de jeunes personnes qui ont reçu la meilleure éducation et qui proviennent d'une lignée irréprochable. Tu en as déjà rencontré quelques-unes. Mlle Steele en fait partie.

Le comte avait poussé un autre feuillet vers son petit-fils. St. Clare l'attrapa machinalement, sans daigner le lire.

— Je vous ai dit que je n'avais besoin de personne pour trouver ma future épouse.

— Et quand comptes-tu t'y mettre ? As-tu rendu visite à Mlle Steele ? Aux petites-filles de la douairière ? Même cette oiselle, la sœur de Mattingly, fera l'affaire si tu lui donnes la préférence. Il te suffit de choisir…

— J'ai déjà fait mon choix.

Allendale tressaillit.

— Vraiment ? Eh bien ? Comment s'appelle l'heureuse élue ?

— Il s'agit de Mlle Margaret Honeywell.

C'était dans cette même pièce qu'elle était apparue deux semaines plus tôt, son beau visage éclairé par les flammes du feu. Elle s'était évanouie et il l'avait reçue dans ses bras, l'avait tenue contre son cœur. À cet instant, il avait compris qu'il n'y aurait jamais d'autre femme dans sa vie.

— Honeywell, Honeywell…, répéta le comte comme s'il fouillait sa mémoire. Mais qui est donc son père ?

— Un riche squire de campagne, mort il y a quelques années.

Allendale fronça les sourcils.

— Où se trouve son domaine ? Pas dans le Somerset, j'espère ?

St. Clare ne répondit pas.

— Jeune crétin ! aboya le comte.

— Je ne suis plus un gamin, répliqua St. Clare avec dignité. Et c'est elle que mon cœur désire.

— Que ton cœur désire, le singea Allendale, sarcastique. Mais c'est hors de propos, mon garçon ! Tu connais tes devoirs. Tu m'avais dit que tu étais prêt à les assumer et…

— Oui, mais c'était avant de la voir. À présent, je ne peux plus…

St. Clare s'interrompit. Il peinait à traduire l'émotion qui montait en lui chaque fois qu'il voyait le ravissant visage de Maggie Honeywell, le ravissement secret qui s'emparait de lui quand elle se mettait en colère. Lorsqu'il l'avait embrassée… tout s'était mis en place, comme si elle était la pièce manquante au puzzle de sa vie.

— Je ne peux envisager d'épouser une autre femme, déclara-t-il.

— Alors tu manques d'imagination, mon garçon. N'importe laquelle de ces jeunes femmes ferait une épouse convenable, remarqua Allendale en désignant la liste. Mlle Steele est d'une grande beauté. Ne me dis pas que tu ne pourrais pas la *désirer*…

— Je ne suis pas un étalon de vos écuries, milord ! Et vous n'avez pas encore fait la connaissance de Mlle Honeywell.

Les yeux ardoise d'Allendale prirent l'éclat du silex.

— Je n'ai pas besoin de faire sa connaissance. Moins tu auras de sentiments pour ta femme, mieux cela sera. Il serait dangereux de…

— Jamais elle ne parlera.

— Oh non ? Ni avec ses amies ? avec les domestiques ? Il suffira d'un rien pour que les gazettes à scandales s'en mêlent et profèrent les pires accusations. Et à ma mort…

— Vous êtes en pleine forme.

— À ma mort, que feras-tu ? Comment défendras-tu ta légitimité ? Non, il n'est pas question de prendre le moindre risque. Tu as des responsabilités, et je ne permettrai pas que tu ruines mes projets pour une vulgaire fille de campagne.

St. Clare serra les dents. Il ne servait à rien d'argumenter.

— Mlle Steele sera au bal des Colchester ce soir, reprit Allendale. Tu danseras la valse avec elle et de nouveau après le souper. Tu dois en faire une priorité. Je veux un héritier l'année prochaine.

— Vous me laissez peu de temps pour faire ma cour, dit sèchement St. Clare en se levant.

— Au diable ces bêtises ! beugla Allendale alors que son petit-fils s'éloignait. Tout ce que je te demande, c'est de faire ton devoir pour que je puisse mourir en paix !

12

La voiture des Trumble roulait vers Green Street. À l'intérieur, Maggie et Jane gardaient le silence. Elles n'avaient pas prononcé un mot depuis qu'elles avaient quitté le bureau de maître Wroxham, sur Fleet Street.

Que dire ? Le notaire avait eu des propos très clairs.

Maggie regardait par la fenêtre et, comme souvent, ses pensées dérivaient sur Beasley Park, les domestiques auprès desquels elle avait grandi et les métayers qu'elle considérait comme des membres de la famille.

Elle avait des devoirs envers ces gens. Ils dépendaient d'elle.

— Tu n'es pas terriblement déçue ? s'enquit Jane au bout d'un moment.

Maggie tourna la tête vers son amie.

— Si, bien sûr. Mais je m'y attendais un peu...

— C'est ma faute. C'est moi qui t'ai nourrie de faux espoirs.

— Voyons, tu m'as seulement dit ce que toute bonne amie m'aurait dit.

Jane soupira. Dans sa robe bleu de Perse, coiffée d'un chapeau à aigrette, elle était très élégante. L'image de la dame sensée.

— Je pensais vraiment que M. Wroxham trouverait une astuce pour te libérer des dispositions prises par ton père. Ce testament est inique. Et la loi est supposée faire respecter la justice et l'équité, n'est-ce pas ?

Maggie lissa les plis de sa pelisse bleu pâle de style militaire avec ses brandebourgs brodés aux manches et au col. Le genre de vêtement qu'on enfilait quand on partait en guerre. Lorsqu'elle l'avait choisie ce matin-là, elle se sentait relativement optimiste. Un peu comme un général prêt à terrasser l'ennemi sur le champ de bataille.

Elle avait été bien bête.

— La justice et l'équité... Pour les hommes, peut-être. Mais pas pour les femmes.

— Exactement. Nous autres, nous devons chercher la justice ailleurs.

— Mais où ?

— Eh bien, en obtenant de l'aide auprès d'autres hommes. Des gens influents, capables de défendre notre cause.

— Pourquoi s'embêteraient-ils à le faire ? Je ne me suis pas vraiment fait d'alliés lors de mon dernier séjour en ville, bien au contraire. Et je dirais même que de nombreux gentlemen seront contents de me voir tomber sous la coupe de Fred.

— Oh, Seigneur... Je n'y avais pas pensé. Il est vrai qu'on jasait beaucoup sur toi à l'époque, quand tu as refusé toutes ces demandes en mariage.

— Tu sais très bien pourquoi je...

— Oui, oui, je sais. Et cela m'a paru très romantique.

— J'étais aussi têtue que stupide. Et avec ce que je sais aujourd'hui, je donnerais cher pour remonter le temps et tout recommencer.

— Tu regrettes de ne pas avoir accepté une de ces propositions ?

Maggie sentit un nœud se former dans son ventre. Aurait-elle mieux fait d'épouser l'un de ses soupirants ? Choisir un homme gentil et tolérant, qui lui aurait permis de gérer Beasley Park à sa guise, sans qu'elle soit forcément amoureuse de lui ? Plutôt que de l'attendre obstinément, *lui*.

Nicholas.

Vicomte de St. Clare.

Les visages flous des deux hommes se superposaient dans son esprit. Elle n'arrivait pas à les distinguer. Pourtant, St. Clare s'obstinait à nier.

Maggie commençait à se dire qu'elle avait tort depuis le début.

Et si St. Clare disait vrai ? Si sa convalescence et le confinement qui avait suivi, ces longs mois de tristesse et de solitude, lui avaient brouillé l'entendement ? Au point qu'elle était prête à reconnaître Nicholas dans le premier étranger venu ?

— Margaret ?

Maggie soupira.

— Non. Aucun ne me plaisait.

— Et Fred ?

— Je le déteste !

— Mais tu es prête à l'épouser ?

— S'il le faut, pour garder Beasley Park. Jane, le domaine est une partie de moi-même. Je ne peux pas laisser Fred me le prendre.

— Il le fera de toute façon. Ne crois pas qu'il sera plus malléable une fois qu'il sera ton mari. Ce sera pire, au contraire. C'est toujours comme ça avec les types dans son genre, qui s'appuient sur la loi pour brutaliser les femmes. Un vrai despote.

Jane tourna la tête vers la fenêtre de la voiture, qui venait de s'immobiliser devant la maison des Trumble. Elle fronça les sourcils et murmura :

— Tiens, quand on parle du loup...

Maggie suivit la direction de son regard. C'était bel et bien Fred, de dos sur le perron. Elle aurait reconnu n'importe où ces cheveux cuivrés et cette silhouette râblée.

La porte s'ouvrit, et il disparut à l'intérieur de la maison.

— Que vient-il faire ici ? À cette heure, il n'est même pas levé en général.

Le valet ouvrit la portière de la voiture et leur donna la main tour à tour pour les aider à descendre.

— Il a dû se passer quelque chose pour qu'il sorte de chez lui si tôt, remarqua Jane en gravissant les marches du perron. En tout cas, nous saurons bientôt ce qu'il en est.

Le majordome les informa que Fred les attendait dans le salon. Maggie enleva sa pelisse, son chapeau et ses gants, lissa sa chevelure.

— Je vais aller le voir, Jane. Il vaut mieux que nous nous parlions seuls.

— Très bien. Mais seulement un quart d'heure. Tu sais que tu n'es pas censée recevoir un homme sans chaperon. Encore moins s'il est de mauvaise humeur.

— Tout ira bien, promit Maggie. Si quelqu'un sait comment gérer Frederick Burton-Smythe, c'est moi.

Elle se répéta ces paroles pleines d'assurance au moment de pénétrer dans le salon des Trumble.

Fred se tenait devant la fenêtre encadrée de lourdes tentures en satin vert damasquiné. Au bruit de ses pas, il pivota. Son bras droit était immobilisé dans une attelle, sans doute pour soulager son épaule blessée.

Il laissa glisser son regard sur sa silhouette, mise en valeur par la coupe de sa robe neuve en mousseline.

— Bonjour, Margaret.

— Fred. Quelle surprise.

Elle traversa la pièce pour aller s'asseoir sur une chaise tapissée, brodée au point de croix. Elle ne voulait pas s'installer sur le sofa et prendre le risque qu'il vienne s'asseoir près d'elle.

— Êtes-vous sûr qu'il soit raisonnable de sortir de chez vous ? Le médecin vous en a-t-il donné la permission ? s'enquit-elle.

Il s'installa sur la chaise la plus proche, dont les pieds délicatement sculptés craquèrent sous son poids.

— Je me porte comme un charme. Je suis encore un peu endolori, c'est tout. J'imagine que vous avez appris ce qui s'est passé ?

— Vous parlez du duel ? Oui, je sais que lord St. Clare vous a vaincu.

Fred se renfrogna.

— Il a eu de la chance, c'est tout. Il y avait du vent, sinon ma balle l'aurait atteint. Elle a rasé sa manche, vous savez. Mais j'imagine que Mlle Trumble et son frère ont omis de vous préciser ce détail. Les commères prennent toujours des libertés avec la vérité.

Maggie soutint son regard tranquillement. Blessé dans son orgueil, il essayait de déclencher une dispute.

— Est-ce le motif de votre venue aujourd'hui ? Les commérages qui circulent sur le duel ?

— Non. Les commérages qui circulent sur *vous*.

Elle haussa les sourcils et, bien que prise au dépourvu, rétorqua d'un ton détaché :

— Oh, vraiment ?

— J'ai entendu des tas d'histoires. Les gens se sont donné beaucoup de mal pour que je sois au courant. Il semble que vous fréquentiez le type qui m'a mis dans cet état. Je veux savoir si ces rumeurs sont vraies.

— Comment voulez-vous que je vous réponde ? J'ignore ce qu'on raconte.

— On raconte qu'il vous fait la cour. J'exige de savoir ce qui se passe. J'en ai le droit. S'il est venu ici et...

— C'est ce que les gens disent ?

— Oui, bon sang ! Il vient vous voir, on vous a aperçus ensemble sur Bond Street, et aussi chez Hookham. Il vous a emmenée vous promener dans Hyde Park. Comment pouvez-vous côtoyer...

— Oh, vraiment, Fred...

— ... ce salopard qui m'a tiré dans l'épaule ! cria-t-il.

Maggie sursauta. Depuis leur enfance, Fred s'était toujours comporté comme un petit dictateur irascible. Devenu adulte, il élevait rarement la voix sur elle. Il préférait exercer sa domination par des sermons pompeux proférés avec une condescendance toute masculine.

Mais pas aujourd'hui.

Aujourd'hui, il était de nouveau cette petite brute détestable.

— Ne soyez pas de mauvaise foi, dit-elle. C'est vous qui l'avez défié. Vous qui avez tiré le premier coup. C'est bien normal qu'il ait riposté.

— Vous a-t-il rendu visite ici ? L'avez-vous reçu ?

Inutile de mentir. Il serait facile à Fred de découvrir la vérité.

— Oui.

Le visage de Fred s'assombrit encore, comme un ciel orageux.

— Je vous l'interdis !

— Vous n'avez aucun droit...

— Ne me provoquez pas. Vous aurez bien du mal à poursuivre votre séjour à Londres si je vous coupe les vivres.

Refusant de se laisser intimider, elle le regarda droit dans les yeux.

— Vous dites des bêtises. Vous contrôlez peut-être mon argent, mais vous n'avez aucun droit sur moi. Je peux aller et venir où bon me semble, voir qui je veux, épouser l'homme de mon choix...

Fred bondit sur ses pieds.

— L'épouser ? Vous n'oseriez pas...

— C'est une possibilité.

— Margaret...

— Je vous prie de ne pas me toiser de la sorte. Asseyez-vous, sinon je vais avoir des crampes dans le cou.

De mauvaise grâce, il obtempéra.

— Je ne vais pas vous demander s'il a fait sa demande, car je sais déjà que ce n'est pas le cas. Tout le monde sait qu'il courtise Mlle Louisa Steele.

Maggie se figea. L'espace d'un instant, elle crut avoir mal compris. St. Clare courtisait Mlle Steele ? Cette jolie poupée de porcelaine aperçue au théâtre ? La jeune débutante, reine de la saison ?

Elle secoua la tête.

— Je ne vous crois pas.

— C'est la vérité. Il l'a emmenée en promenade hier, et le soir il l'a escortée au bal chez lady Colchester. Il paraît qu'ils ne se sont pas quittés de toute la soirée. Ils ont dansé la valse et dîné.

Maggie avait préféré ne pas assister au bal de lady Colchester. Elle économisait ses forces pour le bal de lady Parkhurst, qui aurait lieu samedi prochain et promettait d'être grandiose. Ce serait la première et l'unique grande réception à laquelle elle participerait de toute la saison, et elle avait espéré y danser avec St. Clare.

Néanmoins...

Il n'était pas venu hier. Ni aujourd'hui. Et il ne lui avait pas non plus envoyé de fleurs.

— Mlle Steele est l'Incomparable de la saison, reprit Fred. Son père est le plus jeune fils du comte de Lindsey. Elle ferait une épouse parfaite pour un vicomte. La haute société bruisse des rumeurs de son mariage avec St. Clare. S'il tourne autour de vous, ce n'est sûrement pas pour demander votre main, mais parce que vous êtes...

— Oui, je suis quoi ?

— Voyons, à votre âge, vous ne pouvez quand même pas espérer...

— Je vous demande pardon ?

— Vous avez vingt-six ans. Il n'y a sans doute qu'une seule chose qui l'intéresse chez vous...

Cette fois, Maggie perdit patience :

— Comment osez-vous faire de telles insinuations ? Vous ne savez rien de lui !

— Personne ne le connaît. Il est en Angleterre depuis quelques semaines. Et le bruit court qu'il est un bâtard. Si c'est faux, pourquoi le comte d'Allendale l'a-t-il caché aussi longtemps ?

— C'est ce qui se chuchote en ville ? lâcha Maggie, écœurée. Fred, je n'avais déjà pas beaucoup d'estime pour vous, mais là vous dépassez les bornes. Accuser quelqu'un de...

— Je n'ai rien à voir là-dedans. Ces soupçons s'expriment dans des journaux que tout le monde peut lire. Et je ne tolérerai pas que vous m'insultiez, alors que j'essaie seulement de vous protéger.

— De m'empêcher de voir lord St. Clare, voulez-vous dire.

— Il est de mon devoir de vous préserver des scélérats de son acabit. Vous êtes une proie facile, Margaret. Une dame qui n'est plus de la prime jeunesse, qui se montre au théâtre et dans Hyde Park en compagnie de...

— Plus de la prime jeunesse ! s'étrangla Maggie, outragée.

— Voyons, vous n'êtes pas en quête d'un mari. Tout le monde sait que vous finirez par m'épouser. C'est ce que souhaitait votre père.

— Mon père n'a jamais su qui vous étiez en réalité.

Maggie ébaucha un mouvement pour se lever. Fred la prit de court en lui attrapant le bras d'une poigne brutale. Il la mit debout d'une secousse et se dressa face à elle... bien trop proche.

Un frisson de peur la parcourut. En dépit de ses airs bravaches, Fred n'avait jamais eu recours à la force auparavant. Du moins, avec elle.

— Lâchez-moi.

— Vous allez m'écouter, gronda-t-il en accentuant la pression de ses doigts sur sa chair. Retournez dans le Somerset, Margaret. Vous avez eu quinze jours de vacances, c'est bien assez. Rentrez et préparez-vous pour notre mariage.

— Je n'ai jamais dit que je vous épouserais.

— Nous savons tous deux que cela se terminera ainsi. Vous êtes prête à tout pour conserver Beasley Park. Et n'avez-vous pas une once d'affection pour moi ? plaida-t-il encore, tandis qu'une lueur s'allumait dans son regard. Je ne suis pas l'ogre que vous décrivez. Tout ce que je vous demande, c'est de...

— *Lâchez-moi*, vous dis-je !

Maggie s'était dégagée d'un geste brusque.

— Croyez-vous que je serais capable de vous aimer, après ce que vous avez fait à Nicholas Seaton ? cracha-t-elle.

Fred se pétrifia. Maggie n'avait pas prononcé ce nom devant lui depuis dix ans.

— Que dites-vous ? siffla-t-il, l'œil flamboyant.

Elle recula d'un pas. Son cœur battait aussi vite que celui d'un lièvre qui vient de se faire repérer par un chien de chasse.

— Vous m'avez très bien comprise.

Il avança d'un pas.

— Ce garnement… ce bâtard… était un voleur et un menteur. Il a dérobé vos bijoux…

— Oh, je vous en prie, pas cette vieille fable ! Je ne suis pas aussi crédule que l'était tante Daphné.

Les traits de Fred ne trahissaient aucun remords. Il ne regrettait rien de ce qu'il avait infligé à Nicholas des années plus tôt. Bien au contraire.

— Il aurait dû être pendu !

— S'il l'avait été, vous seriez un meurtrier.

Fred lui jeta un regard accusateur.

— Est-ce à cause de lui que vous refusez de m'épouser ? Après toutes ces années, vous en pincez encore pour lui ?

— Pensiez-vous que j'oublierais ? Vous avez détruit mon bonheur !

Fred eut un ricanement dédaigneux.

— Un vulgaire garçon d'écurie ! Et vous renonceriez à Beasley Park en mémoire de ce stupide béguin d'adolescente ? Je ne puis y croire.

Maggie, déjà abattue après sa visite chez le notaire, se sentit encore plus accablée.

— Je ne suis pas idiote, déclara-t-elle. Je sais que je serai probablement contrainte de vous épouser. Je n'ai pas vraiment le choix. Mais ne vous y trompez pas, Fred : quoi que nous réserve l'avenir, je ne vous aimerai jamais !

13

Le samedi soir, Maggie, Jane, George et tante Harriet montèrent en voiture pour se rendre chez les Parkhurst, qui habitaient Chiswick.

Le trajet était long, mais ils n'étaient pas seuls. Sur la route de campagne circulait une cohorte d'élégantes voitures dont les lanternes se balançaient dans la nuit.

Enfin, ils tournèrent dans l'allée illuminée de torches où les véhicules avançaient à touche-touche.

George cogna au plafond de la voiture pour demander au cocher de stopper.

— Nous allons descendre ici, si cela ne vous dérange pas de faire quelques pas. Ce sera plus rapide, dit-il.

Il aida les dames à rejoindre l'allée pavée. L'air était si doux que l'étole légère dont Maggie s'était enveloppée était inutile. Elle l'abandonna dans l'habitacle. Sa robe en soie scintillante était de toute façon faite pour être montrée. Mme Clotilde s'était surpassée en créant cette toilette bleu Clarence au décolleté profond, aux manches bouffantes et légères, à la jupe rebrodée de minuscules perles qui captaient la lumière des chandelles.

Jamais Maggie n'avait porté une tenue aussi osée. Mais comme Fred le lui avait fait remarquer, elle n'était plus une jeune fille. Elle avait vingt-six ans. Elle était presque une antiquité. Qui oserait la critiquer si sa robe de bal dévoilait les rondeurs de sa poitrine ?

Lorsqu'elle entra dans le grand hall, tous les regards se braquèrent sur elle. Son cœur s'emballa. Lord St. Clare était-il présent ? La foule était si dense qu'il était difficile d'y repérer quelqu'un...

George donnait le bras à tante Harriet. Jane glissa une main sous le bras de Maggie pour lui offrir son soutien.

— Reste près de moi, chuchota-t-elle.

Maggie lui renvoya un regard reconnaissant.

Après avoir salué leurs hôtes, ils pénétrèrent dans la salle de réception. Un océan de visages, connus et inconnus, les accueillit. Cela faisait des années que Maggie n'avait pas participé à un événement de cette ampleur. Les convalescents n'étaient pas vraiment à leur place dans un bal.

— Seigneur, quelle foule ! s'exclama tante Harriet qui regardait autour d'elle, faisant frémir l'aigrette de son turban.

— Nous allons vous trouver un fauteuil confortable, ma tante, promit George.

Jane tendit le cou. Sa robe, une toilette gris tourterelle en organdi rebrodé de perles de culture, la posait en jeune personne élégante.

— George, dit-elle à son frère, j'aperçois lady Featherstone et Mme Herron près de la fenêtre. Voulez-vous aller vous asseoir avec elles, ma tante ?

— Oui, très volontiers, opina Harriet.

Après avoir laissé sa tante en compagnie de ses amies, George tendit la main à Maggie. L'orchestre était en train d'accorder ses instruments avant la première danse, qui serait un quadrille.

— Me ferez-vous l'honneur, mademoiselle Honeywell ?

Jane ouvrit la bouche pour protester, la referma dans la foulée. Elle avait promis de ne pas se comporter en mère poule, ce soir. Mais depuis la visite du Dr Hart, elle était souvent intervenue chaque fois qu'elle estimait que Maggie en faisait trop.

Elle n'avait pas tort. Le médecin avait prévenu Maggie : guérir prendrait du temps.

Celle-ci déclina poliment.

— Merci, George, mais je crois que je ferais mieux de me ménager.

— Dommage. Et toi, Jane ?

— Je n'ai pas envie de laisser Margaret toute seule...

— Oh, sottises, protesta Maggie en poussant gentiment son amie. Tu ne vas pas passer la soirée à me materner.

Le frère et la sœur s'éloignèrent vers le centre de la piste. La musique démarra dans une envolée de violons. Maggie observa les danseurs un moment, frustrée.

Avant d'attraper la grippe, elle adorait danser. Elle gardait de sa première saison le souvenir d'un long défilé de quadrilles, cotillons et bourrées écossaises. N'étant attachée à aucun gentleman en particulier, elle laissait le plaisir de la danse prendre le pas sur le reste et s'abandonnait au pouvoir de la musique qui la faisait vibrer...

Elle n'avait qu'un seul regret : n'avoir jamais dansé la valse. Dans sa jeunesse, cette danse était encore considérée comme scandaleuse. L'homme et sa cavalière étaient trop proches, et certains prétendaient que cela revenait à s'enlacer sur la piste.

Mais Maggie espérait bien danser la valse ce soir... pour peu que le bon cavalier daigne faire son apparition.

Si lord St. Clare avait eu la courtoisie de lui rendre visite ces trois derniers jours, elle le lui aurait dit. Mais il avait brillé par son absence depuis leur promenade dans le jardin des Trumble.

À en croire Fred, il était occupé à faire la cour à Mlle Steele.

Et c'était peut-être vrai.

Cette pensée lui faisait mal, mais elle ne gagnerait rien à s'enfouir la tête dans le sable. Il fallait être réaliste. Si elle ne s'était pas rendue à Grosvenor Square l'autre soir, lord St. Clare aurait-il tenté de l'approcher ? Si elle n'était pas venue à Londres, se serait-il déplacé à Beasley Park ?

« Peu importe le temps que cela prendra... je reviendrai te chercher. Je te le promets », avait dit Nicholas Seaton.

Mais il n'était jamais revenu. Pas pour elle, en tout cas. À son arrivée en Angleterre, il s'était tout de suite installé à Londres.

Et maintenant, il cherchait une fiancée.

Maggie soupira. Quelle importance ? Elle ne pouvait pas l'épouser, alors à quoi bon ressasser tout ça ?

Néanmoins, elle ne pouvait s'empêcher de se demander si elle ne l'avait pas fait fuir en le questionnant avec insistance sur son identité.

Avait-il pris peur ? Ou se serait-il lassé d'elle de toute façon ?

Cette pensée était déprimante.

Déployant l'éventail bordé de fourrure attaché à son poignet, elle se rafraîchit le visage. Les invités continuaient d'arriver et l'atmosphère de la salle devenait de plus en plus oppressante. Elle longea la piste de danse, se dirigea vers la porte-fenêtre qui menait sur la terrasse.

— Margaret, appela une voix familière.

Ce n'était pas la voix qu'elle avait espéré entendre.

Elle pivota.

— Bonsoir, Fred. J'ignorais que vous deviez venir ce soir.

Il se tenait devant elle, sanglé dans son habit de soirée très chic. Trop chic, sans doute. Sa cravate était nouée dans un style extravagant, et son gilet en satin ivoire scintillait comme un joyau. Cela n'allait pas du tout avec sa silhouette trapue.

Son attelle avait disparu. Il n'y avait plus trace de sa récente blessure par balle, si ce n'est peut-être une certaine raideur dans son attitude.

— Bien sûr que je suis venu. Vous m'avez dit que vous assisteriez au bal. Je n'ai pas bien compris pourquoi, d'ailleurs, puisque vous ne dansez pas...

— Je vais peut-être danser la valse. On m'a dit que ce n'était pas trop fatigant.

Fred tiqua, mais ne fit pas de commentaire. Il se tourna à demi pour faire signe à un gentleman qui se tenait derrière lui.

Celui-ci s'approcha.

Comme Fred, il était d'une élégance sophistiquée : chemise à haut col, nœud de cravate encore plus excentrique, redingote de satin noir. Sa culotte était si moulante qu'il devait marcher à tout petits pas.

— Mademoiselle Honeywell, puis-je vous présenter M. Lionel Beresford ? Beresford, voici Mlle Honeywell.

— Beresford ? répéta Maggie alors que l'homme s'inclinait devant elle. Êtes-vous apparenté à lord Allendale et à lord St. Clare ?

— En effet, acquiesça-t-il, la mine blasée. J'ai l'honneur d'appeler le comte « mon oncle ». Et lord St. Clare est mon cousin.

— Nous nous sommes rencontrés à Tattersalls, précisa Fred. Beresford est amateur de chasse. Je l'ai invité à séjourner à Beasley Park.

Maggie plissa les paupières. Fred se comportait comme le maître du domaine. Il prenait déjà des décisions sans la consulter. Mais inviter des gens sans daigner lui demander son avis... c'était un peu fort !

— Ne trouvez-vous pas que Letchford Hall serait plus indiqué pour recevoir *vos* invités ?

— Pas avec les rénovations en cours. Il y a du plâtre et des gravats partout. Ce serait dangereux d'y recevoir du monde. En outre, ajouta Fred en se tournant vers Lionel, rien ne vaut Beasley Park en ce qui concerne la chasse. C'est le meilleur domaine de tout l'ouest du pays, je l'ai toujours dit. Et vous pourrez emmener votre mère. Mlle Honeywell sera contente d'avoir de la compagnie féminine.

— C'est très aimable à vous, dit M. Beresford. Ah, justement, j'aperçois Madre là-bas... Permettez-moi de vous la présenter, mademoiselle Honeywell.

Pas moyen de refuser. Ils se dirigèrent vers quelques tables colonisées par les matrones et des vieilles filles qui faisaient tapisserie.

Mme Beresford, une femme menue au regard perçant assez dérangeant, les attendait visiblement. Elle adressa un sourire pincé à Maggie tandis que son fils procédait aux présentations.

— Vous ne dansez pas, mademoiselle Honeywell ? s'étonna-t-elle. C'est tellement dommage, quand on a une si belle robe. Elle est de confection française, n'est-ce pas ? En tout cas, elle est vraiment très... originale.

— Mlle Honeywell ne peut pas danser : elle est malade, décréta Fred.

Maggie serra les doigts sur son éventail, au risque de le briser.

— Vous êtes cocasse, Fred. Je suis tout à fait capable de danser ! Je me réserve juste pour la valse. Je vous souhaite une bonne soirée, madame Beresford.

Sur ces mots, Maggie tourna les talons et se fraya un chemin parmi la cohue qui se pressait aux abords de la piste.

— Pardon... Veuillez m'excuser...

L'orchestre attaqua le dernier mouvement du quadrille. La musique était si forte que Maggie eut envie de se boucher les oreilles.

— Margaret !

Fred l'avait rattrapée. Il la saisit par le bras – juste à l'endroit qu'il avait meurtri l'autre jour – et elle ne put contenir une grimace de douleur.

Il laissa retomber sa main.

— Où allez-vous donc comme ça ? Vous n'allez pas vous promener toute seule dans la foule. Surtout habillée comme ça, ajouta-t-il en jetant un regard réprobateur à son décolleté.

— Je ne suis pas seule. Je suis venue avec Mlle Trumble, son frère et sa tante.

— Je ne vois personne.

À cet instant, Maggie aperçut Jane qui arrivait du centre de la piste.

— Me voici ! Est-ce que tout va bien ? s'enquit-elle d'une voix essoufflée.

Maggie n'avait jamais été plus ravie de sa présence.

— Fred me reproche de ne pas avoir de chaperon.

— Oh, balivernes ! s'esclaffa Jane. Ce soir, Margaret a trois chaperons. Mon frère est parti nous chercher un verre de punch, et nous allons rejoindre ma tante.

— Vous voyez ? Inutile de faire une scène, Fred.

— Très bien, maugréa-t-il. Mais sachez que je garde un œil sur vous, Margaret.

Jane attendit qu'il se soit éloigné pour demander :

— Qu'est-ce qui lui prend ?

— Il est si possessif. Il me fatigue. Et figure-toi qu'il vient de se lier d'amitié avec un parent de lord St. Clare.

— Aurait-il une idée derrière la tête ?

— Je l'ignore. Mais Fred n'oublie jamais un affront, et cela ne m'étonnerait pas qu'il cherche un moyen de nuire au vicomte.

— Oh, les hommes et leurs querelles mesquines ! Ils sont assommants, soupira Jane en glissant un bras sous celui de Maggie. Viens, allons retrouver George.

La soirée se poursuivit au rythme des danses qui se succédaient. Les invités continuaient d'arriver, et bientôt la salle fut pleine à craquer.

Il faisait très chaud sous les lustres de cristal aux multiples chandelles. L'atmosphère était saturée d'odeurs – parfums capiteux, brillantine, transpiration. Il devenait difficile de respirer. De fait, une heure plus tard, une femme qui dansait la bourrée s'évanouit au milieu de la piste, signe infaillible que le bal de lady Parkhurst était un succès.

Maggie avait un peu le tournis et se demandait avec inquiétude si elle aurait la force de danser.

Mais elle ne dansa pas.

Pas même la valse, quand le moment arriva.

Il s'agissait de la « danse du souper », celle que convoitait tout gentleman qui aspirait à se rapprocher d'une dame, car ensuite il avait le privilège de dîner à côté de sa cavalière.

Près du fauteuil de tante Harriet, Maggie observait les couples qui tourbillonnaient sur la piste.

C'est alors qu'elle le vit.

John Beresford, vicomte de St. Clare.

Vêtu d'un élégant habit de soirée, il valsait avec Mlle Steele, la faisait pirouetter sur la piste.

Maggie cessa de respirer.

Depuis quand était-il là ? Elle ne l'avait pas vu, n'avait entendu personne signaler sa présence. Il avait dû arriver juste avant le début de la valse. Par conséquent, il avait certainement réservé cette danse depuis longtemps, lors d'une visite de courtoisie ou une promenade au parc.

La main pressée sur son ventre, Maggie s'obligea à prendre une courte inspiration.

Elle était jalouse, il fallait bien l'avouer, même si elle n'en était pas fière. Elle n'avait aucun droit sur lord St. Clare.

Certes, il avait manifesté son intention de lui faire la cour, mais il ne lui avait rien promis. Seul Nicholas lui avait fait un serment, il y a si longtemps qu'elle ne comptait même plus les années. Et à l'époque, il n'était qu'un adolescent qui ne connaissait rien à la vie, rien aux femmes.

Lord St. Clare, qui dansait en cet instant avec Mlle Steele, était un homme du monde expérimenté. Il souriait à sa cavalière, qui lui parlait en minaudant. Vêtue d'une robe en soie rose scintillante, elle brillait de mille feux, jeune, ravissante, pleine de vie et d'énergie.

Comme l'avait été Maggie jadis.

Soudain, elle eut honte de porter une robe aussi décolletée. Pourquoi n'avait-elle pas suivi l'exemple de Jane, si convenable dans sa modeste robe grise ?

Son amie, élégante et gracieuse, était en train de valser avec lord Irvine, un veuf d'âge mûr. Elle l'aperçut et lui adressa un sourire, que Maggie se força à lui rendre pour ne pas l'inquiéter. Jane avait joué les nounous une bonne partie de la soirée : elle avait bien le droit de s'amuser un peu.

Maggie avait toujours ce sourire crispé sur les lèvres quand son regard croisa celui de lord

St. Clare, qui venait de faire pirouetter Mlle Steele sur la piste.

Au moment où il la reconnut, sa physionomie changea du tout au tout, trahissant la surprise et une vive émotion. Mais la seconde suivante, comme par magie, il reprit son masque impavide et entraîna sa cavalière dans une nouvelle arabesque.

Maggie les suivit du regard un instant, puis s'obligea à détourner la tête. Elle n'allait pas se donner en spectacle en soupirant ouvertement après le célibataire le plus en vue de la saison ! Qui en plus venait de se battre en duel avec Fred. Cela ne ferait que déclencher une bordée de commérages.

— Où est donc passé Harold ? s'enquit tante Harriet en clignant des yeux comme une chouette. Il a promis de me conduire dans la salle à manger, à l'heure du dîner.

Harold Trumble était le père de Jane. Tante Harriet devait le confondre avec George. Il lui arrivait fréquemment de mélanger les générations.

Maggie ne se donna pas le mal de corriger son erreur :

— Il joue aux cartes, madame. Je suis sûre qu'il ne va pas tarder à venir vous chercher.

Les dernières notes de la valse retentirent. Lord St. Clare et Mlle Steele étaient maintenant à l'autre bout de la salle. Maggie ne les voyait plus.

Tant mieux.

Elle avait réussi à cacher son dépit, mais son pauvre cœur ne supporterait pas de voir lord St. Clare escorter son éblouissante cavalière à la table du dîner.

George refit son apparition peu après, un peu essoufflé :

— Êtes-vous prête à aller souper, ma tante ?

— Oui, je suis affamée, déclara son aïeule en lui prenant le bras.

— Mademoiselle Honeywell ? fit George en lui offrant son autre bras.

Maggie secoua la tête.

— Merci, mais je préfère aller prendre l'air. Je me sens un peu étourdie.

Jane, qui revenait avec son cavalier, proposa aussitôt de l'accompagner, mais Maggie refusa :

— Inutile, je peux très bien y aller toute seule.

— Tu n'es pas censée te promener seule dans le jardin…

— Je vais juste faire quelques pas sur la terrasse avant de vous rejoindre. Vous aurez à peine le temps de remarquer mon absence.

Pendant que ses amis et les autres invités se dirigeaient vers la salle à manger, Maggie prit la direction opposée et franchit la porte-fenêtre qu'un valet s'était empressé d'ouvrir à son approche.

Elle déboucha sur la grande terrasse illuminée de torches, et ne s'arrêta que lorsque ses mains touchèrent la fraîcheur de la balustrade en pierre qui surplombait le jardin.

Il n'y avait plus personne dans les parages, hormis quelques domestiques qui avaient entrepris de nettoyer la salle de bal. Elle était seule.

L'air de la nuit rafraîchit son visage. Accoudée à la balustrade, elle prit une profonde inspiration et, dans un soupir, ferma les yeux.

Elle avait eu tort de venir. Tort d'imaginer qu'elle était assez en forme pour danser avec qui que ce soit. Peut-être Fred avait-il raison ? Il était temps pour elle de rentrer à Beasley Park, de reprendre le cours normal de sa vie.

Londres l'avait distraite un temps de la réalité. La capitale anglaise fourmillait d'activité. On y proposait mille divertissements. Mais ce n'était pas le lieu idéal pour une convalescence. La ville était sale, poussiéreuse, et l'air était humide et imprégné de suie. Elle se remettrait bien plus vite en respirant l'air pur de Beasley Park et en se promenant dans la campagne. Et peut-être en recommençant à monter à cheval, si elle parvenait à convaincre Fred ?

Fred.

La perspective de passer le reste de sa vie sous son contrôle la déprimait. Bien sûr, de nombreuses femmes enduraient bien pire aux côtés de maris brutaux et parvenaient quand même à survivre. Maggie était mieux lotie qu'elles. Elle avait du caractère et ne permettrait pas à Fred de la briser.

Mais pour le reste…

Le cours de ses pensées mélancoliques fut interrompu par un cliquetis léger, celui de la porte-fenêtre qui s'ouvrait et se refermait. Puis un bruit de pas résonna sur les dalles de pierre.

Maggie se figea, et un frisson descendit le long de sa colonne vertébrale.

C'était St. Clare.

14

Maggie devina sa présence avant de le voir, mais n'osa pas se tourner de peur qu'il ne disparaisse dans une volute de fumée.

C'était comme un rêve, comme si son désir lancinant l'avait invoqué pour le faire surgir du néant.

Mais il était bien réel.

Il vint se placer à côté d'elle devant la balustrade, et la chaleur de son corps se communiqua à elle. Son bras frôla le sien.

— Vous ne devriez pas être dehors toute seule.

— Vous non plus, rétorqua-t-elle avec un calme louable. Il ne faudrait pas faire languir votre cavalière.

— Mlle Steele ? Elle est très confortablement installée à table. Lord Mattingly veille sur elle.

— J'ignorais qu'il était là.

— Il était dans le salon de jeu. Tout comme moi, jusqu'au moment de la valse.

— Ah oui. La valse. Vous la dansez fort bien.

— J'aurais préféré la danser avec vous.

Il fit glisser ses doigts sur la petite zone de peau découverte entre le bas de sa manche et le haut de son gant de soirée.

Maggie sentit des papillons s'envoler dans son ventre. Comment était-il possible qu'un contact si infime provoque chez elle une telle réaction ?

— Vous auriez pu, si vous me l'aviez demandé.

— Je ne savais pas que vous seriez là. Vous m'avez dit que vous n'assistiez plus aux bals.

— C'est vrai. Mais Mme Clotilde m'a confectionné cette robe et j'ai pensé que peut-être... il y aurait une chance pour que vous et moi...

Elle s'interrompit.

— Vous êtes très belle, ce soir. Vous l'êtes tout le temps, d'ailleurs.

— Trop aimable, répliqua-t-elle sèchement.

— Je suis sincère. Je n'ai jamais connu une femme plus lumineuse que vous. Quand je vous ai vue tout à l'heure, près de la piste de danse...

— Gardez donc vos compliments pour Mlle Steele, ou toute autre débutante qui aura l'heur de vous plaire.

— Mademoiselle Honeywell...

Il se reprit :

— Maggie...

— Arrêtez.

— Je tiens à m'expliquer. À propos de Mlle Steele et de mon absence, ces derniers jours. Il y a certaines choses que vous ne comprenez pas.

— Oui, à l'évidence.

Il laissa retomber son bras. Perdre le contact de ses doigts sur sa peau déclencha chez elle une sensation de manque indescriptible.

— Il se trouve que mon grand-père a de grands projets pour moi, et que sur cette trajectoire il n'envisage pas le moindre détour. Or j'ai déjà dévié du droit chemin, tout d'abord en me battant en duel, puis en vous faisant la cour.

Elle se résolut enfin à le regarder :

— Vous battre en duel et me faire la cour... Votre grand-père met cela sur le même plan ?

— Malheureusement, oui. Il a une obsession : perpétuer la lignée afin de transmettre le titre. Il veut que je me marie et que j'engendre un héritier. Il ne pense qu'à cela.

— Et vous ?

Il réprima un sourire.

— Je ne pense qu'à vous.

Une douleur sourde s'éveilla dans la poitrine de Maggie. Elle avait tellement envie de le croire !

— Ma foi, je ne m'en serais pas doutée. Il s'est écoulé... quoi ? trois... quatre jours depuis votre dernière visite ?

— Et chacune de ces journées a été un véritable calvaire pour moi.

— Je vous en prie, ayez la courtoisie d'être honnête avec moi. Vous n'avez pas passé trois jours à vous lamenter : vous avez promené Mlle Steele dans toute la ville. Et ce soir, c'est avec elle que vous avez valsé.

— Tout cela est faux.

— Cela m'a pourtant paru bien réel.

— C'est... c'est un jeu.

Elle haussa les sourcils.

— Et quel est le rôle de Mlle Steele dans votre petit jeu ? Celui du pion ? Du trophée ?

— Elle n'est rien du tout. Ce n'est qu'une gamine, une bécasse malveillante. Je fais semblant de m'intéresser à elle pour que mon grand-père me fiche la paix.

— Et moi ? Que suis-je dans votre jeu ?

Cette fois, son visage trahit une véritable émotion.

— *Tout*. Vous êtes tout.

De belles paroles. Exactement celles qu'il fallait pour amadouer une femme en colère. Maggie n'était pas si crédule.

Et pourtant...

Son instinct lui soufflait qu'il ne mentait pas.

Elle le lisait sur ses traits. Dans ses yeux gris ardoise, doux comme de la fumée. Ce regard particulier qu'il portait sur elle et elle seule.

Mais elle n'osait pas se fier à son instinct.

— C'est très flatteur. Il y a trois jours, je vous aurais peut-être cru. Mais c'était avant de vous voir valser avec Mlle Steele.

— Vous n'êtes quand même pas jalouse ?

Elle eut un rire bas, qui parut se répercuter sur les dalles de pierre de la terrasse et qui était une réponse en soi.

— Vous n'avez aucune raison de l'être, assura-t-il.

— Non, sauf qu'elle est jeune et en pleine santé. Elle peut danser toute la nuit avec vous. J'avais espéré...

Maggie retomba dans le silence. Elle remonta un de ses longs gants de soirée, le lissa au-dessus de son coude.

— Peu importe, soupira-t-elle. Je n'aurais pas pu danser, de toute façon. Il ne faut pas se voiler la face.

L'expression de lord St Clare s'adoucit. Une lueur espiègle et tendre s'alluma dans ses yeux et, d'une voix profonde, il demanda :

— Vous espériez valser avec moi ?

— Peu importe, vous dis-je. Je dois aller dîner. J'ai promis à Jane...

Il lui tendit la main :

— Mademoiselle Honeywell...

Elle lui jeta un regard circonspect, puis, après une hésitation, glissa lentement sa main dans la sienne.

— Vous ne pouvez pas m'escorter dans la salle à manger. Pas après y avoir emmené Mlle Steele, objecta-t-elle.

— Je ne veux pas vous emmener là-bas. Je veux danser avec vous.

— C'est absurde. L'orchestre fait relâche. Il n'y a pas de musique.

— Nous n'en avons pas besoin.

Maggie se remémora aussitôt cette leçon de danse qui avait eu lieu des années plus tôt, dans la clairière de Beasley Park.

À l'époque, ils n'avaient pas eu besoin de musique.

Elle le dévisagea en se demandant si lui aussi pensait à cette journée. Se rappelait-il leurs faux pas ? Leurs rires joyeux ?

Elle s'éclaircit la voix :

— Si vous voulez que votre grand-père vous laisse en paix...

— Il est en train de dîner. Et nous sommes seuls. Nous avons toute la terrasse pour nous.

— Je crois que...

— Dansez la valse avec moi, Maggie. S'il le faut, ce sera votre deuxième gage.

Elle soupira.

— Bon, très bien. Un gage. Mais cela ne me paraît pas une bonne idée. Vous savez que je ne peux pas...

Elle retint son souffle au moment où il glissait un bras autour de sa taille.

Oh, Seigneur...

Non, ce n'était vraiment pas une bonne idée : elle avait déjà les jambes qui flageolaient.

— Posez votre main sur mon épaule.

Elle obtempéra, le cœur battant.

— Vous êtes trop grand pour moi, je le crains.

— Pas du tout. Nous nous accordons à merveille.

— Non, vous avez continué de grandir, alors que moi... Oh !

Il venait de pivoter brusquement, l'emportant dans son mouvement.

— Vous savez danser la valse, n'est-ce pas ? demanda-t-il en souriant.

— Et vous ? Vous ne dansiez pas de cette manière tout à l'heure, avec Mlle Steele.

— C'était la valse anglaise, qui n'est pas très excitante. On la danse différemment sur le Continent. L'homme et la femme sont plus proches.

Il l'enlaça plus étroitement.

— Mon Dieu... c'est très osé !

— Oui, n'est-ce pas ?

Il l'entraîna dans la danse et sa jupe tourbillonna dans une envolée de soie bleue scintillante. Un frisson de plaisir la parcourut. Il n'y avait pas de faux pas, pas de gestes maladroits. C'était facile, évident, comme dans ses rêves de jeune fille.

Un sourire fleurit sur ses lèvres. Elle leva les yeux vers son visage illuminé par les torches :

— Nous valsons !

Il soutint son regard. En cet instant, il n'y avait plus rien de froid chez lui. Il rayonnait.

— Oui, ma chérie. Nous valsons.

Ces mots doux l'électrisèrent. Elle eut envie de glisser les bras autour de son cou, de se presser contre lui et de l'embrasser. De l'appeler Nicholas.

Elle n'en fit rien.

Elle se contentait de danser, de se laisser guider par ses mains sûres, de s'abandonner à ces pirouettes grisantes. Pendant ce temps, il ne la quittait pas des yeux.

— La valse européenne est-elle plus longue que la valse anglaise ? s'enquit-elle au bout d'un moment.

— Êtes-vous fatiguée ?

— Non, au contraire ! J'aimerais que cela ne finisse jamais.

La tête lui tournait, mais ce n'était pas désagréable. Elle se sentait euphorique, pleine d'audace.

Il sourit.

— Jusqu'à user la semelle de vos souliers ?

— Oui. Comme une princesse de conte de fées.

Ils se mirent à rire, tellement concentrés sur leur plaisir que Maggie n'entendit pas le bruit de la porte-fenêtre qui s'ouvrait.

C'est seulement quand St. Clare la fit tournoyer de nouveau qu'elle aperçut Fred.

Figé, il les fixait d'un air mauvais, exactement comme il l'avait fait des années plus tôt, le jour où il les avait découverts en train de batifoler dans les bois.

Les poings serrés, il frémissait de colère et de rancœur.

Et dans ses yeux…

Non, cette lueur particulière ne se trouvait pas dans son regard, dix ans plus tôt. Cette fois, ce n'était pas seulement de la haine.

C'était pire.

Avait-il reconnu Nicholas ?

15

St. Clare vit l'expression de surprise sur le visage de Maggie. Il tourna la tête, et son sourire s'évapora. Il s'immobilisa au centre de la terrasse.

— Tiens, monsieur Burton-Smythe. Quel plaisir de vous revoir.

La silhouette musculeuse de Fred se détachait contre le cadre illuminé de la porte-fenêtre. Les torches éclairaient son visage rubicond. Il était furieux, de plus en plus à mesure que les secondes s'écoulaient. Il demeurait la petite brute d'autrefois.

— Lâchez-la immédiatement, gronda-t-il.

St. Clare mit du temps à obtempérer. Peu à peu, il desserra l'étreinte de son bras, mais, incapable de rompre totalement le contact, garda la main de Maggie dans la sienne.

— Comment va votre épaule ?

— Je vous ai dit de la lâcher.

Maggie dégagea sa main et s'interposa entre eux :

— Ne soyez pas ridicule, Fred. Nous étions juste en train de valser.

Le tableau qu'ils formaient était insolite. La haute taille de St. Clare et la robustesse de Fred faisaient paraître Maggie encore plus petite et fragile. Pourtant, elle se dressait entre eux comme si elle était en mesure de contenir leur animosité par sa seule présence féminine.

En d'autres circonstances, St. Clare s'en serait amusé. Mais en cet instant, il n'avait pas du tout envie de rire. Il se sentait glacé jusqu'au cœur et était soulagé que Maggie ne puisse voir son expression.

Il ne put s'empêcher de narguer Fred :

— Ce doit être un supplice de bouger le bras. Pouvez-vous conduire votre phaéton ? Tenir votre cravache ?

— Je suis suffisamment remis pour protéger ce qui m'appartient. Venez, Margaret.

Fred ponctua son ordre d'un claquement de doigts impérieux. Un peu comme un fermier qui aurait appelé son chien.

Maggie protesta :

— Voyons, Fred...

— *Tout de suite.*

À contrecœur, elle s'approcha de lui dans une attitude pleine de dignité.

— Inutile de faire une scène, dit-elle à mi-voix. Il ne se passait rien d'indécent.

— Laissez-m'en juge, je vous prie.

Il l'attrapa par le bras pour la ramener à son côté. Son geste fut si brutal que Maggie poussa un petit cri.

St. Clare vit rouge. Il avança d'un pas, poings serrés.

— Lâchez-la !

— Non, je vous en prie ! s'écria Maggie. Vous ne ferez qu'empirer les choses.

St. Clare s'immobilisa. Une fureur noire était en train de l'envahir. Une fureur qui était restée enfouie en lui, frémissante comme de l'eau sur un feu bas, sans jamais s'éteindre. Il aurait suffi d'une toute petite provocation pour qu'il balance Fred par-dessus la balustrade.

— Lâchez-la. Je déteste me répéter.

Il serra le poing, et ses jointures craquèrent.

Fred libéra le bras de Maggie.

— Rentrez, Margaret.

— Elle n'a pas à vous obéir.

— C'est là que vous vous trompez, rétorqua Fred, une lueur de jubilation dans les yeux. Je suis son tuteur. C'est moi qui prends toutes les décisions la concernant, et elle m'obéira si elle est maligne. C'est dans son intérêt.

— Oh, bonté divine ! s'exclama Maggie.

— Vous avez un avantage sur moi, reconnut St. Clare. Personnellement, je n'ai pas recours au chantage avec les dames. En général, elles viennent à moi de leur plein gré.

Maggie lança un regard d'avertissement à St. Clare. « Ne le défiez pas ! »

Il était trop tard. Fred était déjà en train d'enfler du visage tel un crapaud furibond.

— Au *chantage* ?

— Vous m'avez bien entendu.

— Vous osez insulter mon honneur ?

— Je serai ravi de vous donner satisfaction si vous…

— *Vous ?* Qui êtes sorti de nulle part ? Que personne ne connaît ? Qui pourriez très bien être un imposteur, pour ce que nous en savons ?

— … ou de vous demander raison, si vous continuez de me parler de la sorte, acheva St. Clare en avançant d'un pas.

— Oh, ça suffit ! s'écria Maggie d'un air exaspéré. Vous n'allez pas *encore* vous battre en duel ?

— Qu'est-ce qui se passe ici ?

Lionel Beresford venait d'apparaître derrière Fred, l'air faussement surpris, comme s'il tombait sur cette scène par le plus grand des hasards.

St. Clare contint sa colère au prix d'un terrible effort sur lui-même. Son cœur tambourinait et ses muscles tendus frémissaient. Il commençait à peine à réaliser ce qu'il avait été sur le point de faire.

Doux Jésus.

Qu'est-ce qui lui avait pris ? Une seconde de plus et il aurait étripé Fred sous les yeux de Maggie, des domestiques et de Lionel Beresford !

Cette pensée l'ébranla en profondeur. Il avait perdu le contrôle.

Or cela ne lui arrivait *jamais*.

Que se passait-il ?

— Juste un léger différend, répondit-il.

Fred le toisa de son regard écrasant de mépris :

— L'honneur d'un homme n'est pas à prendre à la légère. N'importe quel gentleman sait ça.

— Assez ! dit Maggie en posant la main sur la manche de Fred. Vos simagrées me fatiguent. Je vous serais très obligée de bien vouloir m'escorter dans la salle à manger.

— N'ayez pas peur, je suis là pour vous protéger, assura Fred.

Il accrocha la main de la jeune femme à son coude dans un geste possessif, avant d'ajouter d'un ton venimeux :

— Soyez sûr que nous n'en resterons pas là, monsieur.

— Non, sûrement pas.

St. Clare les regarda s'éloigner et disparaître dans la maison. Puis il se détourna, s'appuyant des deux mains sur la balustrade.

— Un vieil ennemi ? s'enquit Lionel Beresford.

— À votre avis ?

— À mon avis, mon cousin, vous n'êtes pas celui que vous prétendez être.

— Et vous ? riposta St. Clare.

Lionel sortit sa blague à tabac de sa poche et ouvrit le couvercle de l'ongle du pouce.

— La différence, c'est que mes parents étaient mariés et que je suis en mesure d'en apporter la preuve. Tandis que vous...

Les flammes des torches grésillaient dans la nuit, à l'image de la colère de St. Clare. Mais cette fois, il réussit à se maîtriser.

— La parole de mon grand-père ne vous suffit donc pas ?

— Je crains que non.

Voilà. C'était dit.

St. Clare s'était douté que les gens se poseraient des questions, mais il ne s'était pas attendu à ce que son cousin l'attaque de manière si frontale.

— Je pourrais vous demander réparation pour ces insinuations.

— Vous devriez.

— Je le ferais, si j'étais sûr que vous savez tenir un pistolet. Mais comme on m'a dit que vous avez avec les armes l'habileté d'un enfant de huit ans, je préfère m'abstenir. Je ne me bats pas avec les morveux, même s'ils sont odieux.

— Votre père n'avait pas de tels scrupules.

St. Clare se redressa de toute sa taille. Pendant quelques secondes, il n'osa pas répondre, de peur de perdre à nouveau son sang-froid.

Lionel renifla sa prise, puis tira son mouchoir de sa poche pour s'essuyer le nez.

— Il paraît qu'il était caractériel, lui aussi, enchaîna-t-il. Un vrai casse-cou. Qui dilapidait son argent avec les prostituées, l'alcool et le jeu. Qui faisait des farces ridicules. Selon Madre, votre grand-père ne pouvait plus le supporter. Et quand il a tué le petit Penworthy...

— Penworthy n'était plus un gamin.

— Au nombre d'années, peut-être. Mais c'était un simple d'esprit. En acceptant de se battre contre votre père, il a signé son arrêt de mort.

— Votre mère ne sait rien de mon père, et vous non plus.

Lionel haussa les épaules.

— Je ne fais qu'énoncer des faits.

St. Clare jeta un regard en direction de la salle de bal. Près de la porte-fenêtre, quelques valets et bonnes s'activaient pour faire un peu de rangement, feignant d'être concentrés sur leur tâche. On ne voyait aucun invité rôder dans les parages.

— À propos, où est votre chère mère ?

— En train de dîner dans la salle à manger. Elle s'est prise d'amitié pour Mlle Steele. Apparemment, elles ont plein de choses à se raconter.

Lionel essayait de le déstabiliser. Comme si Louisa Steele était au courant des secrets de St. Clare ! Les jours derniers, il lui avait à peine dit trois mots, se bornant à sourire pendant qu'elle pérorait sur les sujets les plus fastidieux, à savoir l'admiration que lui vouait la gent masculine et la jalousie que cela déclenchait chez les autres débutantes.

La supporter avait été un mal nécessaire pour apaiser son grand-père, mais chaque minute passée en sa compagnie lui avait fait regretter de ne pas être avec Maggie. Et celle-ci qui s'était crue délaissée ! Il l'avait blessée, et cette pensée le torturait. Il n'en avait pas du tout eu l'intention.

Il se sentait un peu comme ces artistes de rue qu'il avait vus à Venise et qui jonglaient avec beaucoup de balles. Une seule seconde de distraction, et c'était la catastrophe…

— Je vous félicite, mon cousin, reprit Lionel. Mlle Steele est une vraie beauté, l'Incomparable de la saison. Mais on m'a dit qu'elle cherchait un titre. Il serait dommage que vous la déceviez à cet égard.

« Dommage, en effet », songea St. Clare avec un sourire sarcastique.

Il se dirigea vers la porte-fenêtre. Au passage, son épaule heurta celle de Lionel.

Il franchit la porte-fenêtre et les serviteurs trop curieux s'éparpillèrent. St. Clare ne leur prêta pas attention. Il n'avait rien dit de confidentiel. C'est Lionel qui avait colporté des ragots. Et d'ici peu, cette accusation ferait les gros titres des gazettes.

St. Clare allait devoir en informer son grand-père. Mais pas ce soir. Il avait autre chose en tête. Maggie et Frederick Burton-Smythe, pour commencer.

Il descendit l'escalier pour rejoindre la salle à manger mais, dans le hall, tomba sur George et Jane Trumble qui se faisaient des messes basses.

— Oh... bonsoir, lord St. Clare, dit Mlle Trumble en l'apercevant.

— Bonsoir, répéta son frère en inclinant la tête.

St. Clare les regarda tour à tour et perçut un malaise.

— Quelque chose ne va pas ?

— Non, pas du tout, assura George.

— C'est Mlle Honeywell, répondit sa sœur en même temps.

— Jane !

— Mais lord St. Clare est un ami de Margaret...

St. Clare sentit son cœur s'emballer.

— Qu'y a-t-il ?

— M. Burton-Smythe a insisté pour la ramener à Green Street dans sa voiture.

— Sans chaperon ? s'alarma St. Clare.

— Non, bien sûr. Notre tante est avec eux.

Cette précision ne rassura pas St. Clare. Cette vieille dame qui n'avait pas toute sa tête et s'endormait à la moindre occasion ? Pouvait-elle vraiment assurer le rôle de chaperon ?

— Nous avons proposé de ramener Mlle Honeywell, intervint George, mais elle a refusé que nous écourtions la soirée par sa faute.

— Il n'y a pas lieu de s'inquiéter, dit Mlle Trumble d'un ton hésitant. Margaret a la tête sur les épaules. C'est juste que… la route est longue, et M. Burton-Smythe avait l'air tellement furieux…

Un trajet de six lieues. Sur une route de campagne isolée.

St. Clare sentit l'appréhension lui serrer la poitrine. Maggie se disait capable de gérer Fred, mais tout à l'heure, sur la terrasse, ce dernier n'avait pas hésité à la malmener et à lui parler avec grossièreté.

Dieu sait ce qu'il était capable de faire dans une voiture fermée, seul avec elle et une vieille femme sénile ?

16

Maggie resserra sur sa poitrine les pans de son étole pour cacher son décolleté. À son côté, tante Harriet ronflait. Le roulis de la voiture n'avait pas tardé à faire son effet après qu'ils avaient quitté Chiswick.

L'unique lanterne éclairait le visage de Fred, assis face à Maggie. Des ombres mouvantes se dessinaient sur son visage rougeaud.

— Ce type me dit quelque chose, marmonna-t-il, mais je n'arrive pas à le situer...

Maggie avait soufflé la flamme de la deuxième lanterne, pour que tante Harriet ne soit pas gênée dans son sommeil. Elle l'avait fait par politesse, mais le regrettait maintenant : l'habitacle était plongé dans une atmosphère intime dont elle se serait volontiers passée.

— Comment cela ? Que voulez-vous dire ? demanda-t-elle.

— Il me semble familier. C'est son regard. Quand je vous ai vue danser avec lui... Enfin, si on appelle ça danser, ajouta-t-il, sarcastique.

Elle tourna les yeux vers la fenêtre encadrée de rideaux de velours. Le ciel était d'un noir d'encre et il n'y avait pas de lune pour éclairer la campagne. S'ils avaient quitté le bal en même temps que les autres invités, ils auraient pu profiter de la lumière des lanternes des dizaines de voitures rentrant à Londres, mais à cette heure il n'y avait aucune circulation, personne devant, personne derrière, juste ce long ruban de route qui sinuait dans la nuit.

Avait-elle eu tort de permettre à Fred de la raccompagner si tôt ?

Il avait beaucoup insisté et, sur le moment, elle avait trouvé plus facile de céder. Il était d'humeur exécrable, prêt à faire une scène... En outre, elle n'avait pas très envie de s'attarder pour voir St. Clare dîner au côté de Mlle Steele, puis danser avec elle le reste de la soirée.

Hélas, sa docilité n'avait pas apaisé la colère de Fred. Depuis qu'ils étaient montés en voiture, son humeur s'était encore assombrie.

— Ce n'était qu'une valse, objecta-t-elle.

— Je n'ai jamais vu personne la danser de cette manière !

— C'est normal, vous n'avez jamais quitté l'Angleterre. Sur le Continent...

Fred ne l'écoutait pas. La mine perplexe, il murmura comme s'il se parlait à lui-même :

— Beresford dit que St. Clare est né en Italie. Je ne vois pas comment j'aurais pu...

Maggie s'affola secrètement. Fred n'était pas du style à passer des heures à réfléchir, et il n'avait pas une très bonne mémoire. Mais, à un niveau plus ou moins conscient, il avait reconnu Nicholas. À cause de la valse. La vision de Maggie et St. Clare enlacés sur la terrasse avait fait écho à cette leçon de danse surprise dans la clairière dix ans plus tôt. Pour le moment, Fred n'avait qu'une vague impression et son cerveau peinait à assembler les pièces du puzzle. Mais bientôt le déclic se ferait dans son esprit, et il réaliserait que St. Clare ressemblait étonnamment à Nicholas Seaton.

Que se passerait-il alors ?

À la dérobée, elle l'observa. Elle ne pouvait pas faire grand-chose pour protéger St. Clare de la vindicte de Fred. Elle pouvait juste essayer de distraire ce dernier pour l'empêcher de tirer les bonnes conclusions.

— Cet homme vous obsède, voilà la vérité, déclara-t-elle.

— Certainement pas ! se récria-t-il.

— C'est évident. Vous revenez sans cesse à lui. C'est assommant. N'avez-vous pas d'autre sujet de conversation ?

— Si je parle de cet individu, c'est uniquement parce que je veux vous protéger de ses agissements. En tant que tuteur…

— Vous n'êtes pas mon tuteur. Pas comme vous le pensez. Et si vous refusez de passer à autre chose, ayez au moins l'amabilité de vous taire. Vous me donnez la migraine.

Un muscle tressaillait dans la joue de Fred.

— Ce n'est pas un jeu, Margaret. Que cela vous plaise ou non, vous êtes sous ma responsabilité. Qu'espère-t-il de vous, à votre avis ? Je vais vous le dire, moi…

— Par pitié, épargnez-moi les élucubrations issues de votre imagination scabreuse.

Sans l'écouter, il éructa :

— Il veut vous mettre dans son lit, voilà ce qu'il veut ! Et il se moque bien de votre réputation, du moment qu'il prendra son plaisir !

Maggie eut un mouvement de recul. Elle commençait à éprouver une certaine appréhension. En ce monde, seules les règles de la galanterie protégeaient les dames. Ces règles imposaient aux messieurs de les traiter avec courtoisie, voire avec déférence.

— Vous n'avez pas à me parler comme ça, commenta-t-elle. Ce n'est pas correct.

— Oh, je sais bien que vous vous moquez de votre réputation. Ce n'est un secret pour personne. Mais sachez que je n'épouserai pas une femme qui a la cuisse légère et qui se commet avec des canailles.

Sa vulgarité la fit rougir. Furieuse, elle riposta :

— C'est donc ce qu'il faut pour vous dissuader de m'épouser ? Si seulement je l'avais su plus tôt !

— Je ne plaisante pas, Margaret. Je ne tolérerai pas que ma femme arrive impure dans la chambre à coucher. Si jamais je découvre...

— *Impure ?* C'est un terme un peu vague. À quel moment une femme perd-elle sa pureté ? Quand elle embrasse un homme ? Ou quand elle se donne à lui ?

Elle savait qu'elle jouait avec le feu, mais elle ne pouvait pas s'en empêcher.

En dépit de la faible luminosité, elle vit le visage de Fred s'empourprer violemment.

— L'avez-vous embrassé ?

— Vous n'êtes pas un petit seigneur féodal, Fred. Vous n'êtes même pas baronnet. Pas encore. Et si vous croyez pouvoir me dicter...

— *L'avez-vous embrassé ?*

Elle haussa les épaules avec une nonchalance étudiée.

— Je ne m'en souviens pas. J'ai embrassé tellement d'hommes...

— Mais moi, vous ne m'avez jamais embrassé.

Une lueur prédatrice s'était allumée dans ses yeux.

Maggie perçut trop tard le danger. La seconde suivante, Fred se penchait vivement pour la soulever de son siège. Elle se retrouva assise sur ses genoux et poussa un cri indigné.

— C'est peut-être là le problème, gronda-t-il. Vous ne savez pas ce que vous ratez.

— Lâchez-moi, espèce de mufle !

Elle tentait de le repousser en vain, et son étole glissa par terre.

— Juste un baiser. Vous me devez bien ça, insista-t-il en resserrant son étreinte autour d'elle.

— Je ne vous dois rien du tout !

Elle se débattit, mais il l'écrasait contre son torse. Elle le frappa alors de son poing au niveau de l'épaule droite. Fred poussa un cri sourd. Elle crut pouvoir se dégager mais il la ceintura de nouveau, plus brutalement encore, et la manche délicate de sa robe neuve se déchira.

— Oh ! Regardez ce que vous avez fait ! s'emporta-t-elle.

Il ne l'écoutait pas. Il n'avait qu'une idée en tête. Sa bouche chercha la sienne.

— Tenez-vous tranquille. Je suis sûr que ça va vous plaire…

À cet instant, une détonation claqua au-dehors.

Les chevaux hennirent, et la voiture fit un écart avant de stopper brusquement. Maggie fut projetée contre la portière, et tante Harriet se réveilla en sursaut :

— Bonté divine ! Avons-nous perdu une roue ?

Maggie retomba sur son siège. Son chignon s'était défait et ses cheveux lui tombaient dans la figure. D'une main, elle les rejeta en arrière.

— Non, c'était… c'était un coup de feu, répondit-elle d'une voix légèrement essoufflée.

— Ne dites pas de bêtises, rétorqua Fred. Il y a sûrement un problème avec la voiture.

Il cogna au plafond du véhicule :
— Cocher ? Que se passe-t-il, bon sang ?
Le cocher ne répondit pas.
Mais une autre voix, grave et impérieuse, résonna dans la nuit :
— Sortez de cette voiture !
Les yeux de tante Harriet s'écarquillèrent comme ceux d'une chouette. Elle gémit :
— Mon Dieu... nous sommes attaqués par des bandits de grands chemins !

17

Le teint livide, Fred retomba contre le dossier.

— Gardez votre calme, mesdames. Laissez-moi faire.

Le cœur de Maggie battait à tout rompre. Elle tenta de se rassurer. Inutile d'avoir peur. Les bandits de grands chemins ne tuaient pas les dames, en règle générale.

— Ne vous affolez pas, dit-elle à tante Harriet. Ils ne s'intéressent qu'à nos bijoux.

Harriet porta sa main parcourue de veines bleues à son collier de diamants :

— Pourquoi les laquais ne nous défendent-ils pas ?

— Nous n'avons pas de laquais. Juste un cocher et un valet, dit Maggie en regardant Fred.

Celui-ci tendit la main vers la poignée, mais n'eut pas le temps de l'actionner. La portière s'ouvrit à la volée sur une haute silhouette enveloppée d'un manteau noir.

L'homme portait un masque et avait rabattu son tricorne sur son front. Il braquait un énorme pistolet de chasse sur Fred.

— Bonsoir, mon beau seigneur. Veuillez descendre de la voiture.

— Nous ne voulons pas d'ennuis, dit Fred. Nous ferons tout ce que vous demandez.

— Alors descendez, répéta le bandit en agitant son pistolet.

Tante Harriet poussa un gémissement. Le bandit toucha son chapeau dans un salut moqueur :

— Madame.

Puis, comme il tournait la tête vers Maggie, il eut un petit sursaut de surprise. Cela n'avait rien d'étonnant. Avec ses épaules nues, sa manche déchirée et ses cheveux ébouriffés, elle devait avoir l'air d'une folle.

— On dirait bien que je suis arrivé au bon moment, murmura l'homme.

Il reporta son attention sur Fred, releva posément le chien de son arme et ordonna :

— Descendez, avant que je vous jette dehors moi-même.

— Eh, attention avec ce pistolet !

Fred s'empressa d'obéir, et claqua la portière derrière lui. Par la vitre, Maggie vit sa silhouette disparaître dans la nuit. Le son de sa voix étouffée lui parvint :

— Si c'est de l'argent que vous voulez, je peux...

Il y eut un bruit mat, un grognement plaintif, puis... plus rien.

Maggie saisit la main de tante Harriet. Son cœur battait à tout rompre.

— Vous croyez... qu'il l'a tué ? balbutia Harriet.

— Non, je ne crois pas. Nous aurions entendu un coup de feu.

La portière s'ouvrit de nouveau sur la silhouette du bandit. Maggie frémit, mais tante Harriet l'apostropha avec un aplomb surprenant :

— Monsieur, vous ne pouvez pas prendre mes diamants. Ce sont des bijoux de famille.

— N'ayez crainte, madame, je ne vole pas les vieilles dames. Ni les jeunes, d'ailleurs. Je me paie autrement.

Il tendit la main à Maggie :

— Descendez, chérie. Laissez-moi vous regarder.

Elle fixa sa main gantée, puis releva le regard sur son visage… et vit ses yeux.

La pression dans sa poitrine diminua d'un coup. Lentement, elle posa sa main dans la sienne.

— Mademoiselle Honeywell ! glapit tante Harriet.

— Tout va bien. Il ne me fera pas de mal.

— Tant que vous ne bougerez pas de votre siège, madame, prévint le bandit, avant de refermer la portière au nez de la vieille dame.

Maggie cligna des yeux pour adapter sa vision à la pénombre. À la faible lueur de la lanterne accrochée au siège du cocher, elle distinguait Fred, étalé sur le sol, à moitié effondré contre la roue. Il n'était pas mort. Il n'avait même pas perdu connaissance.

Le cocher était toujours à sa place, à côté du valet en livrée. Maggie ne comprenait pas pourquoi ces deux-là n'avaient pas réagi à l'attaque. Puis elle distingua un autre homme masqué qui se tenait un peu en retrait et les visait de son pistolet.

Au sol, Fred s'anima soudain :

— Que lui voulez-vous, scélérat ? Margaret…

— Ce que je veux ? Un peu d'intimité pour réclamer mon dû. Par ici, ma beauté, dit le bandit en entraînant la jeune femme.

Dès qu'ils furent passés derrière la voiture, Maggie leva les bras pour lui ôter son masque. Il se laissa faire. Et le visage de St. Clare apparut.

Elle n'en avait pas douté une seule seconde.

Dès qu'il lui avait tendu la main dans un geste plein de galanterie, elle avait su qui il était.

— Avez-vous perdu la tête ? chuchota-t-elle.

— Et vous ? Pourquoi avez-vous quitté le bal avec Burton-Smythe ?

— Parce qu'il allait faire un scandale. Il était plus facile de lui donner satisfaction et… j'ai cru que je pourrais le contenir, admit-elle.

Elle s'en voulait de sa propre naïveté. Fred n'était plus un gamin. Aujourd'hui c'était un homme et, à l'évidence, elle n'avait plus aucune influence sur lui.

— Vous aviez peur pour moi ? demanda-t-elle. C'est pour cela que vous vous êtes lancé à notre poursuite, déguisé en bandit de grands chemins ?

— Je ne pouvais pas faire grand-chose, habillé en lord St. Clare.

Frôlant sa manche déchirée, il questionna :

— Est-ce lui qui vous a fait ça ?

— Oui. Il a voulu m'embrasser et je me suis débattue… Oh non, restez tranquille !

Alors qu'il se détournait déjà, elle le retint par un pan de son grand manteau.

— Je vais l'étrangler ! gronda-t-il.

— Ne soyez pas stupide. Vous en avez déjà assez fait comme ça.

— J'ai à peine commencé.

La férocité dans sa voix lui donna la chair de poule. Oh, Seigneur, était-il à ce point tenaillé par la haine et le désir de vengeance ?

— Fred ne l'emportera pas au paradis, je vous le promets, dit-elle. Il paiera, mais pas maintenant. Pas ici. Vous devez partir. Vous avez pris beaucoup trop de risques.

— C'est lui qui est en danger. Si jamais il ose…

— Il ne me touchera plus. Pas après ce qui s'est passé.

— Il en sera incapable quand je lui aurai cassé les deux bras…

— Oh, par pitié ! Si vous croyez que j'ai envie de voir deux hommes se bagarrer pour moi, vous

vous trompez complètement. Je ne suis pas une demoiselle en détresse, je n'ai pas besoin d'être sauvée.

Il haussa les sourcils, l'air narquois, en regardant sa robe déchirée.

Elle eut une grimace piteuse.

— Bon, oui… J'avoue que je suis contente que vous soyez intervenu au moment propice. Je n'ai pas autant d'autorité que je le pensais, en tout cas quand Fred est en colère. Mais j'en ai conscience, maintenant, et soyez sûr que je ferai en sorte que tante Harriet reste éveillée pendant la fin du trajet.

— C'est censé me rassurer ?

— C'est le mieux que je puisse faire, pour le moment.

Cela ne suffisait visiblement pas. St. Clare bouillait sur place, et Maggie savait qu'il n'hésiterait pas à massacrer Fred à la moindre provocation.

Elle lui effleura le menton pour l'obliger à soutenir son regard :

— Ne comprenez-vous pas ? Vous allez vous mettre en danger, et ça n'en vaut pas la peine. Il ne le mérite pas.

— Ce n'est pas à cause de Fred. C'est pour vous. Cela a toujours été *pour vous*.

Le cœur de Maggie manqua un battement.

Elle regretta de ne pouvoir distinguer clairement son visage, de ne pouvoir regarder droit dans les yeux l'homme qui se cachait sous ce manteau. Pas le vicomte de St. Clare ou un bandit de grands chemins, mais Nicholas Seaton. Son ami. Son amour.

— Dans ce cas, vous devez partir, insista-t-elle avec calme. Je ne veux pas avoir un crime sur la conscience. Si cela se savait…

— Personne n'en saura rien.

— Vous êtes bien sûr de vous. Vous devez avoir une grande confiance dans votre complice. Ce n'est pas lord Mattingly, je le vois bien.

— C'est Enzo.

Le valet ? Maggie se retint de rire.

— Vous ne me rassurez pas !

— Il est aussi bon que moi au pistolet.

— Eh bien, ce soir il n'en fera pas usage, dit-elle d'un ton ferme en remettant le masque en place sur son visage. Vous allez partir tous les deux avant que quelqu'un soit blessé.

— Margaret ! appela Fred de l'autre côté de la voiture.

— Je suis là...

Maggie contourna le véhicule et découvrit Fred, qui s'était remis debout et se frottait la nuque. Elle aurait dû avoir pitié de lui, mais après sa conduite inqualifiable elle ne le plaignait pas une seconde.

— Montez, ma colombe, dit St. Clare en ouvrant la portière.

Il donna la main à Maggie pour l'aider à s'installer, puis referma la portière avant d'émettre un sifflement pour attirer l'attention d'Enzo.

Le valet abandonna son poste pour rejoindre son maître, et ils se dirigèrent vers leurs montures qui attendaient un peu plus loin sur le côté de la route. Les étrivières crissèrent contre les selles et les montures piétinèrent.

Maggie entendit le cocher demander au valet :

— Tu crois qu'il y en a un troisième ?

— Je sais pas. Il fait trop sombre pour voir. Mais c'est bien possible...

La voix de St. Clare s'éleva dans la nuit, s'adressant à Fred :

— Vous allez faire le reste du voyage sur le siège du conducteur, avec le cocher. Je vous préviens, mes camarades vous surveilleront durant tout le trajet. Ce sont des gentlemen et ils détestent les hommes qui brutalisent les dames.

Un bruit de sabots signala le départ des prétendus bandits au petit trot sur la route.

La voiture s'affaissa dans une brusque secousse, et Maggie entendit Fred crier :

— Donnez-moi ça, vous, puisque vous ne vous en servez pas ! Je me demande pourquoi je vous paie !

Une détonation retentit, suivie d'un cri sourd qui résonna dans la nuit. Puis un bruit de galop sur la route.

Maggie porta la main à sa bouche.

— Vous l'avez eu, monsieur ? demanda le cocher d'une voix excitée.

— J'ai atteint l'un d'eux, le grand je crois. C'est lui que je visais.

— Une balle dans le dos, c'est pas une façon de mourir agréable. Restons vigilants, y en a peut-être d'autres dans le coin.

— Matt, grimpez sur le strapontin, ordonna Fred au valet. Je resterai à l'avant.

Quelques secondes plus tard, la portière s'ouvrit et la figure de Fred apparut.

— Vous... vous lui avez tiré dessus ? bégaya Maggie, les yeux écarquillés.

— Évidemment. Avec un peu de chance, il sera mort demain matin. Il ne vous a pas malmenée ?

En état de sidération, Maggie secoua la tête.

— Fred...

— Nous parlerons plus tard. Il faut nous dépêcher. Ces bois sont peut-être infestés de brigands.

Il referma la portière et alla s'installer à côté du cocher. Quelques instants plus tard, la voiture s'ébranla.

Maggie retomba sur la banquette. Les larmes ruisselaient sur ses joues.

Fred avait tiré sur St. Clare.

Ce n'était pas possible...

Était-il gravement blessé ? Avait-il réussi à fuir, ou était-il en train de se vider de son sang quelque part dans la forêt ?

Elle avait envie de sauter hors du véhicule, de hurler au cocher de faire demi-tour. Elle ne pouvait pas s'en aller comme ça, sans savoir s'il était en vie ou pas...

Mais comment faire ? Elle n'avait de toute façon aucun moyen de l'aider. Elle était totalement impuissante.

Tante Harriet lui tapota la main :

— Là, ma chère. Ne vous affolez pas. Son valet prendra soin de lui.

Maggie cligna des yeux à travers ses larmes.

— Comment ?

— Les messieurs aventureux et leurs domestiques savent traiter leurs blessures de guerre. Après tant d'années passées à faire les quatre cents coups, lord St. Clare a sûrement de la ressource.

Maggie sentit son sang se glacer dans ses veines.

— Que... que voulez-vous dire ? bredouilla-t-elle.

— Le vicomte. Je vous ai vue discuter avec lui par la vitre arrière de la voiture.

— Je... je...

Maggie jeta un regard à la vitre dans son dos. Elle n'y avait pas prêté attention tout à l'heure, n'avait pas songé un seul instant que tante Harriet pourrait les surprendre, qu'elle verrait Maggie enlever le masque de St. Clare.

— Je l'ai vu de mes yeux, insista la vieille dame.

Maggie s'essuya les joues.

— Madame, je… je sais que cela a dû vous choquer, mais ce n'est pas ce que vous croyez… Lord St. Clare…

— Voyons, je sais bien qu'il est devenu bandit de grands chemins après avoir tué le fils du duc.

— P… pardon ?

— C'est ce que racontent les gens. Je pensais qu'il s'agissait de vils ragots, mais visiblement c'est vrai.

Maggie comprit enfin ce qui se passait.

— Vous parlez de *James* Beresford ?

Tante Harriet regarda Maggie comme si elle était un peu demeurée, et répondit d'un ton agacé :

— Mais oui, je me tue à vous le dire. Le fils du comte d'Allendale. On l'appelle Jim. Un si gentil garçon. Et si beau. Quel dommage qu'il ait mal tourné !

18

Le Grillon, situé sur Albemarle Street à Mayfair, était un hôtel très respectable et extrêmement luxueux. Mais ce n'était pas les raisons pour lesquelles St. Clare y avait pris une suite ; sinon, il serait resté à Grosvenor Square chez son grand-père.

Non, ce qu'il recherchait, c'était un minimum d'intimité, et pour cela il était prêt à payer une jolie somme.

Le gérant de l'établissement, M. Fordyce, était la discrétion faite homme. Il tourna à peine la tête quand St. Clare arriva aux petites heures de la nuit, enveloppé dans son grand manteau noir et soutenu par Enzo. Il supposa sans doute que St. Clare était ivre, d'autant que celui-ci, à peine arrivé dans ses appartements, commanda une bouteille de cognac.

Enzo alla remplir une cuvette dans le dressing, pendant que St. Clare enlevait sa chemise. Il serra les dents au moment où sa manche tachée de sang coagulé lui arracha au passage un lambeau de peau. La balle de Fred l'avait juste frôlé, mais la plaie avait quand même beaucoup saigné et faisait un mal de chien.

À dire vrai, il le méritait, pour la témérité insensée dont il avait fait preuve.

Il avait vu rouge en apprenant que Fred avait emmené Maggie dans sa voiture. Et, pour la deuxième fois de la soirée, il avait perdu ses nerfs.

Son grand-père l'avait longtemps mis en garde contre le caractère volcanique des Beresford, qui s'exprimait autant par des paroles virulentes que de spectaculaires explosions de fureur.

St. Clare avait mis un point d'honneur à se discipliner. Aujourd'hui, il se flattait de garder son sang-froid en toutes circonstances et de savoir dissimuler ses émotions tel le meilleur joueur de cartes. Même quand il s'était battu en duel avec Fred quelques semaines plus tôt, il s'était contrôlé, restant froid et calculateur, sans laisser transparaître sa colère et sa haine.

Mais ce soir, sa carapace avait volé en éclats.

— *Acqua, signore*, dit Enzo en posant la cuvette pleine d'eau sur la table basse, près du lit. *E un panno*.

St. Clare humidifia le linge et s'en servit pour nettoyer la blessure. Il le rinça à plusieurs reprises, et l'eau ne tarda pas à se teinter de rouge.

— *Portami la bottiglia di brandy*.

Enzo alla chercher la bouteille de cognac dans le salon et la lui apporta. St. Clare enleva le bouchon avec les dents et mordit dedans de toutes ses forces en aspergeant généreusement la plaie.

Il attendit quelques secondes que la brûlure s'estompe, cracha le bouchon et grogna :

— Maudit soit Burton-Smythe !

— *Stupido inglese*, opina Enzo, compatissant, avant de demander : *Ago e filo ?*

St. Clare examina plus attentivement la plaie. La balle lui avait arraché un bout de chair. Il ne serait pas facile de la suturer, mais cela valait la peine d'essayer.

— *Si,* acquiesça-t-il. Et tâche de dénicher une aiguille moins ébréchée que celle dont tu t'es servi à Rome.

Enzo s'éloigna en ravalant un sourire. Ce n'était pas la première fois qu'il devait recoudre son maître. Après une bagarre de rue en Italie quelques années plus tôt, il avait suturé une estafilade sur l'épaule de St. Clare avec ce qu'il avait sous la main. L'opération s'était révélée particulièrement douloureuse, et St. Clare l'avait pris comme un juste châtiment pour s'être conduit de manière stupide.

Mais ce soir, il n'avait pas envie de s'infliger cela en plus du reste.

Il but une longue goulée de cognac.

Puis une autre.

Quand Enzo se mit au travail, St. Clare avait descendu la moitié de la bouteille. Qui était presque vide lorsque le valet posa le dernier point.

St. Clare s'assit dans le fauteuil pour permettre à son domestique de lui enlever ses bottes.

— Il faut que j'envoie un message à mon grand-père. *Puoi consegnarlo a Grosvenor Square.*

Allendale savait que son petit-fils avait quitté le bal plus tôt que prévu, mais il ignorait pourquoi. St. Clare n'avait pas pris le temps de lui parler. Il avait reçu un regard sévère de son grand-père quand celui-ci avait compris qu'il abandonnait Mlle Steele au beau milieu du dîner.

St. Clare devrait lui fournir une explication plus ou moins acceptable.

Mais dans quel but ?

Il ne savait plus.

Tous ses projets avaient été bouleversés depuis son retour en Angleterre, et surtout depuis ce moment fatidique où Margaret Honeywell était entrée dans la bibliothèque pour s'évanouir dans ses bras.

Il se rappela dans quel état il l'avait trouvée en ouvrant la portière de la voiture : décoiffée, sa robe déchirée…

Une bouffée de colère l'envahit.

Fred avait tenté de s'imposer à elle par la force. Seigneur, il était sur le point de la violenter quand il leur avait tendu cette embuscade sur la route : s'il n'était pas arrivé à ce moment-là…

Mieux valait ne pas y penser.

Il se passa la main sur le visage.

— Va me chercher de l'encre et du papier, s'il te plaît, Enzo.

Le valet obtempéra, et St. Clare rédigea une courte missive pour son grand-père :

Passe la nuit au Grillon. Cas de force majeure. Vous expliquerai demain.

Après avoir envoyé Enzo porter le message, St. Clare s'étendit sur le lit, un bras replié sur le front. Ses paupières se fermèrent. Il dut s'assoupir un moment, car quand il rouvrit les yeux il entendit quelqu'un frapper à la porte, doucement mais avec insistance.

Il se redressa en grognant. Son bras blessé était tout ankylosé et la douleur promettait gonflement et fièvre. Il allait devoir désinfecter de nouveau la plaie sans tarder. Ou appeler un médecin qui s'en chargerait.

Il espérait bien que les choses n'iraient pas jusque-là. Il n'avait pas du tout envie qu'on apprenne qu'il s'était fait tirer dessus. Il n'aurait plus manqué que Fred comprenne qui était le bandit de grands chemins qui avait croisé sa route.

Torse nu, il se leva et enfila une robe de chambre en soie avant d'aller ouvrir la porte.

— Il est deux heures du matin, j'espère que...

Les mots moururent sur ses lèvres.

Maggie Honeywell se tenait devant lui, enveloppée de son manteau de velours bleu dont la capuche bordée de zibeline était ramenée sur sa tête pour dissimuler ses traits.

À sa vue, une expression d'infini soulagement s'inscrivit sur son visage :

— Dieu merci, vous êtes vivant !

St. Clare la dévisageait, abasourdi. L'espace d'un instant, il se demanda même s'il ne rêvait pas. Puis la réalité le frappa : non seulement elle était bel et bien là, mais elle avait frappé à la porte de sa chambre d'hôtel !

Rapidement, il se pencha pour jeter un regard à droite et à gauche dans le couloir. Personne. Ouf ! Puis il la tira vivement dans la chambre et referma la porte.

— Que diantre faites-vous ici ?

— Je suis venue vous voir, bien sûr, répondit-elle en faisant glisser sa capuche sur ses épaules.

Le cœur de St. Clare s'emballa. Elle était belle... au-delà des mots. Adorable. La regarder lui faisait presque mal.

— Comment avez-vous su...

— Vous m'avez dit que vous louiez une suite au Grillon. Quand j'ai appris que vous n'étiez pas chez votre grand-père, j'ai supposé que vous étiez ici.

— Vous êtes allée à Grosvenor Square ?

— Non, j'ai envoyé Bessie. Elle s'est présentée à la porte de l'office, et l'une des aides de cuisine lui a dit que vous n'étiez pas encore rentré. Alors je me suis doutée...

— Maggie, nous sommes dans un hôtel, bon sang ! Si jamais quelqu'un vous a vue...

— Vous vous inquiétez pour ma réputation ? Après ce qui s'est passé ce soir ? s'exclama-t-elle, incrédule.

— Bien sûr ! Les dames respectables ne rendent pas visite aux messieurs à l'hôtel. Sinon, elles ne restent pas respectables longtemps.

Elle tendit la main vers lui, mais il recula, secoua la tête :

— Vous devez partir.

Seigneur. Il était à demi nu. À moitié soûl. Il se sentait anxieux, les nerfs à vif, presque aussi vulnérable qu'au temps de son adolescence.

— Ce n'était pas une bonne idée, insista-t-il encore.

— Ne soyez pas stupide. Il faut bien que quelqu'un vous soigne. C'est normal que je sois venue. Rien n'aurait pu m'en empêcher.

— Je vous préviens : j'ai presque vidé une bouteille de cognac, je ne suis pas... Oh, sapristi, je ne suis même pas décemment habillé ! s'exclama-t-il en se passant la main dans les cheveux.

Elle baissa les yeux sur sa robe de chambre légère. Ses pommettes rosirent légèrement, mais elle reprit d'un ton pragmatique :

— Voyons, je ne suis pas une oie blanche. Et vous n'êtes pas un étranger. Où avez-vous été touché ?

— À l'épaule. Maggie...

— Ici ? s'enquit-elle en lui frôlant le haut du bras.

Il tressaillit.

— Mon pauvre chéri, murmura-t-elle, apitoyée. Avez-vous très mal ? Laissez-moi jeter un coup d'œil...

Elle ôta ses gants, se débarrassa de son manteau, et apparut dans la méchante robe informe qu'elle portait le soir où elle était venue lui rendre visite pour la première fois, à Grosvenor Square.

St. Clare s'efforçait de reprendre ses esprits. Le cognac lui embrouillait la cervelle.

— Mlle Trumble sait-elle que vous êtes ici ? Et Burton-Smythe ?

— Personne n'est au courant, excepté Bessie. Nous sommes venues en fiacre.

Il lâcha un soupir. Elle était accompagnée de sa camériste. C'était déjà ça.

— Et où est-elle, en ce moment ?

— Elle est retournée à Green Street, je pense. Je lui ai dit de m'attendre dans le hall pendant dix minutes, mais que si je ne revenais pas au bout de ce laps de temps...

— *Hein ?*

— ... je me débrouillerais pour rentrer seule demain. Vous n'aurez qu'à m'appeler un fiacre, si vous...

— Avez-vous perdu la tête ? Si quelqu'un vous voit...

— Je vais finir par croire que c'est vous qui ne voulez pas me voir.

La double porte lambrissée du salon était restée ouverte sur la pièce voisine, qui se trouvait être la chambre. On apercevait le lit à baldaquin aux draps chiffonnés et les affaires de St. Clare éparpillées sur le sol : chemise, bas, bottes...

Maggie plissa les paupières d'un air soupçonneux.

— Il n'y a personne dans votre chambre, n'est-ce pas ?

— Comment ?

C'était si grotesque, si éloigné de la vérité, qu'il mit une seconde à comprendre ce qu'elle sous-entendait.

Il étouffa un rire incrédule.

— Une femme, voulez-vous dire ?

— Eh bien ?

— Évidemment que non. Je suis seul. C'est ce que je m'évertue à vous faire comprendre. Même Enzo est parti. C'est justement pour cela que vous ne pouvez pas...

— Oh, je ne peux pas ? coupa-t-elle vivement. Imaginez que j'ai passé les dernières heures à me ronger les sangs, terrifiée en vous imaginant en train d'agoniser quelque part sur la route entre Londres et Chiswick. Avez-vous la moindre idée de ce que j'ai enduré ? Je ne pouvais rien faire, je ne savais même pas si vous étiez vivant ou mort ! Et maintenant, vous me demandez de partir ? De reprendre un fiacre pour retourner à Green Street ? Allez au diable ! s'exclama-t-elle, le visage décomposé. J'ai cru... j'ai cru que je vous avais perdu !

St. Clare avait les poumons en feu. Il n'avait pas pensé à tout cela, n'avait pas vraiment réfléchi. Cela faisait trop longtemps que personne ne se souciait de lui. Oh, son grand-père s'inquiétait pour le titre, pour la lignée... mais pas pour la personne qu'il était.

— Je vous demande pardon de vous avoir causé une telle angoisse.

— Ne vous excusez pas. Laissez-moi plutôt vous soigner. Je ne serai pas tranquille tant que je n'aurai pas vu de mes propres yeux que vous allez bien.

Il la dévisageait, dents serrées, luttant contre la houle d'émotions qui l'envahissait malgré lui. Elle ne comprenait pas dans quel pétrin elle s'était mise. Pas seulement parce qu'elle s'était rendue dans un hôtel au beau milieu de la nuit, mais parce qu'elle était seule avec lui, alors qu'il était ivre et affaibli.

Il la *désirait,* bon sang ! Il avait besoin de sentir ses bras autour de lui, besoin de se perdre dans la douceur parfumée de son corps de femme...

En sa présence, il avait déjà du mal à ne pas se conduire comme un collégien transi d'amour.

Jusqu'alors, il avait réussi à donner le change parce qu'ils s'étaient croisés dans des circonstances formelles, dans le salon des Trumble ou en plein Bond Street. Pourtant, il avait dérapé le jour où il l'avait embrassée dans Hyde Park, puis quand ils avaient valsé ensemble sur la terrasse des Parkhurst.

Chaque fois qu'il lui avait touché la main ou les lèvres, sa détermination avait faibli, alors qu'il avait absolument besoin de tenir le cap pour réaliser ses projets.

Si seulement elle avait attendu le matin pour venir le voir… Il aurait eu le temps de dessoûler et de reprendre le contrôle de lui-même.

— Laissez-moi voir, dit-elle en tendant la main vers la ceinture de sa robe de chambre.

Cette fois, il n'essaya pas de l'en empêcher. Il ne recula pas et, immobile, retint son souffle tandis qu'elle dénouait le lien de soie et faisait glisser la manche sur son coude.

Mais ce n'était pas la plaie qu'elle regardait. C'était son torse dénudé.

Pétrifiée, elle fixait une ancienne cicatrice qui lui zébrait le torse de la base du cou au pectoral. La marque, blanchie mais bien visible, était le seul stigmate de ce passé qu'il s'était efforcé d'oublier.

Bon sang…

Il ne voulait pas que la vérité s'impose. Pas ici, pas maintenant. S'il avait eu l'esprit clair…

Mais il était trop tard.

Une expression étrange s'inscrivit sur les traits de Maggie. Elle pâlit, rougit dans la foulée. Puis elle le toucha. Le frôlement de ses doigts sur sa chair déclencha une sorte de décharge électrique dans tous ses organes vitaux, un frisson qu'il aurait été bien en peine de réprimer ou de cacher.

Elle tressaillit également, comme si elle captait cette connexion profonde qui s'était tissée entre eux tant d'années auparavant, que ni le temps ni la distance n'avaient pu abolir.

— Oh, mon Dieu… je le savais ! souffla-t-elle.

Une lueur de triomphe s'alluma dans les profondeurs de ses yeux saphir, et elle s'écria :

— C'est toi… C'est vraiment toi !

19

Maggie l'avait à peine touché que, de nouveau, il s'écartait.

Il remonta la manche de sa robe de chambre, serra la ceinture d'un mouvement sec, puis s'en alla dans la chambre. Il s'approcha de la table de chevet sur laquelle étaient posés un verre ainsi qu'une bouteille de cognac bien entamée, se servit une rasade et l'avala d'un trait.

Maggie le suivit, perplexe.

Il n'allait quand même pas nier, cette fois ? Cette cicatrice sur son torse était une preuve indubitable. Fred lui avait donné un coup de cravache, elle s'en souvenait comme si c'était hier.

« Regarde ce qu'il m'a fait. Crois-tu que ce soit l'œuvre d'un gentleman ? » avait demandé Nicholas, la nuit où tout avait basculé.

St. Clare posa bruyamment son verre sur la table.

— Tu n'aurais pas dû venir ce soir, dit-il d'une voix sourde.

Maggie le savait bien. C'était imprudent de sa part, voire insensé. Sa réputation était en jeu. Pire, c'était injuste pour Bessie – qui savait – et encore plus pour Jane – qui ne savait pas.

Mais Maggie n'avait pas songé à cela une seconde quand elle craignait pour la vie de lord St. Clare.

Pour la vie de *Nicholas*.

Ils se jaugèrent du regard à quelques mètres de distance, tels deux adversaires sur le point de s'affronter. Une tension presque palpable irradiait entre eux, mélange de colère, de désir et de souffrance.

— Tu m'as menti, déclara-t-elle.

— Je sais.

— Tu m'as fait douter de moi. Et pendant tout ce temps…

— *Je sais.*

L'amertume, la frustration, mais aussi un regret sincère vibraient dans sa voix. Il passa la main dans ses boucles blondes qui se dressaient en bataille sur sa tête.

Elle ne l'avait jamais vu si négligé, si nerveux.

— Pourquoi ? demanda-t-elle.

Il se détourna un instant de la chandelle posée sur la table de nuit, et son visage se retrouva plongé dans l'ombre. Mais Maggie perçut le frémissement qui parcourait son corps, aveu d'impuissance, de colère et de remords, qui trahissait le conflit qui se jouait en lui, la bataille entre le passé et le présent.

— Est-ce donc si terrible de se souvenir de qui tu étais ? De ce que nous étions l'un pour l'autre ? demanda-t-elle encore en s'approchant d'un pas.

Les traits crispés, il secoua la tête.

— Je t'ai tout de suite reconnu. Je te demandais juste de me dire la vérité. D'admettre…

— Admettre quoi ? la coupa-t-il vivement. Je pensais ne jamais te revoir. Comment aurais-je pu savoir que tu serais là ? Que tu viendrais me chercher jusque chez mon grand-père ?

— Cela a dû te surprendre…

Il émit un son étranglé qui ressemblait vaguement à un rire.

— Le mot est faible !

— Et tu as développé un don pour cacher tes sentiments.

— Pas ce soir. Ce soir, tu me vois tel que je suis, à nu, dépouillé de mon armure. Tu l'as démontée pièce par pièce.

Il se servit un autre verre de cognac.

Elle protesta :

— Tu ne vas tout de même pas me faire des reproches ? Ce n'est pas moi qui...

— Non. Tout est ma faute. Je ne me maîtrise plus quand je suis avec toi. Je n'y suis jamais parvenu. Tu... tu devrais partir. Je ne suis pas dans mon état normal.

Elle esquissa une moue ironique.

— Tu es surtout en colère contre toi, et tu as trop bu.

— Tu dois partir, répéta-t-il dans un soupir, en se passant la main sur le visage. Je suis sérieux, Maggie.

— Je sais. Mais d'abord, laisse-moi inspecter ta blessure.

— Tu ne l'as pas assez regardée ?

— Assieds-toi, cesse de faire l'enfant, ordonna-t-elle avec un calme démenti par son cœur qui battait la chamade.

Grommelant un juron, il s'assit de mauvaise grâce au bord du lit, les bras raides, les pieds calés sur le sol.

Maggie s'avança entre ses jambes. Quand il était assis, son visage était à hauteur du sien. Cela lui donnait au moins l'illusion qu'elle avait les choses en main.

— On dirait un lion... qui a mal à la patte et à la tête ! s'amusa-t-elle en dénouant la ceinture de sa robe de chambre. Dis-moi, tu bois souvent comme ça ?

— Rarement.

— Bon. Tant mieux.

Elle s'humecta les lèvres. Tout à coup, elle avait la bouche sèche. Comment s'en étonner ? Il était torse nu devant elle. Une vision fascinante, qui lui mettait le feu aux joues et réveillait des papillons dans son ventre.

Elle s'obligea à se concentrer sur son épaule. Ce n'était pas le moment d'avoir des vapeurs.

Mais ce n'était pas facile.

Sa poitrine semblait ciselée dans le marbre. Chaque muscle, chaque tendon était parfaitement défini. Il avait le corps d'un dieu grec, mince, tonique, puissant. Le Nicholas de son enfance était bien moins intimidant.

Qu'avait-il fait pour développer une telle musculature ? Jane l'avait décrit comme un sportif accompli, mais les cicatrices sur son torse et ses épaules parlaient moins de loisirs que de survie.

Il avait *survécu*.

Mieux. D'une manière ou d'une autre, il s'était forgé une vie et une nouvelle identité. En dix ans, il était devenu un autre homme.

Maggie fronça les sourcils en inspectant la plaie, suturée très proprement avec un fil noir.

— C'est Enzo qui t'a recousu, j'imagine ? J'ose espérer que tout a été soigneusement désinfecté ?

Il acquiesça d'un grognement.

Elle effleura son épaule. Il tressaillit. Doutant que cette réaction soit due à la douleur, elle fit glisser ses doigts sur son biceps dur. Sous ses airs revêches, sans doute était-il aussi troublé qu'elle. Lui aussi devait avoir la bouche sèche.

Son regard croisa le sien.

— Tu as mal ?

— C'est un calvaire, marmonna-t-il.

— Pour moi aussi.

Elle glissa sa main dans la sienne, sentit avec bonheur ses doigts se refermer sur les siens dans une prise possessive.

Elle se laissa aller contre lui.

— Nicholas...

Il la réduisit au silence d'un baiser dur, presque brutal, désespéré. Contre sa bouche chaude, elle se sentit fondre.

Il n'y avait pas d'autre mot.

Ses jambes se dérobèrent et elle s'abandonna. À ses bras. À son baiser. À sa bouche vorace et exigeante.

— Maggie, dit-il d'une voix enrouée, il ne faut pas...

— Tais-toi.

Elle noua les bras autour de son cou et, sentant qu'il était sur le point de s'écarter, elle ramena son visage contre le sien, chercha ses lèvres.

Il capitula, reprit sa bouche dans un baiser encore plus avide auquel elle s'offrit volontiers. Il avait goût de cognac et de passion, mélange qui était en train de lui tourner la tête...

St. Clare semblait tout aussi grisé. Il respirait bruyamment. Ses grandes mains glissaient sur sa taille, son dos, remontaient pour saisir ses épaules tandis que leurs bouches se dévoraient.

D'un baiser à l'autre, une sensation grandit dans le ventre de Maggie, un besoin lancinant qu'elle ne comprenait pas et qui la rendait fébrile.

Elle l'embrassa jusqu'à en perdre le souffle, jusqu'à ce qu'elle se sente incapable de tenir debout...

Alors il l'enlaça de ses bras forts, la souleva et alla la déposer sur le lit.

Il s'étendit près d'elle, sur les draps froissés. Elle eut juste une seconde pour respirer avant que sa bouche brûlante capture de nouveau la sienne.

Seigneur...

Elle s'écarta brusquement, à bout de souffle.

— Attends !

— J'attends depuis trop longtemps...

— Tu... tu vas m'étouffer.

— Je veux te consumer, souffla-t-il en embrassant ses joues, son menton, sa gorge. Si tu savais combien j'ai souffert...

— Et moi ? N'ai-je pas souffert, moi ?

Elle lui agrippa les cheveux pour l'obliger à soutenir son regard. Son corps tremblait de désir pour lui et réclamait ses caresses et ses baisers, mais elle avait encore plus besoin de vérité.

— Pourquoi n'es-tu pas revenu me chercher ?

Son expression changea. Il la considéra un long moment, puis se laissa retomber sur le dos à côté d'elle.

— J'en avais l'intention.

— Mais tu ne l'as pas fait. Tu ne m'as même pas écrit. Pourquoi ?

Sa pomme d'Adam remonta dans sa gorge et il répondit :

— Parce que... pour pouvoir avancer, et trouver ma place dans la vie... il a fallu que je t'oublie.

20

St. Clare n'avait jamais envisagé de prononcer ces mots à voix haute, encore moins devant Maggie Honeywell.

Il n'avait pas imaginé qu'il devrait un jour lui faire cet aveu : après avoir fui Beasley Park pour entreprendre la longue métamorphose qui ferait de lui John Beresford, vicomte de St. Clare, il s'était contraint à la considérer comme un simple élément de son passé détesté. Un élément auquel il valait mieux ne pas penser.

Il a fallu que je t'oublie.

Sinon, il n'aurait pas survécu.

— Je comprends, dit-elle.

À son regard, il vit qu'elle était profondément blessée.

La gorge nouée, il lui effleura la joue. Sous ses doigts, sa peau était tiède et veloutée.

— Maggie…

— C'est vrai, je comprends. Et je comprends aussi pourquoi tu as cherché la confrontation avec Fred.

Il se raidit à la simple mention de son rival.

— Ce n'était pas mon intention, à l'origine. Mais je l'ai croisé par hasard dans Bond Street, peu après mon arrivée à Londres.

Fred se promenait sur le trottoir d'en face, au bras d'une dame élégante. St. Clare aurait reconnu entre mille cette silhouette râblée et cette chevelure cuivrée. Sans parler de sa mine suffisante. Lui-même sortait de chez le tailleur, et en une seconde le passé lui avait explosé à la figure avec une violence terrible. Sa jeunesse misérable. Son impuissance, sa colère, cet intolérable sentiment d'injustice.

Il croyait avoir tourné la page, avoir enfermé ses émotions dans un coffre dont il aurait jeté la clé dans le Tibre, là-bas en Italie. Il avait fallu consentir à ce sacrifice pour devenir le gentleman qu'il était aujourd'hui.

Mais là, en plein Bond Street, ses émotions avaient brutalement rejailli.

— Et plus tard ? Au club de jeu ? demanda Maggie.

— Hum… J'avoue que ce n'était pas vraiment une coïncidence.

— Tu as tout orchestré, dit-elle, sans paraître vraiment surprise.

— Oui.

Il avait rapidement découvert où Fred passait la plupart de ses soirées. Il n'avait pas été difficile de devenir membre du club. Ce soir-là, dans la salle enfumée par les cigares et mal éclairée, Fred, qui avait bu, ne l'avait pas reconnu.

Dans sa vie, peu de choses lui avaient procuré une satisfaction égale à celle qu'il avait ressentie en tirant une balle dans l'épaule de Frederick Burton-Smythe.

— Et moi ? Tu aurais pu t'arranger pour me rencontrer, insista Maggie.

— Je ne pouvais pas. Et pas parce que mon amour pour toi était mort, comme tu l'as dit à Hyde Park.

— Pourquoi, alors ?

Étendus sur le lit, presque nez à nez, ils se regardaient, comme au temps de leur enfance quand ils échangeaient des secrets, allongés dans l'herbe.

Mais ils n'étaient plus des enfants.

St. Clare était un homme. Torse nu. Éméché. Et Maggie était une femme magnifique, infiniment désirable.

Sa femme.

Il était obligé de lui dire la vérité.

— Parce que je savais que cela mettrait tout par terre. Tout ce pour quoi je me suis tant battu : mon titre, le soutien d'Allendale, la vie que je mène aujourd'hui… Je sentais d'instinct que si je te revoyais, plus rien de tout cela ne compterait, même si cela devait me détruire en même temps.

— Quelle façon sinistre de voir les choses ! s'insurgea-t-elle. Tu m'as revue à Grosvenor Square et ta vie n'a pas volé en éclats pour autant, que je sache ?

Elle ne comprenait pas. Elle n'avait aucune idée du pouvoir qu'elle avait sur lui, ni du bouleversement qu'elle avait provoqué en réapparaissant dans son existence.

L'instant d'avant, il était John Beresford qui se reposait dans la bibliothèque après une soirée passée au club ; la seconde suivante, il était de nouveau Nicholas Seaton, comme si une faille s'était ouverte dans l'univers pour le précipiter dans le Somerset.

Certes, sa vie n'avait pas volé en éclats, mais sa perspective avait radicalement changé.

Lorsque Maggie avait fait irruption dans la bibliothèque à cette heure tardive, il avait été submergé par les émotions, non pas la colère et la rancœur, mais une immense joie, une infinie tendresse et un flot d'amour.

Il avait eu un mal fou à rester distant et froid, à continuer de parler avec les intonations cultivées d'un gentleman.

Lorsqu'elle avait repris conscience, elle n'avait pas paru le reconnaître, et cela l'avait sauvé.

Jusqu'à ce qu'il l'emmène se promener dans Hyde Park.

— Tu ne te demandais pas où j'étais, ce que j'étais devenue ? Même si tu ne souhaitais pas me revoir, tu aurais pu au moins te renseigner.

— Dans quel but ? Je supposais que tu étais mariée depuis longtemps, que tu avais des enfants. Et je préférais ignorer ce genre de détails, figure-toi.

Un léger sourire flotta sur les lèvres de la jeune femme.

— Tu pensais toujours à moi, alors ?

— Au début, je ne faisais rien d'autre ! Il m'a fallu des années avant de pouvoir mettre ces rêves de côté.

Il avait grandi. Mûri. Appris à canaliser ses émotions.

— Et même alors, je...

— Tu, quoi ?

Il garda le silence un long moment, tout en lui caressant machinalement la joue. Puis il reprit d'une voix enrouée :

— Parfois, quand j'étais sur le pont d'un bateau à minuit, ou que je conduisais sur une route déserte la nuit sous la lune, j'avais une étrange sensation dans la poitrine, au niveau du cœur, comme s'il y avait là un fil qui me reliait à une autre personne quelque part dans le monde. J'ai toujours imaginé que c'était toi et... je me demandais si tu éprouvais la même chose, au même instant.

Une larme coula sur la joue de Maggie. Il l'essuya en se maudissant de l'avoir créée.

— Oui, c'est exactement ce que je ressentais ! souffla-t-elle.

— Je suis désolé, Maggie. Désolé de t'avoir fait du mal. De ne pas avoir tenu ma promesse...

— Je t'ai attendu si longtemps !

— Je te demande pardon. Je voulais revenir vers toi, mais... c'était impossible. Pas en tant que Nicholas Seaton.

— On dirait que tu parles d'une autre personne.

— C'est un peu vrai. Je parle de ce jeune gars misérable que j'ai abandonné quelque part en Italie.

De nouvelles larmes menacèrent.

— Et lord St. Clare ?

— Il est né au même endroit, des cendres de Seaton pourrait-on dire. C'est l'homme que j'étais destiné à devenir. Que j'aurais toujours été si les circonstances avaient été différentes.

Réalisant que ses propos n'avaient pas beaucoup de sens, il soupira :

— Tout est devenu si compliqué...

— En effet.

Elle posa la main sur sa poitrine, suivit le tracé de l'ancienne cicatrice infligée par la cravache de Fred, puis fit glisser ses doigts dans son cou.

— Tu es revenu, et pour moi c'est tout ce qui compte, murmura-t-elle.

Il inclina la tête pour l'embrasser tout doucement sur la bouche. Leurs souffles se mêlèrent, leurs lèvres s'épousèrent plus étroitement. Il sentit les battements de son cœur s'accélérer, et s'écarta au prix d'un effort surhumain.

— Pourras-tu me pardonner ? Je sais que je ne le mérite pas...

— Bien sûr que je te pardonne. Je regrette juste que tu n'aies pas eu le bon sens de te confier à moi plus vite, de me dire qui tu étais vraiment.

— Qui je suis vraiment, répéta-t-il avec un petit rire. Mais c'est encore plus compliqué que tu ne le crois, Maggie.

— Le fils de lord Allendale, James Beresford... il est réellement ton père, n'est-ce pas ? C'est lui, Gentleman Jim.

Il se figea, partagé entre le soulagement et l'inquiétude.

— Comment le sais-tu ?

— La tante de Jane. Elle se mélange un peu dans les générations, et elle t'a aperçu ce soir par la vitre de la voiture. Elle t'a pris pour ton père et t'a appelé Jim. Alors... c'est vrai ?

— Oui, c'est vrai. James Beresford était Gentleman Jim.

C'est seulement à cet instant qu'il comprit qu'il avait traîné cela comme un fardeau. Personne d'autre n'était au courant, hormis son grand-père. Et le comte d'Allendale n'était pas du genre à ressasser le passé. Pas celui de St. Clare, en tout cas. Son enfance dans le Somerset était un sujet qu'il refusait d'aborder.

— Comment en as-tu eu confirmation ? demanda Maggie. Quand tu as quitté Beasley Park, tu n'avais que de vagues soupçons. Et tu pensais juste que ton père était un bandit de grands chemins, pas un aristocrate.

Ses yeux s'écarquillèrent soudain, comme si une idée lui venait à l'esprit :

— Tu es allé te renseigner sur lui à la taverne de Market Barrow ? Celle où Jenny avait travaillé avant de venir au village ?

— Non, je ne suis pas allé à Market Barrow. Je ne pouvais pas prendre ce risque. Je suis parti tout droit vers la mer.

— Mais alors, comment...

— Je suis arrivé à Bristol, et j'ai posé des questions sur Gentleman Jim dans chaque taverne que je croisais. J'étais terrifié : j'avais peur que les autorités me retrouvent et me ramènent dans le Somerset pour me pendre. Et ce n'était pas le seul danger. Un jour, deux marins de la Navy ont bien failli m'enrôler de force. J'ai réussi à leur échapper, mais il s'en est fallu de peu.

— J'ai cru que tu avais rejoint l'armée. Que tu étais devenu matelot ou soldat, qu'on t'avait envoyé combattre Napoléon.

— Je n'ai rien fait d'aussi noble. J'ai continué à chercher Gentleman Jim, à interroger les gens. Je ne fréquentais pas les meilleurs endroits et j'ai failli être tué une ou deux fois.

Il en portait encore les traces dans sa chair, souvenirs douloureux de cette quête éperdue.

— Gentleman Jim n'était pas du tout ce personnage romantique que nous avions imaginé, toi et moi. C'était une vraie canaille. On m'a dit qu'il s'était enfui sur le Continent. En Italie, précisaient certains, en passant par Genève.

— Tu t'es rendu là-bas ?

Il hocha la tête.

— J'ai payé la traversée jusqu'à Amsterdam sur un navire marchand.

Il avait été malade comme un chien et se rappelait encore le goût du pain de seigle et des harengs quand il était enfin arrivé à destination. Des saveurs si différentes de celles dont il avait l'habitude en Angleterre.

— L'argent que tu m'as donné m'a sauvé la vie tellement de fois ! Cela m'a permis de me loger et de me nourrir quand j'ai traversé les Alpes pour me rendre à Milan.

— C'est un tel périple… Tu n'as pas eu peur ?

— Si, très souvent. Le voyage était plein de périls et, la plupart du temps, je devais m'en remettre à des compagnons que j'avais rencontrés sur la route. Je redoutais chaque nuit de me faire trancher la gorge dans mon sommeil. Ce fut une bonne motivation pour apprendre autant de langues étrangères que possible. Un peu d'allemand. Un peu d'italien. Et même un peu de français. Suffisamment pour réussir à me débrouiller partout, et aussi pour paraître moins anglais. À l'époque, c'était un sacré handicap.

— J'aurais aimé être auprès de toi.

— Tu y étais. Chaque jour. Chaque nuit.

De cela aussi, il se souvenait avec une étonnante précision. Le désir et le manque, d'abord térébrants, qui s'étaient émoussés au fil du temps sans qu'il parvienne jamais à s'en défaire totalement.

— Il y a tellement de choses que j'aurais voulu te dire ou partager avec toi. Tout ce que j'avais vu, entendu. Toutes ces anecdotes qui t'auraient fait rire.

Les larmes brillaient dans les yeux de Maggie. Elle cligna des paupières pour les chasser.

— Je t'envie d'avoir vécu toutes ces aventures.

— Ne sois pas trop jalouse. Mon grand-père est un vrai tyran. Parfois, je me demande si je n'aurais pas mieux fait de m'enrôler sur un navire pour servir le roi.

— Quand as-tu appris son existence ?

— À mon arrivée à Milan. Dans une petite pension, je suis tombé sur un compatriote. Il m'a envoyé à Venise où le comte séjournait dans sa villa.

— Mais comment avait-il eu cette information ? Connaissait-il la véritable identité de Gentleman Jim ?

— Non, il ne savait rien de mon père. C'est moi qu'il a reconnu. Quelques années plus tôt, Allendale avait parcouru l'Italie à la recherche de son fils, et il avait montré sa miniature un peu partout.

Avec un sourire amer, il ajouta :

— Je ressemble beaucoup à mon père. Il semblerait même que je sois son portrait craché. Au premier regard, Allendale a su que j'étais son petit-fils.

— Son petit-fils illégitime.

— Oui, mais son *seul* petit-fils. Il s'était presque résigné à ce que Lionel hérite du titre. C'est un sujet brûlant pour mon grand-père. Assurer la lignée Beresford est son obsession. Quand il m'a vu, il a compris que la chance lui souriait. Lui-même n'a pas pu avoir d'autres enfants, et comme mon père est mort…

— Vraiment ? Gentleman Jim est mort ?

— Oui. Il est mort plusieurs années avant mon arrivée en Italie, victime d'une maladie provoquée par ses abus en tout genre. Si mon grand-père lui avait pardonné plus vite, il serait peut-être rentré chez lui. Mais les Beresford sont têtus et rancuniers. Grand-père pensait qu'une période d'exil lui mettrait du plomb dans la tête, que cela lui forgerait le caractère… Mon père l'avait beaucoup déçu, tu comprends.

— La tante de Jane a dit qu'il avait mal tourné.

— Plutôt ! Il buvait, il se battait, il faisait les quatre cents coups et revenait toujours avec des bosses et des coquards. Quand mon grand-père lui a coupé les vivres, il s'est mis à voler. J'ai l'impression qu'il ne prenait rien au sérieux.

— Et Jenny ?

— C'était l'une de ses nombreuses conquêtes, semblable à toutes les filles qu'il troussait dans les tavernes.

Maggie ne parut pas convaincue.

— Je pense qu'elle a plus compté pour lui que tu ne le crois. Papa disait que ta mère était une vraie beauté, dans sa jeunesse. Et quand elle travaillait à Market Barrow...

— En se prostituant.

— Hum... Je veux dire que je n'ai jamais entendu parler d'une autre femme dans la vie de Gentleman Jim. Ce qui semblerait indiquer...

— Qu'il s'agissait d'une grande histoire d'amour ? Oh, voyons ! Car dans ce cas, pourquoi...

St. Clare s'interrompit, réticent à formuler les questions qui l'avaient hanté durant son enfance.

Pourquoi Jenny ne l'avait-elle pas aimé ?

Pourquoi le frappait-elle ? Pourquoi lui criait-elle dessus ? Pourquoi lui répétait-elle qu'il avait gâché sa vie ?

Comme toujours, Maggie parut deviner ce qu'il ressentait. Elle lui caressa la nuque dans un geste apaisant.

— Peut-être s'est-elle sentie trahie par ton père ? Peut-être était-elle déçue, amère ? C'était injuste de sa part de t'en vouloir, mais je crois qu'elle t'aimait quand même à sa façon.

Il eut un rire sans joie.

— Et moi, je crois qu'elle n'a pas perdu une minute de sommeil quand j'ai disparu de la circulation !

— Tu te trompes. Sur son lit de mort, elle a parlé de toi.

Il tressaillit. Jenny s'était montrée très dure avec lui. Pire, elle lui avait laissé croire qu'il ne méritait pas l'amour d'une mère. Pourtant, savoir qu'elle avait pensé à lui lors de ses derniers instants le bouleversait.

— Comme je te l'ai dit, je suis restée à son chevet jusqu'à la fin. Ses propos sont devenus de plus en plus incohérents, mais elle a prononcé ton nom, et aussi celui d'un prêtre. Pas le révérend Applewhite, quelqu'un d'autre qu'elle appelait le père Tuck. Je m'en souviens parce que cela m'a étonnée. Je ne savais pas qu'elle était croyante.

St. Clare eut une moue sceptique. Jenny n'allait jamais à l'église et ne l'avait jamais encouragé à le faire. Du plus loin qu'il se souvienne, elle était fâchée avec Dieu. Trop ulcérée par le destin que la vie lui avait réservé et par le mépris qu'elle subissait en tant que mère célibataire.

— Je suppose qu'à l'approche de la mort, nous souhaitons tous nous rapprocher du Seigneur, dit-il, philosophe.

— Quoi qu'il en soit, tu étais dans ses dernières pensées, et cela veut dire quelque chose.

— Non, ça ne veut rien dire. Tout cela est de l'histoire ancienne pour moi. Pas la peine d'en discuter.

— Et alors... c'est tout ? Tu rejettes le passé ?

— Exactement.

— Mais... je fais partie de ton passé !

— Non. Tu fais partie de *moi*.

La bouche de Maggie se mit à trembler.

— Tu es la meilleure partie de moi-même, reprit-il. La seule qui compte. J'avais peut-être renoncé à te revoir, mais il ne s'est pas passé un jour sans que je pense à toi. Sans que je rêve que...

— Quoi ? souffla-t-elle.

— ... que nous soyons réunis un jour. Comme maintenant. Et que je puisse enfin te faire mienne.

Il glissa un bras sous sa taille et l'attira contre lui.

Maggie laissa courir ses doigts sur son front, puis sur les contours anguleux de sa mâchoire.

— Mon premier amour, murmura-t-elle. Mon seul amour. Je t'appartiens. Je t'ai toujours appartenu.

Le nœud de tension et d'angoisse qui l'étreignait se libéra soudain lorsqu'il entendit ces mots. Il les absorba, les but comme un homme qui a marché trop longtemps dans le désert.

Maggie avait toujours su ce dont il avait besoin, ce qui lui manquait le plus. Et aujourd'hui elle lui offrait sans réserve son amour, son amitié, sa tendresse. Et le contact rassurant de ses mains.

Il pressa sa joue contre sa paume et y déposa un baiser.

— Et Beasley Park ? demanda-t-il.

— Et toi ? Ton grand-père, ton titre ? À moins que... tu n'aies un plan ?

Il se rembrunit.

— Je n'avais rien prévu de tout ce qui arrive. Je n'avais pas imaginé que tu ferais irruption dans la bibliothèque de mon grand-père. Alors, en ce qui concerne l'avenir... tout ce que je peux dire...

Il se redressa sur un coude et prit un ton solennel, comme s'il prononçait un vœu sacré :

— Quoi qu'il advienne avec mon grand-père, avec Beasley Park et tout le reste... je ne permettrai plus jamais que nous soyons séparés.

21

Mais ils durent se séparer, bien sûr.

Moins d'une heure plus tard, quelques minutes avant l'aube, dans le brouillard teinté des lueurs orangées des réverbères, il héla un fiacre et la raccompagna jusqu'à Green Street.

C'était la meilleure solution. Ils avaient tous deux bien assez de soucis, sans prendre le risque de déclencher un scandale. S'ils avaient l'espoir d'un avenir commun, il devait lui faire la cour de manière officielle.

Il rentra seul au Grillon, nettoya sa plaie et se mit au lit. Les draps avaient gardé l'odeur de Maggie. De son savon à la lavande et de la pommade parfumée dont elle se servait pour lustrer ses épaisses boucles brunes.

Son sommeil n'en fut que plus perturbé.

Il se réveilla quelques heures plus tard, prit un bain et enfila des habits propres avant de se rendre à Grosvenor Square, résolu à affronter son grand-père.

Mais, à son arrivée, Jessup l'informa :

— Monsieur le comte est sorti.

— S'est-il rendu à son club ? s'enquit St. Clare en confiant son chapeau, son manteau et ses gants au majordome.

— Je n'en sais rien, milord. Il est parti de manière assez précipitée.

St. Clare se rembrunit. Il n'était pas d'humeur patiente. Il avait la gueule de bois et son épaule l'élançait.

— Ce n'est pas le moment de faire des mystères, Jessup. Si quelque chose a contrarié mon grand-père, vous feriez mieux de me le dire tout de suite.

Jessup toussa discrètement dans son poing.

— Si je devais faire une supposition, milord, je dirais que cela a un rapport avec ce qu'il a lu dans le *Bell's Weekly Messenger*, ce matin au petit déjeuner.

St. Clare ferma brièvement les yeux. Le *Bell's Weekly Messenger* était une de ces gazettes à scandales que son grand-père avait pris l'habitude de lire depuis son arrivée à Londres. Elle était livrée chaque dimanche matin sans faute et présentée au comte en même temps que son café matinal.

— Allez me le chercher, dit St. Clare en se dirigeant vers la bibliothèque.

Jessup s'exécuta sans délai. Le journal était plié à la page d'un article qui évoquait le bal de lady Parkhurst. St. Clare le parcourut rapidement, la hanche calée contre le bureau de son grand-père.

Cela commençait comme d'habitude par la liste des invités et la description de leurs tenues de soirée, puis venaient les ragots et les insinuations.

Ses doigts se crispèrent sur le papier lorsqu'il parvint au passage qui le concernait.

Les doutes se font de plus en plus forts autour du mystérieux héritier de lord A. Sans vouloir propager de médisances, nous sommes bien obligés de relayer la rumeur grandissante qui voudrait qu'il ne soit pas né en Italie, mais dans l'ouest de l'Angleterre. Serait-ce là la raison de son animosité envers un certain nobliau du Somerset ? Et de l'intérêt qu'il porte à une brune beauté originaire du même comté ?

Dégoûté, St. Clare jeta le journal sur le bureau. Cette attaque ne venait pas de nulle part. Elle avait certainement été suggérée par quelqu'un. Lionel ? Au bal, celui-ci lui avait demandé sans détour si Fred était un vieil ennemi.

Ou était-ce Fred qui avait lui-même contacté la presse ? Avait-il finalement reconnu Nicholas Seaton sous les traits de St. Clare ?

Cela semblait peu probable.

Fred avait toujours été obtus. Une brute imbécile qui suivait son instinct plutôt que la raison. En outre, chaque fois qu'il avait croisé St. Clare, la visibilité était mauvaise : atmosphère enfumée, pénombre, lumière vacillante des chandelles... Même le matin du duel, alors qu'ils se faisaient face à quelques mètres de distance, un brouillard épais s'élevait du sol.

Non, Fred ne l'avait pas reconnu. Mais quelqu'un qui savait s'y prendre pouvait aisément le manipuler. Quelqu'un de suffisamment rusé et habile pour savoir jouer de sa vanité et de ses doutes.

Quelqu'un comme Lionel Beresford.

St. Clare quitta la bibliothèque et demanda qu'on lui avance son phaéton.

Conduire n'était pas facile avec son bras blessé. Les points de suture le tiraillaient chaque fois qu'il tirait sur les guides. Heureusement le trajet n'était pas long, à peine une demi-lieue.

Lionel et sa mère avaient loué une modeste maison sur Half Moon Street, un quartier qui n'était pas prestigieux mais respectable. En arrivant, St. Clare s'attendait à moitié à y trouver son grand-père. Mais l'élégante voiture laquée de noir n'était pas là.

— Fais marcher les chevaux, Enzo, dit-il à son valet en sautant sur le trottoir.

Il frappa à la porte d'entrée. Celle-ci s'ouvrit aussitôt sur la silhouette d'un jeune serviteur en livrée rose vif.

— Oui, monsieur ?

— Veuillez annoncer lord St. Clare pour M. Beresford.

Sans attendre, St. Clare pénétra dans le petit vestibule. Il ôta ses gants et, d'un geste impatient, les fit claquer contre sa paume.

— Hâtez-vous, je vous prie.

Le jeune valet s'empressa de gravir l'escalier qui menait à l'étage. Quelques secondes plus tard, Lionel apparut sur le palier supérieur.

Il portait une redingote cintrée et une culotte moulante. Le haut col de sa chemise lui frôlait les oreilles, et sa cravate volumineuse était nouée dans le style Cascade.

— Je ne vous attendais pas, mon cousin.

St. Clare gravit quelques marches.

— C'est que vous êtes moins intelligent que je ne le pensais.

Les yeux de Lionel étincelèrent entre ses paupières lourdes.

— Ah. Je suppose que vous avez lu l'article du *Bell's Weekly Messenger* ?

— J'imagine qu'il faut vous en remercier ?

— Vous m'accordez bien trop de pouvoir, mon cousin.

Il fit signe à St. Clare de le suivre dans le salon et ajouta :

— Madre sera contente de vous voir. Elle se désolait que ni vous ni lord Allendale ne lui ayez rendu visite. C'est un oubli, j'en suis sûr.

Une coiffe en dentelle sur la tête, Lavinia Beresford était installée sur un sofa bien rembourré, un ouvrage de broderie à la main. À la vue de St. Clare, elle le posa à côté d'elle et se leva pour faire la révérence.

— Entrez, je vous en prie, milord. Et prenez un siège. Voyons, Lionel, tu aurais pu me prévenir que ton cousin allait nous rendre visite.

— Je l'ignorais, Madre.

— Vous auriez pu vous en douter, après la parution de cet article, rétorqua St. Clare.

Mme Beresford émit un gloussement en se rasseyant sur le sofa.

— Vous l'avez lu aussi ? Quelle effronterie ! Insinuer que vous êtes originaire du Somerset ! Que vous ne seriez qu'un vulgaire imposteur ! Alors que tout le monde sait que vos racines sont italiennes. Je me demande bien où les gens vont chercher de telles idées.

Lionel s'assit à son tour avec un soupir languide.

— Lord St. Clare pense que c'est nous qui avons répandu ces rumeurs dans la presse.

— *Comment ?*

Mme Beresford ouvrait des yeux comme des soucoupes.

Puis elle gloussa de nouveau, à la manière d'une pintade.

— Voyons, nous ne savons rien de vous, milord. Ni sur l'Italie ni sur le Somerset. Toutefois, il ne me semble pas très difficile d'éclaircir les choses. Il vous suffit de produire le certificat de mariage de vos parents. J'imagine que cette formalité est aussi en vigueur sur le Continent, n'est-ce pas ?

St. Clare était resté debout. Ceci n'était pas une visite de courtoisie.

— De quel droit exigez-vous des preuves ?

— Oh, nous n'exigeons rien. C'est juste un conseil, en toute amitié. Si un héritier *présomptif* est taxé de bâtardise, il n'a qu'à montrer les papiers prouvant sa légitimité. Cela tombe sous le sens, et c'est le plus simple quand on n'a rien à cacher, pas vrai ?

— Votre conseil, aussi simple soit-il, ne va sûrement pas mettre mon grand-père de bonne humeur.

— Il est formulé sans malice, dans un esprit de cohésion familiale.

— Cela revient, chère madame, à traiter mon grand-père de menteur. Et moi, par la même occasion. Or ni lui ni moi n'aimons nous faire insulter. Cela me pousserait même à perdre mon sang-froid proverbial.

Mme Beresford cligna des yeux.

— Vraiment, je ne comp...

— C'est la raison pour laquelle je dois vous demander, madame, lequel de vous deux a parlé à la presse.

Lionel se racla la gorge.

— Si vous avez l'intention de me provoquer en duel, St. Clare, sachez que je n'ai aucune expérience des armes à feu ou de l'escrime. Vous n'obtiendrez pas satisfaction...

— Lionel, quelle idée saugrenue ! Ton cousin n'a jamais eu l'intention de te provoquer en duel !

— Lequel de vous deux ? répéta St. Clare, têtu.

Pour la première fois, Lionel se troubla et ses lèvres pâlirent. Mme Beresford blêmit également, mais se ressaisit rapidement :

— J'ai peut-être évoqué un incident ou deux dont j'ai été témoin au bal. Il n'y a pas de mal à bavarder un peu. Surtout quand on peut ensuite aisément se blanchir en apportant des preuves irréfutables.

Lionel se détendit légèrement.

— Madre a raison. Les gens gloseront de toute façon. Alors pourquoi ne pas vous défendre ? Montrer ces papiers n'est quand même pas très compliqué. À vous voir, on dirait que je vous ai causé un tort irréparable...

— C'était donc vous ? jeta St. Clare en pivotant vers son cousin.

— Lionel s'est mal exprimé, s'empressa d'objecter Mme Beresford. Je viens de vous dire que c'est moi qui ai sans doute commis une indiscrétion. Mon fils n'a rien à voir là-dedans.

St. Clare ne se laissa pas abuser :

— Quel homme êtes-vous donc pour vous cacher derrière les jupes de votre mère ?

Lionel rougit violemment.

— C'est un peu fort, de la part d'un type dont la mère est inconnue ! Personne n'a jamais entendu parler d'elle. Je ne tolérerai pas vos leçons de morale, monsieur. Si vous voulez que nous nous retrouvions sur le pré...

— Personne ne se battra en duel ! tonna la voix du comte d'Allendale.

St. Clare tourna vivement la tête, juste à temps pour voir son grand-père faire irruption dans le salon. Ce dernier vint se placer à son côté et lui jeta un regard d'avertissement.

Mme Beresford se leva d'un bond pour faire une autre révérence.

— Quelle surprise, milord ! Et quel honneur. Vous n'êtes jamais venu nous rendre visite, même quand nous vous avons invité. Et voilà que vous arrivez quelques minutes après lord St. Clare. Pour une coïncidence...

— Il suffit avec vos insinuations, Lavinia ! Je déteste les langues de vipère.

Mme Beresford ouvrit la bouche, la referma, l'ouvrit de nouveau :

— Par exemple ! Je...

— Vous avez fait assez de dégâts comme ça avec vos médisances. Et vous aussi, monsieur, ajouta Allendale en foudroyant Lionel du regard. Vous allez tout de suite cesser vos petites manigances ! Vous m'entendez ?

Mme Beresford se redressa de toute sa taille.

— Vraiment, Allendale, si vous vous comportez de cette manière, je vais être obligée de vous demander de partir.

— Et vous, si vous osez encore salir mon petit-fils, vous verrez quel sort je réserve aux serpents de votre espèce ! Même quand ils s'appellent Beresford.

— Si nous sommes des serpents, dans quelle catégorie classez-vous St. Clare ? riposta Lionel. Il ne fait pas partie de la famille !

— Un loup déguisé en agneau, voilà ce qu'il est ! renchérit sa mère.

Lionel eut un sourire dédaigneux.

— Disons plutôt un renard, puisque c'est l'animal qui figure sur le blason familial. Cet animal n'est-il pas connu pour sa ruse ? Je ne vais pas me laisser duper par un imposteur qui cherche à me ravir mon titre, mon oncle.

— *Votre* titre ?

Allendale marcha droit sur Lionel et s'immobilisa lorsque son nez frôla le sien.

— Je ne suis pas encore mort, mon garçon. Et quand Dieu me rappellera à Lui, ne vous y trompez pas : c'est mon petit-fils qui héritera du titre, en dépit de tous vos persiflages venimeux.

St. Clare gardait le silence. Son cœur cognait dans sa poitrine. Il n'osait pas parler. Son grand-père lui avait signifié qu'il ne devait pas intervenir.

— Je suis allé voir mon notaire ce matin, annonça Allendale. Il partira pour l'Italie demain, chercher les preuves du mariage de mon fils. Il reviendra dès qu'il les aura en sa possession. En attendant, si j'apprends que vous avez chuchoté quoi que ce soit dans l'oreille d'un journaliste, vous vous en mordrez les doigts. Je vous détruirai. Et ne doutez surtout pas que j'en aie le pouvoir. Mon nom signifie toujours quelque chose dans ce pays !

Mme Beresford pinça les lèvres. Elle avait abandonné toute prétention à l'amabilité.

— Vous espérez que nous allons garder le silence jusqu'à ce que vous brandissiez les preuves de la légitimité de lord St. Clare ? Alors que vous œuvrez pour spolier mon fils, votre véritable héritier, de son droit de naissance ?

Allendale se borna à lui retourner un regard écrasant de mépris.

— Et combien de temps devons-nous attendre ces prétendues preuves ? demanda Lionel.

— Mon notaire sera de retour d'ici un mois.

— Un mois ? répéta Mme Beresford en regardant son fils. Lionel...

— Cela ira, Madre. Nous serons nous-mêmes occupés par ailleurs.

Lionel reporta son attention sur St. Clare et ajouta :

— Oui, ma mère et moi allons quitter Londres quelque temps pour séjourner à la campagne. Dans un lieu qui vous est peut-être familier, milord.

St. Clare eut un mauvais pressentiment.

— M. Burton-Smythe nous a conviés à Beasley Park. Nous serons ses invités d'honneur. Et nous partons pour le Somerset dès demain.

St. Clare eut toutes les peines du monde à ne pas exploser. Le fait que Lionel et sa mère se rendent là où il était né l'inquiétait. Mais il y avait pire.

Tout à coup, il sentit son sang se glacer dans ses veines. Fred ne repartirait pas dans le Somerset sans Maggie. Ce qui signifiait qu'elle aussi allait quitter Londres.

Pas dans une semaine ou un mois. Dès demain.

Demain.

— Vos voyages ne nous intéressent pas, mon garçon, mais n'oubliez pas ce que je vous ai dit, grogna Allendale qui referma la main sur le bras de St. Clare pour l'entraîner vers la porte.

Ils ne daignèrent même pas s'incliner dans une parodie d'urbanité. Le comte n'était pas d'humeur à observer les convenances.

— Ramenez le phaéton à Grosvenor Square, aboya-t-il à l'intention d'Enzo quand ils débouchèrent dans la rue.

La voiture du comte attendait derrière le phaéton. St. Clare s'installa à côté de son grand-père, et le valet referma la portière.

— Qu'espérais-tu en venant voir ces gens ? demanda Allendale.

St. Clare retomba contre le dossier. Sa chemise tira la peau de son épaule et il grimaça de douleur.

— La même chose que vous, j'imagine.

— Tu voulais leur donner un avertissement ? J'ai comme l'impression que tu avais tout autre chose en tête. Un nouveau duel, pour être précis.

— C'est Lionel qui a parlé de duel, par deux fois. Pas moi.

— Mais à quoi joue-t-il ?

— Je pensais que c'était évident. Il creuse pour tenter d'exhumer la vérité. Et jusque-là, je trouve qu'il se débrouille très bien.

— Il flaire la piste comme un limier. Tout ça parce que tu t'es battu en duel avec Burton-Smythe.

Et parce que tu tournes autour de cette Margaret Honeywell. Tu as vraiment manqué de prudence.

— Sans doute, admit St. Clare.

— Tu as oublié tes devoirs.

Une bouffée d'amertume prit St. Clare par surprise. Il protesta :

— Pardon, mais ce n'est pas vrai. Comment aurais-je pu les oublier ? Vous me les martelez dans la tête à chaque minute de chaque jour depuis dix ans !

— Tu t'apitoies sur ton sort. Tu as certes travaillé dur, mais regarde ce que tu as gagné en contrepartie. Quand je t'ai rencontré, tu étais un paysan incapable de gérer ses émotions. J'ai fait de toi un vrai gentleman, distingué, parfaitement civilisé. Mon héritier. Mon *véritable* héritier. Et tu voudrais gâcher tout ça ? Tout envoyer promener au moment crucial ?

— Oui, nous sommes au point de bascule… mais pas vers la victoire, je le crains.

— Sottises. Mon notaire va fabriquer la preuve dont nous avons besoin. Et ensuite…

— Ensuite, je serai à sa merci le reste de ma vie. Je ne comprends pas que vous ayez mis ce type dans le secret.

— Avais-je le choix ? Tu n'as toujours pas trouvé une épouse convenable. Si tu avais demandé la main de Mlle Steele ou de l'une des petites-filles de la douairière…

— Vous n'allez pas recommencer !

— Si ! Si tu épousais Mlle Steele, tu bénéficierais de l'influence de son père, en plus de la mienne.

— Je n'épouserai pas Mlle Steele. Je n'aurais pas dû vous obéir en jouant les chevaliers servants auprès d'elle, ces derniers jours. Je pensais pouvoir avaler la pilule…

— Avaler la pilule ? Bon sang, tu parles de cette fille comme d'un médicament !

St. Clare croisa les bras. La douleur dans son épaule ne fit que renforcer sa détermination.

— Je ne ressens rien pour elle.

— C'est une beauté célébrée dans tous les salons !

— Pas à mes yeux. Une seule femme m'intéresse, et je suis décidé à l'épouser coûte que coûte. Même si je dois…

— Pas un mot de plus ! prévint Allendale, le visage écarlate de colère. Sapristi, je ne pensais pas qu'un jour tu suivrais les brisées de ton père ! Et que tu ruinerais dix ans d'efforts pour suivre tes bas instincts !

— Par amour, corrigea St. Clare.

— *L'amour !*

— Oui, l'amour.

« Nous étions des âmes sœurs, avait dit Maggie. Essentiels l'un pour l'autre, comme la lumière ou l'oxygène. Aussi loin que remonte ma mémoire, je n'existais que pour les moments où nous étions ensemble. Et il ressentait la même chose. Quand nous étions séparés… nous n'étions pas complets. »

St. Clare sentit sa poitrine se serrer à ce souvenir. C'était la vérité. Dans sa vie, une seule personne l'avait aimé. Et il n'avait aimé qu'elle.

— J'ai essayé de l'oublier, murmura-t-il. De l'abandonner, comme le reste de mon passé. Je pensais y avoir réussi. Mais non. Je préférerais m'arracher le cœur.

Allendale scruta son visage.

— Tu renoncerais à ton titre parce que tu l'aimes ? Alors autant le faire tout de suite, car tu vas mener tout droit les journalistes dans le Somerset. Et le premier qui aura un semblant d'esprit de déduction découvrira le pot aux roses. Il suffira de questionner les domestiques de... Comment s'appelle ce domaine, déjà ?

— Beasley Park.

— Là-bas, les gens se souviendront de toi. Un palefrenier ou un jardinier parlera, en échange d'un shilling. Ils te désigneront. « Oui, c'est bien lui, le bâtard de la fille de cuisine. » Et tu n'auras plus qu'à dire adieu au titre.

— Il ne m'appartient pas.

La vérité était amère, mais de fait, il était un bâtard. Le fruit d'une nuit de beuverie. Un imposteur.

— Tu n'avais pas tant de scrupules quand nous nous sommes embarqués dans cette aventure.

— C'était avant...

— Avant que tu revoies cette fille ?

St. Clare retomba dans le silence.

— Réfléchis bien, mon garçon. Si tu jettes l'éponge, tu n'obtiendras rien du domaine. Rien de moi. Pas un sou. Je n'entretiendrai pas le bâtard de mon fils.

St. Clare éprouva un pincement au cœur. C'était sans doute stupide, mais il avait presque commencé à croire que son grand-père avait de l'affection pour lui. Qu'il ne se souciait pas seulement de la lignée mais de sa personne, de l'homme qu'il était.

— Je n'attendrai rien de votre part, évidemment.

Allendale inclina la tête. Son expression demeurait implacable et ses yeux gris avaient l'éclat de la glace.

— Que ce soit bien clair entre nous, conclut-il.

22

Dans la bibliothèque, les bras croisés sur la poitrine, Maggie faisait les cent pas entre la cheminée de marbre et la haute fenêtre encadrée de rideaux damasquinés.

Plusieurs heures s'étaient écoulées depuis la visite de Fred. Une attente pleine d'angoisse, durant laquelle Jane n'avait cessé de l'exhorter à la patience.

De la patience !

Son premier réflexe avait été de filer à Grosvenor Square pour prévenir St. Clare, mais Jane l'en avait dissuadée.

« Cela provoquera un scandale », l'avait-elle mise en garde.

Elle avait raison, bien sûr, et c'était d'autant plus horripilant. Maggie n'avait pas l'habitude de rester inactive. Et dans les circonstances présentes…

— Je suis sûre qu'il va venir, Margaret, dit Jane qui était assise sur le sofa, son livre posé à côté d'elle sur le coussin.

— Et s'il ne vient pas ?

Maggie avait à peine posé la question que le majordome des Trumble se matérialisa sur le seuil, un plateau d'argent à la main, sur lequel reposait une carte de visite.

— Qui est-ce, Olmstead ? s'enquit Jane.

— Lord St. Clare et lord Mattingly, mademoiselle. Dois-je les faire entrer ?

Maggie s'était figée sur l'épais tapis d'Aubusson. Elle jeta un regard anxieux à Jane.

— Oui, faites, acquiesça cette dernière en se levant pour lisser les plis de sa robe vert amande. Et demandez à Carson de nous apporter du thé, s'il vous plaît.

— Il est accompagné de lord Mattingly ? Je me demande pourquoi, murmura Maggie.

— À cause de moi, évidemment, répondit Jane en souriant. Lord Mattingly est là pour distraire mon attention et vous permettre de parler tranquillement. Même si, jusqu'à présent, je n'ai pas été un chaperon très sévère, il faut l'avouer.

Maggie soupira. Jane avait conscience des rumeurs qui commençaient à circuler en ville. Si cela continuait, celles-ci finiraient fatalement par déteindre sur elle.

Après tout, Maggie était son invitée. Et elle l'en avait bien mal remerciée, songea-t-elle, honteuse de mettre son amie dans une situation si délicate.

— Oh, Jane... Ce doit être tellement désagréable pour toi !

— Disons que je prends ça comme une aventure. Mais tu dois faire attention à toi, ma chérie. Pour le moment, les gens se contentent de chuchoter dans votre dos, mais il suffirait d'une étincelle pour déclencher un incendie. Surtout maintenant que la presse est sur votre piste.

— Je le sais bien.

St. Clare apparut à cet instant, lord Mattingly dans son sillage.

Tous deux étaient tirés à quatre épingles, comme s'ils sortaient d'une boutique de Bond Street ou comme s'ils arrivaient d'une promenade au parc.

Maggie trouva cela étrange. St. Clare était-il au courant de son départ imminent ? Ou venait-il lui rendre une simple visite de courtoisie ?

— Mademoiselle Trumble, mademoiselle Honeywell, dit-il en s'inclinant dans une impeccable courbette.

Personne n'aurait soupçonné qu'il était blessé à l'épaule, mais Maggie se doutait qu'il avait encore mal.

Les deux jeunes femmes saluèrent à leur tour les messieurs. Lord Mattingly révéla son éblouissante denture blanche dans un sourire charmeur :

— J'espère que nous n'arrivons pas au mauvais moment ?

— Pas du tout. Venez vous joindre à nous, pria Jane.

Lord Mattingly ne perdit pas de temps pour accaparer Jane. À son invite, il s'assit sur le sofa et tous deux entamèrent une conversation animée sur le théâtre.

Maggie traversa la bibliothèque et s'installa sur la banquette, devant la grande fenêtre aux carreaux en losanges qui donnait sur le jardin. Dehors, le ciel s'assombrissait à l'approche du crépuscule.

St. Clare s'approcha en silence et s'assit à côté d'elle.

— Je suis venu dès que j'ai pu, dit-il à voix basse. J'ai dû attendre que Mattingly puisse m'accompagner, pour respecter les convenances.

— Crois-tu que cela change quelque chose ?

— Je ne sais pas, mais tant que nous ne savons pas où nous allons, je préfère ne pas jeter de l'huile sur le feu.

Maggie avait une assez bonne idée de la direction qu'ils étaient en train de prendre.

— Comment va ton bras ?

— Ça va. Et c'est bien le cadet de mes soucis.

Elle soupira.

— Tu as lu l'article dans le *Bell's Weekly Messenger* ?

— Oui. Tout comme mon grand-père. Il n'a pas vraiment apprécié.

— Ça ne peut être que Fred.

— Non, ce n'est pas lui. C'est Lionel Beresford. Lui et sa mère tentent de semer le doute sur mes origines. C'est dans ce seul but qu'ils sont venus à Londres. Ils mettront tout en œuvre pour que le titre revienne à Lionel.

— Mais... comment ont-ils su pour le Somerset, si l'information ne vient pas de Fred ?

Le cœur lourd, elle le dévisagea. Moins d'une journée s'était écoulée depuis qu'il avait admis sa véritable identité. Quatorze heures, tout au plus. Elle se rappelait encore la chaleur de ses bras autour d'elle, le goût de sa bouche sur la sienne...

« Mon premier amour. Mon seul amour », lui avait-elle dit.

Or l'amour n'était pas un sentiment égoïste.

Elle relâcha son souffle.

— J'ai peur que notre relation te fasse perdre le titre et le domaine.

— Maggie...

— Depuis que j'ai lu cet article...

Elle hésita. Depuis des heures, elle se préparait à lui parler. Et maintenant qu'elle était face à lui, elle ne savait par où commencer.

— Je ne veux pas que tu perdes tout à cause de moi, lâcha-t-elle enfin.

— Que veux-tu dire ?

— Si ma présence te met en danger, il vaut mieux que je rentre à la maison.

Le regard de St. Clare s'assombrit.

— Alors tu pars bel et bien ?

— Tu étais au courant ?

— J'ai rendu visite à Beresford et à sa mère ce matin. Ils m'ont dit que Fred les avait invités à Beasley Park, et qu'ils partaient dès demain.

Maggie sentit son irritation contre Fred se réveiller.

— C'est la première fois que Fred prend la liberté d'inviter des gens à Beasley. Comment ose-t-il ? Je me demande s'il ne fait pas ça juste pour me contrarier.

— Plutôt pour m'asticoter, dit St. Clare avec un sourire sarcastique. Il croit qu'en se liguant avec mes ennemis, il aura plus de pouvoir face à moi.

Maggie ne comprenait pas que St. Clare affiche un tel calme.

— Eh bien, n'a-t-il pas raison ? S'il fait venir les Beresford à Beasley Park et si les Beresford commencent à poser des questions…

— Je n'ai pas remis les pieds dans le Somerset depuis cette fameuse nuit. Et personne là-bas ne connaît l'homme que je suis devenu.

Maggie jeta un regard furtif en direction de Jane et de lord Mattingly, avant de chuchoter vivement :

— Mais on connaît celui que tu étais. Et lord St. Clare n'est pas si différent de Nicholas Seaton, contrairement à ce que tu crois. Fred a peut-être été abusé par tes bonnes manières et tes beaux habits – de toute façon, il ne s'intéresse qu'aux apparences – mais moi je t'ai reconnu au premier regard. Et d'autres le pourraient sans doute. Il y a encore là-bas des gens qui travaillaient au domaine à ton époque. M. Entwhistle, par exemple.

— Cette vieille relique ? Il doit approcher des quatre-vingt-dix ans, non ?

— Plutôt quatre-vingts, mais il a toutes ses facultés. Il est toujours régisseur et il sait tout ce qui se passe à Beasley. Si ton cousin et sa mère l'interrogent…

— Mais comment comptes-tu les en empêcher ? Ce sont les invités de Fred, pas les tiens.

— Je suis toujours la maîtresse du domaine, objecta-t-elle en redressant la tête. Et je sais comment gérer Fred. Bon… du moment que je ne suis pas seule avec lui dans une voiture fermée…

Le sourire de St. Clare disparut, remplacé par une expression farouche.

— Comment s'est-il justifié de sa conduite inqualifiable ?

— Il a juste dit qu'il avait agi sous l'emprise du champagne et des sentiments qu'il nourrit pour moi depuis l'enfance. Je ne me suis pas gênée pour lui dire qu'il s'agissait de piètres excuses.

La mine penaude, Fred avait promis que cela ne se reproduirait pas. Mais Maggie n'était pas idiote. Une ligne avait été franchie.

Enhardi par le pouvoir qu'il détenait, il ne tarderait pas à en franchir une autre. C'était dans sa nature.

— Si jamais il recommence…

— Il n'en aura pas l'occasion, coupa Maggie. Jane a proposé de m'emmener à Beasley Park dans sa voiture. Et sa tante vient aussi. Elles resteront au moins une semaine et tout est déjà organisé.

— Eh bien, c'est assez précipité…

— Fred ne m'a pas vraiment laissé le choix.

— Tu n'es pas obligée de lui obéir dès qu'il claque des doigts. Il a autorité sur ta fortune, pas sur ta personne. Il ne peut pas t'interdire de rester à Londres si tu le souhaites.

St. Clare lui prit doucement la main et poursuivit :

— Ne préfères-tu pas rester ici, près de moi, où je peux te voir, te toucher ?

Le cœur de Maggie palpita.

— Je veux être à tes côtés. Plus que tout, souffla-t-elle.

— Alors reste. Ne m'oblige pas à réclamer mon dernier gage.

Sa voix s'était faite caressante.

Cela aurait été si facile de dire oui, de céder à cet appel puissant. Mais elle ne voulait pas oublier la réalité.

— Je ne peux pas. Je ne peux pas laisser ton cousin et sa mère fureter sur le domaine. Il ne leur faudrait pas longtemps pour entendre parler de toi et de Jenny.

Il inclina la tête vers la sienne.

— Et si je te disais que je me moque du titre ? Que rien ne compte à part toi ?

— Tu n'es pas sérieux !

— Tu as donc oublié ce que je t'ai dit au Grillon ?

— Non, je n'ai pas oublié.

Il avait promis qu'ils ne seraient plus séparés. Et elle l'avait cru. Elle le croyait toujours.

— Ce n'est que pour quelques jours. Le temps que les commérages s'apaisent. Si Fred et moi quittons Londres…

— Maggie…

— Et puis, j'ai besoin de retrouver l'air pur de la campagne si je veux guérir, argumenta-t-elle encore.

— C'est l'avis du médecin ?

— Oui. Il n'a pas promis que je me remettrais totalement, mais il m'a donné de bonnes raisons d'espérer. Une fois à la maison…

— À la maison. Beasley Park ?

— Oui. C'est chez moi. Et pour le moment, c'est l'endroit où je pourrai t'aider de mon mieux. Tu ne peux pas y retourner, ce serait trop dangereux. Mais je peux y aller et te protéger des intrigues de Fred et de ton cousin.

Une suite d'émotions défila sur les traits de St. Clare. Douleur. Regrets. Des sentiments qu'il avait enfouis en lui et qui refaisaient surface.

— Tu n'as pas changé, soupira-t-il. Enfant, tu avais beau être minuscule, tu avais tous les courages. Tu voulais toujours me sauver.

— Je n'avais pas grand mérite. Je jouais du pouvoir de mon père. Mais il est vrai qu'il m'a élevée comme un garçon manqué, et qu'un peu d'audace ne fait jamais de mal, dit-elle avec un sourire.

— « Toute petite qu'elle est, elle est féroce[1]. »

Maggie fronça les sourcils.

— C'est du Shakespeare ?

— Mon grand-père m'a fait lire la plupart de ses œuvres. Il se considère comme un fin lettré, tu sais.

Il porta la main de Maggie à sa bouche et déposa un baiser léger sur ses phalanges, dans un geste désuet qui lui retourna le cœur.

— Combien de temps penses-tu rester dans le Somerset ?

— Je ne sais pas. Sans doute deux semaines, peut-être plus. Cela dépend de ce qui se passera là-bas.

— Et je suis censé attendre ici ? En espérant que tu me reviendras ?

— Oui. Attends et espère. Exactement comme je l'ai fait toutes ces années après ton départ, répliqua-t-elle avec une certaine ironie.

Il lui jeta un regard torve et rétorqua :

— La différence, ma chérie… c'est que je n'ai pas la moitié de ta patience !

1. *Le Songe d'une nuit d'été* de W. Shakespeare, trad. F.-V. Hugo. *(N.d.T.)*

23

Beasley Park, Somerset, été 1817

Maggie enfila ses gants tout en descendant le grand escalier incurvé de Beasley Park.

Bessie la suivit d'un pas empressé sur les dalles de marbre du hall. Elles franchirent l'imposante porte en chêne sculpté et débouchèrent dans la chaude lumière du soleil.

— Ralentissez un peu, mademoiselle !

Maggie s'arrêta sur le perron et inspira une goulée d'air frais, s'emplissant les poumons au maximum.

Elle n'avait pas encore retrouvé une bonne capacité pulmonaire. Elle n'était à Beasley que depuis une semaine et ce n'était pas suffisant pour guérir totalement, néanmoins elle se sentait mieux à la campagne qu'en ville. Et en dépit du souci que lui causaient les invités – Fred, les Beresford, et même parfois Jane et la tante Harriet –, elle était contente d'être rentrée chez elle.

— Vous allez vous rendre malade à marcher si vite, protesta Bessie qui s'était approchée pour nouer sous le menton de Maggie le ruban bleu qui maintenait sa capote. Et ne me dites pas que vous êtes remise. Vous oubliez que j'ai été infirmière. Je vois bien quand vous êtes fatiguée.

Maggie repoussa sa main.

— Cesse de me gourmander, Bessie. Je n'ai pas le temps de t'écouter. J'ai dit à M. Entwhistle que je serais chez lui à une heure précise.

Maggie avait envoyé un message au vieux régisseur la veille. Il avait répondu dans la foulée, en paraissant comprendre son besoin de discrétion. Si Fred avait appris qu'elle souhaitait s'entretenir avec lui, il aurait insisté pour l'accompagner.

Jane, complice, avait demandé à Fred de l'escorter en ville ce matin. Ils étaient partis un peu plus tôt, emmenant tante Harriet et les Beresford.

Fred avait choisi de faire le trajet à cheval en suivant la calèche. Maggie les avait regardés partir de la fenêtre de sa chambre. Fred avait levé les yeux et frôlé son chapeau de sa cravache en guise de salut. Elle-même avait prétendu que son extrême fatigue l'empêchait de participer à la sortie.

C'était la première fois qu'elle se servait de son état de santé pour pouvoir agir comme elle l'entendait. Pourquoi n'y avait-elle pas pensé plus tôt ?

— S'ils reviennent avant moi, tu leur diras...

— Que vous dormez et qu'il ne faut pas vous déranger, acquiesça Bessie. Ne vous inquiétez pas, je garderai votre porte mieux que Cerbère. Quant au valet de M. Beresford... Mme Wilkins et moi veillerons à ce que ce fouineur ne traîne pas dans les parages. Pas plus que la femme de chambre de Mme Beresford, cette pimbêche.

Maggie ne put cacher son soulagement.

Il était déjà compliqué d'occuper les Beresford à chaque moment de la journée pour les empêcher de fureter, mais il fallait en plus surveiller leurs domestiques, tout aussi curieux et antipathiques. Tels des limiers, ils parcouraient la maison en quête de lourds secrets qu'ils pourraient ensuite relater à leurs maîtres.

La camériste de Lavinia Beresford rôdait tout le temps dans les couloirs, et le valet de Lionel, un grand échalas à l'expression rusée, surgissait toujours dans les endroits où on l'attendait le moins. Maggie avait eu à plusieurs reprises l'impression dérangeante qu'il l'épiait. Voire qu'il la suivait.

Dieu merci, Bessie et Mme Wilkins, la gouvernante de Beasley Park, l'aidaient de leur mieux, ainsi que Jane et tante Harriet.

Sur un sourire de remerciement, elle descendit les marches et s'engagea dans l'allée.

M. Entwhistle logeait dans un petit cottage pas très éloigné du manoir, et Maggie connaissait tous les raccourcis du domaine.

Elle quitta l'allée et traversa un bosquet d'arbres, avant de déboucher sur une étendue herbeuse semée de fleurs sauvages. On entendait le bourdonnement des abeilles qui butinaient au soleil.

Les bottines de Maggie foulaient l'herbe grasse sur le bord du sentier qui longeait le ruisseau. À cette époque de l'année, les berges qui descendaient en pente douce vers l'eau étaient comme d'habitude couvertes de myosotis.

Des années plus tôt, elle s'était étendue sur ce lit d'un bleu intense au côté de Nicholas. Elle avait glissé sa main dans la sienne, le cœur débordant d'amour.

Elle n'avait pas eu de ses nouvelles depuis qu'elle avait quitté Londres, mais elle n'en attendait pas vraiment. Peu importait. Elle n'avait guère eu le temps de soupirer après lui. Elle était trop occupée à distraire ses invités.

Avec un peu de chance, les Beresford se fatigueraient bientôt des joies de la campagne et retourneraient en ville avec leurs domestiques fouineurs.

Ils ne semblaient d'ailleurs pas s'amuser beaucoup ici – surtout Lionel Beresford, qui n'était pas chasseur. Il n'était franchement pas dans son élément à Beasley Park.

M. Entwhistle se tenait près de la barrière de son cottage en pierre. Mince, le dos voûté, il perdait ses cheveux. Du plus loin que Maggie s'en souvienne, il avait toujours travaillé au domaine.

Il la salua d'un signe de la main :

— Bonjour, mademoiselle Honeywell.

— Bonjour, monsieur Entwhistle, dit-elle en lui rendant son sourire.

— C'est un plaisir de vous voir. Mais... vous êtes à pied ? Je pensais que vous viendriez en voiture.

Le sourire de Maggie retomba. Seigneur, à sa façon de la regarder, on aurait pu croire qu'elle avait déjà un pied dans la tombe !

— Je me sentais assez en forme pour une petite promenade. Le grand air me fait beaucoup de bien.

Il fronça ses sourcils blancs broussailleux.

— Entrez donc vous asseoir. Je vais demander à Mme Square de vous préparer une tasse de thé. Il n'y a rien de tel pour donner de l'énergie.

Maggie le suivit dans la maison, qui était parfaitement entretenue. Il y flottait une bonne odeur d'huile de citron et de pain frais.

Mme Square, la vieille gouvernante, les attendait dans le petit vestibule. Dodue, les cheveux grisonnants, elle arborait au bout du nez son habituelle paire de lunettes en demi-lunes.

Maggie la connaissait depuis l'enfance. Toute petite, à peine sortie des langes, elle accompagnait déjà son père quand celui-ci allait rendre visite au régisseur. Et pendant que tous deux s'entretenaient, Mme Square gavait Maggie de fruits confits et de biscuits.

« Pauvre petit agneau qui n'a plus sa maman ! » avait-elle coutume de dire, la mine apitoyée.

À l'époque, Maggie n'aimait déjà pas qu'on la materne. Elle aurait préféré rester avec les deux hommes pour écouter leur conversation.

— Mademoiselle Honeywell ! s'exclama Mme Square. Ma parole, vous êtes resplendissante. Oh, je me rappelle...

— Il suffit, madame Square, intervint M. Entwhistle en entraînant Maggie dans le petit salon meublé de deux fauteuils en chintz et d'une table basse. Allez donc nous chercher du thé, puis retirez-vous. Mlle Honeywell et moi devons parler de choses sérieuses.

Mme Square apporta la théière. Maggie remplit deux tasses, puis M. Entwhistle lui fit son rapport.

Il ne lui cacha rien. Il lui parla des récentes dépenses engagées pour la rénovation des cottages et de la réparation de la roue du moulin. De la récolte de l'année qui s'annonçait excellente. Et de tous les avantages qu'il y aurait à réunir Beasley Park et Letchford Hall, le domaine des Burton-Smythe.

— C'est ce que votre père a toujours espéré, ajouta le régisseur. Et cette année, si nous avons réussi à avoir des fournitures au meilleur prix, c'est entièrement grâce aux Burton-Smythe. En particulier sir Roderick. Il a toujours eu le sens des affaires.

Contrairement au père de Maggie, auraient dit certains.

— Les gens adoraient mon père.

— Certes. C'était un personnage. Fidèle en amitié, grand sportif et fin connaisseur en chevaux.

— Oui, mais je vous parle du domaine et de sa gestion.

M. Entwhistle but une gorgée de thé, puis posa lentement la tasse sur sa soucoupe.

— Hum… Vous me mettez dans une position délicate, mademoiselle Honeywell.

— Oh, voyons, vous n'avez pas à épargner mes sentiments. J'aime qu'on me parle avec franchise. C'est justement dans ce but que je suis venue vous voir.

— Bon, très bien. Alors je ne mâcherai pas mes mots. La vérité, c'est qu'il était difficile de faire affaire avec votre père. Il avait un sale caractère, vous le savez bien. Ses colères étaient légendaires dans la région.

— Mais cela n'empêchait pas les gens de l'apprécier ?

Face au silence de M. Entwhistle, elle sentit son estomac se nouer.

— Je sais qu'il n'était pas facile, ajouta-t-elle, mais on faisait preuve de tolérance à son égard. Ses fureurs mémorables, c'était sujet à plaisanterie, n'est-ce pas ? J'ai toujours trouvé cela amusant.

— Oui, nous en rions maintenant, mais à l'époque, quand il fallait aborder des questions sérieuses, je vous assure que cela nous compliquait singulièrement la tâche. Sir Roderick, en revanche, est quelqu'un de pondéré, quelqu'un de fiable.

— Mais extrêmement antipathique ! ne put s'empêcher de remarquer Maggie.

— C'est vrai, je vous l'accorde. Personne n'a envie d'aller boire une chope de bière avec lui à la taverne. Mais on peut compter sur lui : il ne change pas d'humeur d'un jour à l'autre. Et dans le monde des affaires, il faut avoir confiance en ses partenaires.

— Et son fils ? Que pensez-vous de lui ?

— Maître Fred ? Il est vrai qu'il a ses mauvais moments. Toutefois… il sait faire la part des choses quand il s'agit du domaine. Et le nom des Burton-Smythe est respecté dans le coin. Les gens aiment la stabilité, ils se sentent plus en sécurité.

— C'est mon nom qui offre cette stabilité, pas le sien. Les Honeywell...

Maggie s'interrompit, puis soupira :

— Mais je suppose que notre nom n'a plus l'aura qu'il avait. Et tant pis si c'est mon père qui a fait du domaine ce qu'il est aujourd'hui, à la force du poignet.

M. Entwhistle lui jeta un regard compatissant.

— Votre nom a toujours de l'aura. Les gens aimaient beaucoup votre père, et ils vous apprécient aussi. Mais contrairement à maître Fred, vous...

— Oui ?

— Vous êtes une dame.

Maggie resta coite un instant.

Auparavant, le fait qu'elle soit une femme n'était jamais entré en ligne de compte, du moins en ce qui concernait Beasley Park. Plus jeune, elle avait appris auprès de son père les bases d'une bonne gestion. De manière naturelle, elle était devenue son bras droit, celle qu'il avait choisie pour lui succéder. Et personne ne l'avait mise à l'écart ou traitée différemment à cause de son sexe.

Du moins l'avait-elle cru, jusqu'au jour où elle avait lu son testament.

— En outre, vous n'êtes pas mariée, poursuivit M. Entwhistle. Et la plupart des métayers préfèrent avoir affaire à un homme.

— C'est par obscurantisme. Ils devraient savoir que je suis aussi capable qu'un homme. Bien plus que Frederick Burton-Smythe, en tout cas. Beasley Park est dans mon sang.

Entwhistle soupira. L'expression sur son visage ridé annonçait qu'il allait dire des choses désagréables.

— Il faut comprendre, mademoiselle. Quand vous êtes tombée malade, vous avez disparu de la vie publique. Vous avez par deux fois été frappée par le deuil, et durant toutes ces années...

— Comme si j'avais eu le choix ! Papa est mort, puis c'est ma tante qui nous a quittés. Les villageois auraient-ils préféré que je me moque des traditions ?

— Non, mais...

— Je commence à croire qu'en tant que femme, tout ce que j'entreprendrai me sera reproché !

Cette injustice flagrante l'ulcérait.

M. Entwhistle but une gorgée de thé, reposa sa tasse, puis croisa les doigts sur son ventre.

— Essayez de vous mettre à la place des gens. Vous êtes restée enfermée des années dans cette maison. Oui, oui, je sais : vous étiez malade, et le deuil vous empêchait de recevoir et d'être reçue. Mais les fermiers ont commencé à vous voir comme une invalide, trop fragile pour assumer la gestion d'un grand domaine.

— C'est... c'est ce que vous croyez, vous aussi ? bredouilla-t-elle.

— Ce que je crois, mademoiselle, c'est que votre père – Dieu ait son âme – n'aurait jamais dû laisser cette Jenny Seaton s'installer sur le domaine. Si vous ne l'aviez pas soignée, vous ne seriez pas tombée malade à votre tour. Vous seriez en pleine santé aujourd'hui, et sans doute en meilleure position pour revendiquer votre place de maîtresse des lieux. J'avais pourtant mis en garde le squire Honeywell. Accueillir cette créature qui s'était fait engrosser par Dieu sait qui et qui racontait des mensonges...

Maggie tressaillit.

— Des mensonges ? De quoi parlez-vous ?

— Oh, je ne les ai pas entendus directement. On me les a rapportés. Une femme de cet acabit est prête à tout pour justifier son déshonneur, surtout quand il y a eu des conséquences...

— Expliquez-moi.

— C'est une fable vieille comme le monde. Jenny prétendait qu'elle avait cru être mariée au père de son enfant. Et qu'elle avait découvert ensuite qu'il avait abusé de sa confiance, mais trop tard pour se débarrasser du fardeau de son péché. Personnellement, je trouve que c'est une manière facile de s'absoudre de sa propre immoralité.

Maggie le regardait, incrédule. C'était la première fois qu'elle entendait cette histoire.

Était-ce vrai ? Gentleman Jim avait-il fait croire à Jenny Seaton qu'ils étaient mariés ?

Mais comment ?

Et dans quel but ?

D'après St. Clare, son père adorait les blagues de mauvais goût. Mais abuser de la crédulité d'une femme en orchestrant un simulacre de mariage... c'était un peu outrancier. Et pour quelle raison ? Ce n'était sûrement pas pour obtenir les faveurs de Jenny, qui n'était pas du genre farouche. Elle se prostituait à Market Barrow en échange de quelques pièces.

Alors, à quoi rimait cette histoire de mariage ?

À moins que...

Gentleman Jim savait-il que Jenny était enceinte de lui ?

Cette éventualité lui fit l'effet d'un coup de tonnerre.

Cela aurait expliqué pourquoi Jenny éprouvait une telle animosité envers son fils. Dupée par son amant, elle avait reporté sa rancœur sur Nicholas...

Néanmoins, même si Gentleman Jim était au courant de sa grossesse, pourquoi se donner le mal d'organiser un faux mariage ? Il était déjà en fuite pour échapper à la pendaison. Dans ces circonstances, une maîtresse enceinte représentait un sacré fardeau. Il aurait été plus facile d'abandonner Jenny sans un regard en arrière.

Était-il possible qu'il ait agi ainsi par pure cruauté ? Juste pour s'amuser ?

Non.

Même si Gentleman Jim avait très mauvaise réputation, cela n'avait aucun sens.

— Vous dites qu'on vous a répété cette histoire. De qui la tenez-vous ? demanda-t-elle au régisseur.

— De la bouche même de votre père. Il en a parlé peu après l'arrivée de Jenny Seaton sur le domaine. Je lui ai dit que les filles dans son genre mentaient comme elles respiraient. Il le savait bien, mais... votre père avait bon cœur, mademoiselle. Bien sûr, il a amèrement regretté sa générosité le jour où vous êtes tombée malade.

— Ce n'était pas la faute de Jenny. C'était la mienne. C'est moi qui ai tenu à la soigner.

Elle avait passé des heures au chevet de Jenny, à lui tenir la main, à lui éponger le front, à l'écouter délirer sur Nicholas et le père Tuck.

Sur le moment, Maggie avait pensé qu'elle voulait se confesser.

Mais si...

Le souffle lui manqua. Tout à coup, elle eut l'impression d'étouffer dans le petit salon. Elle s'obligea à prendre une inspiration.

— Vous vous sentez bien, mademoiselle Honeywell ?

Elle agita la main.

— Oui, oui, très bien. Je... J'ai besoin d'un peu d'air, c'est tout.

Il se leva, glissa une main sous son coude pour l'aider à en faire autant.

— Je vais faire préparer la carriole. Thomas vous ramènera à Beasley Park.

Comme il se détournait, Maggie le rappela :

— Monsieur Entwhistle, je me demandais…

— Oui ?

— Avez-vous entendu parler d'un ecclésiastique appelé le père Tuck ?

Elle posait la question à tout hasard.

— Cela remonte à de nombreuses années, peut-être avant ma naissance, précisa-t-elle.

M. Entwhistle fronça les sourcils.

— Ça ne me dit rien. Est-ce en rapport avec le domaine ?

— Non, pas du tout. C'était juste de la curiosité de ma part.

Une curiosité qui ne serait satisfaite que lorsqu'elle connaîtrait le fin mot de l'histoire. Car elle avait bel et bien l'intention de percer ce mystère.

24

Londres, été 1817

St. Clare posa sa fourchette. Il était assis près de son grand-père, au bout de la grande table en acajou de la salle à manger de Grosvenor Square. Une rangée de valets en livrée se tenaient dos contre le mur tapissé de soie, prêts à intervenir au moindre appel. Ce soir le dîner avait été servi tôt, car ils devaient se rendre au théâtre.

Allendale glissa un regard vers l'assiette de son petit-fils. Celui-ci avait à peine touché à son esturgeon sauce beurre blanc aux haricots verts.

— Quelque chose ne va pas avec ton poisson ?

— Non, rien. À part le fait que je n'ai pas faim du tout.

La salle à manger était baignée de lumière, grâce aux deux chandeliers posés sur la table et aux appliques fixées au mur. Les chandelles projetaient des ombres sur les portraits à l'huile représentant de lointains ancêtres à l'expression hautaine.

— Tu as perdu l'appétit ?

— On dirait.

St. Clare se carra contre son dossier. Il n'était pas d'humeur à manger. Il n'était d'humeur à rien, d'ailleurs, sauf à grogner sur son entourage – « tel un lion blessé », aurait dit Maggie.

Qu'aurait-elle pensé en le voyant dans cet état ? Une semaine sans elle, et il était déjà prêt à étriper le premier venu. Où était passé son flegme légendaire ? Il avait les nerfs à vif et ne tenait pas en place.

Allendale fit signe aux domestiques qu'ils pouvaient partir. Les valets s'éloignèrent en file indienne, et le dernier referma la porte derrière lui.

St. Clare leva un regard interrogateur sur son grand-père, qui le fixait d'un œil sévère.

— Si tu as décidé de faire la tête à tout le monde, tu ferais aussi bien de rejoindre cette fille.

Il y avait des manières plus chaleureuses d'accorder sa bénédiction. Néanmoins, St. Clare se redressa dans un sursaut, électrisé.

La rejoindre ? « Oui. Tout de suite ! » eut-il envie de répondre.

Mais son grand-père n'était pas sérieux, évidemment. C'était juste une façon de le critiquer.

— Vous avez des reproches à me faire, grand-père ?

C'était un peu fort. La semaine passée, il avait fait tout ce que son grand-père lui avait demandé. Il avait assisté à deux bals et à quatre représentations théâtrales, en compagnie d'un groupe de dames et de messieurs. Il était même allé au parc avec Mattingly et Vickers pour accompagner Mlle Steele et deux de ses amies célibataires.

En vérité, il avait fait tout son possible pour étouffer les rumeurs concernant Maggie, Fred et le Somerset. Son grand-père ne pouvait pas dire le contraire.

— Tu es silencieux. Maussade. Tu grommelles. Et, sapristi, qu'est-ce que tu as au bras ? Cela fait une semaine qu'il est tout raide. Tu t'es encore battu en duel ?

— Pas du tout. Et mon bras va très bien.

C'était presque vrai.

Sa blessure cicatrisait, même si certains mouvements restaient douloureux. Il n'était pas surpris que son grand-père l'ait remarqué.

— Et je ne suis pas maussade, ajouta-t-il d'un ton acariâtre.

— Vraiment ? Je t'ai observé, depuis que la fille Honeywell a quitté Londres. Tu te morfonds et tu te languis d'elle comme un collégien énamouré.

— Si vous essayez de me provoquer...

— J'essaie juste de te secouer les puces, mon garçon. Tu n'as donc plus aucune discipline ?

St. Clare réprima un soupir.

Et secoua la tête.

— Que voulez-vous que je vous dise ? J'ai essayé d'étouffer mes sentiments. De me calmer, de penser à autre chose. Vous ne vous êtes pas demandé pourquoi je passais autant de temps à boxer chez Jackson ?

Allendale prit un air grave.

— C'est à ce point-là ?

Non, c'était pire. Bien pire que ce que St. Clare avait imaginé quand il avait promis à Maggie de ne pas quitter Londres.

Il attendrait et il espérerait, avait-il dit.

Mais il l'avait aussi prévenue qu'il manquait de patience.

— Cela fait une semaine. Et j'ignore quand elle reviendra, murmura-t-il, abattu.

Si elle revenait.

Maggie adorait Beasley Park. Sa place était là-bas, bien plus qu'à Londres. Non seulement à cause de sa santé, mais parce qu'elle y était chez elle. C'était l'endroit qu'elle préférait au monde.

Et si elle décidait finalement de rester là-bas et d'épouser Fred, pour conserver la main sur les affaires du domaine ?

Seigneur...

Elle ne ferait pas cela, n'est-ce pas ?

À cette pensée, il avait l'impression qu'une liane de ronces se refermait sur son cœur.

— J'aurais dû l'accompagner, poursuivit-il en se parlant à lui-même. J'ai commis une erreur. Mais il n'est pas trop tard. Si je pars ce matin...

Le visage d'Allendale s'assombrit comme un ciel d'orage.

— Ne sois pas stupide. Tu risques d'être reconnu. Je t'ai averti...

— Peu importe, coupa St. Clare avec impatience. Cela m'est égal, ne le voyez-vous donc pas ? Si elle a besoin de moi, rien d'autre ne compte. Ici, je ne fais rien pour l'aider. Et là-bas, elle est à la merci de Burton-Smythe et des Beresford.

— Elle a un chaperon, non ? La fille de Trumble, je crois ?

— Vous ne comprenez pas...

St. Clare retomba un moment dans le silence, réticent à formuler les pensées qui le troublaient.

— Elle n'a pas écrit, dit-il enfin. Elle n'était pas censée le faire, pour ne pas réveiller les rumeurs, mais je ne peux m'empêcher de m'inquiéter pour elle. Elle... elle n'était pas au mieux de sa forme.

— Pourquoi ? Qu'est-ce qui cloche chez elle ?

— Elle a attrapé la grippe il y a quelques années et ses poumons sont restés fragiles. Parfois, quand elle fait un effort physique trop prolongé, elle a du mal à respirer.

— Bah ! Tu sais ce que je pense des faibles femmes, rétorqua Allendale en replongeant le nez dans son assiette.

— Elle n'est pas faible. C'est la personne la plus forte que je connaisse. La plus courageuse, aussi. Dans le Somerset, elle m'a sauvé la vie. Sans elle, j'aurais été pendu…

Une boule se formait dans la gorge de St. Clare.

— Au moins a-t-elle du tempérament, admit son grand-père. Et si elle t'a sauvé autrefois, c'est normal que tu te sentes redevable.

— C'est bien plus que de la gratitude. Je vous l'ai dit, mes sentiments…

Allendale planta férocement sa fourchette dans sa darne d'esturgeon.

— Tes sentiments ! Tu ne parlais pas de tes sentiments, quand nous sommes arrivés à Londres. Et tu ne geignais pas sur ton sort à Rome ou à Venise !

St. Clare se rembrunit. Il n'avait pas vraiment eu le loisir de se morfondre quand son grand-père l'avait pris en main. Au début, chaque minute de son temps était consacrée à l'enseignement sous la férule de ses précepteurs.

Lui qui savait tout juste lire et écrire avait dû tout apprendre. Changer sa façon de parler, de marcher, de réfléchir. Et surtout, il avait dû prouver qu'il avait la capacité de s'adapter. Qu'il était « un matériau brut », comme disait son grand-père.

« Si tu n'es pas capable de t'améliorer, tu peux tout de suite retourner d'où tu viens. Je ne vais pas perdre mon temps avec quelqu'un qui refuse de faire les efforts nécessaires », disait aussi Allendale.

St. Clare avait donc fait les efforts nécessaires, et bien plus.

Il avait travaillé d'arrache-pied, avait passé des heures dans la salle d'étude, quand il ne s'entraînait pas avec son maître d'escrime ou au tir.

Rapidement, il avait excellé à l'épée et au pistolet.

Il lui avait fallu plus de temps pour dompter son caractère explosif.

Rien de tout cela n'avait été facile. Chaque soir, il tombait dans son lit, recru de fatigue physique et mentale. Il dormait, puis se levait au matin pour recommencer.

Et ainsi de suite, jour après jour.

Il s'était entraîné, il avait étudié, engrangé des connaissances. Jusqu'au jour où il n'avait pas simplement paru différent… Il avait réellement *changé*, en profondeur.

Nicholas Seaton était mort, et un homme neuf était né de ses cendres. Un gentleman. Un véritable aristocrate.

Il avait fallu dix ans pour y parvenir. Pourtant, une petite part de Nicholas Seaton avait résisté à la métamorphose : un morceau de son cœur qui battait toujours pour Maggie Honeywell.

Peu importe le temps que cela prendra. Je reviendrai te chercher.

— Je ne l'ai jamais oubliée, dit-il. C'est la seule personne sur terre que j'aie aimée.

Le comte attrapa son verre de vin et maugréa :

— L'amour. Décidément, tu n'as que ce mot à la bouche quand tu parles de Mlle Honeywell. Alors comment se fait-il que je n'aie pas encore fait sa connaissance ?

25

Beasley Park, Somerset, été 1817

— Vous exercez votre sacerdoce ici depuis longtemps, n'est-ce pas ? s'enquit Lionel Beresford d'un ton détaché, démenti par la lueur de curiosité dans son regard.

Depuis un moment déjà, il avait cessé de parler de la pluie et du beau temps pour entrer dans le vif du sujet.

— Oui, depuis plus de quarante ans, acquiesça M. Applewhite qui était assis près du feu de cheminée. Mlle Honeywell peut en attester.

Maggie leva le nez de son ouvrage de broderie, qu'elle avait pris dans l'unique but de s'occuper les doigts. Elle n'avait jamais été très douée pour les travaux d'aiguille.

— En effet, révérend. Vous étiez là bien avant ma naissance.

Tante Harriet ronflait dans son fauteuil. Au fond du salon, Jane jouait du pianoforte en sourdine pour ne pas la réveiller. Quant à Fred, il feuilletait une partition. Très fier de sa voix, il les avait menacés de pousser la chansonnette après le dîner.

— Quarante ans ? s'exclama Mme Beresford, visiblement impressionnée. J'imagine que vous connaissez tout le monde dans la région, alors ?

— Je m'en flatte, admit M. Applewhite. Mais ma pauvre femme – Dieu ait son âme – était encore plus au fait de ce qui se passait. Rien ne lui échappait.

Maggie n'aurait jamais cru qu'elle regretterait un jour le trépas de Mme Applewhite. La femme du pasteur était une épouvantable commère, qui effectivement savait toujours tout sur tout. Elle avait dit beaucoup de mal de Nicholas Seaton, et ne s'était pas gênée non plus pour critiquer Maggie.

Désormais veuf, le pasteur était la personne la plus à même de lui fournir des informations sur le mystérieux père Tuck.

Maggie avait eu l'intention de lui rendre visite au presbytère, mais en rentrant de chez le régisseur elle avait constaté que Fred et les autres étaient de retour plus tôt que prévu.

Elle n'avait donc pu ressortir seule, et s'était résolue à inviter le pasteur à dîner le lendemain soir.

Malheureusement, entre Fred et les Beresford, elle arrivait à peine à placer un mot dans la conversation, sans parler de s'entretenir en privé avec le révérend.

— Je me demande si votre femme a connu mon cousin ? s'enquit Lionel. Il s'agit de John Beresford, vicomte de St. Clare. Un grand type blond, bien charpenté.

Maggie tressaillit. Depuis une semaine, les Beresford menaient l'enquête, secondés par leurs domestiques, pour tenter de trouver un lien entre St. Clare et le Somerset.

— A-t-il vécu ici ? Ce nom ne me dit rien, dit M. Applewhite, la mine perplexe.

— Pas du tout, intervint Maggie. À ma connaissance, lord St. Clare n'est jamais venu à Beasley Park, ni dans les environs.

— Sommes-nous obligés de parler de lui ? grogna Fred. Je n'ai pas envie de gâcher l'ambiance de la soirée.

Mme Beresford feignit de ne pas l'entendre :

— Il n'est pas impossible que le vicomte ait séjourné dans la région. Peut-être en se présentant sous un autre nom ? Les jeunes gens aiment ce genre de facéties. Tout le monde sait que son père a fait mille malices dans sa jeunesse, et comme on dit : tel père, tel fils.

— Un autre nom ? répéta M. Applewhite, perplexe, avant de se tourner vers Maggie : Qui est cette personne, avez-vous dit ?

— Bah ! Cela n'a aucune importance, répliqua-t-elle en posant son ouvrage. Mais il est tard, révérend. Dois-je demander qu'on avance votre voiture ?

— Oui, volontiers, acquiesça le pasteur avec un sourire.

Maggie sonna un valet et, quelque temps plus tard, le même valet revint pour annoncer que la carriole du pasteur l'attendait devant le perron. Maggie insista pour raccompagner son invité.

— Je vous suis très obligé de votre hospitalité, mademoiselle Honeywell, lui dit Applewhite alors qu'ils descendaient l'escalier circulaire qui menait au grand hall. Le dîner était délicieux. Et le vin... un nectar ! Il provient de la cave de votre père, je suppose ? Je n'avais jamais goûté un si grand cru...

— Monsieur Applewhite, coupa Maggie, j'ai une question particulière à vous poser.

— Vraiment ?

Un valet leur ouvrit la grande porte, et ils débouchèrent sur le perron. La nuit était fraîche, le ciel piqueté d'étoiles. La vieille carriole, tirée par deux chevaux bais qui n'étaient plus de la prime jeunesse, était stationnée dans l'allée. Maggie avait très peu de temps, juste quelques secondes.

— Avez-vous connu le père Tuck ?

— Qui ça ?

— Le père Tuck. Cela remonte à une trentaine d'années, je pense.

— Non, je ne connais pas de père Tuck. Mais j'ai entendu parler de *frère* Tuck, bien sûr.

— Le compagnon de Robin des Bois ? Non, je ne parle pas de ça...

— Je sais. Je crois que c'est un sobriquet qu'on lui donnait, parce qu'il était défroqué. Je ne l'ai jamais rencontré en personne, mais j'ai entendu des rumeurs qui le liaient à une taverne de Market Barrow...

— Market Barrow ? s'exclama Maggie.

Son cœur s'était mis à battre la chamade.

— L'alcoolisme est responsable de la plupart des maux de ce monde, mademoiselle. Je ne dis pas qu'un homme ne peut pas boire un petit verre de temps en temps, mais il ne faut jamais devenir esclave de la bouteille.

Ils avaient atteint l'allée. Le pasteur prit congé, et Maggie demeura immobile tandis que le valet l'aidait à monter dans la carriole. Elle leva la main en guise d'adieu, mais toute son attention était déjà concentrée sur ce que M. Applewhite venait de lui raconter.

Market Barrow. Frère Tuck. Jenny Seaton.

Et Gentleman Jim.

Elle était tellement absorbée dans ses pensées qu'elle ne remarqua pas que Fred l'avait rejointe. Elle sursauta quand il se matérialisa à son côté.

— Oh, Seigneur, vous m'avez fait peur !

Fred était en habit de soirée. Sa redingote tombait à la perfection sur ses épaules carrées, et son nœud de cravate était aussi sophistiqué qu'à l'accoutumée. Il avait depuis longtemps enlevé son attelle.

— Je suis venu vous raccompagner au salon.

— Ce n'était pas nécessaire.

— Au contraire, dit-il en la prenant par le coude. Vous vous surmenez.

— En venant sur le perron dire au revoir au révérend Applewhite ? Non, je ne pense pas, rétorqua-t-elle en se dégageant.

Fred la suivit dans le hall.

— Je ne vous parle pas de ça. Je parle de votre visite chez M. Entwhistle hier. Alors que vous étiez censée rester confinée dans votre chambre avec la migraine.

Elle tourna vivement la tête.

— Qui vous a dit que j'étais allée le voir ?

— Sa gouvernante, Mme Square, est venue prendre le thé avec notre Mme Wilkins cet après-midi. Quelqu'un a entendu leur conversation.

Notre Mme Wilkins. Comme s'il était déjà le maître à Beasley Park. Et, pire, comme s'ils étaient déjà un couple marié.

— Et qui est ce *quelqu'un*, je vous prie ?

— Le valet de Beresford. Un gars malin qui laisse traîner ses oreilles.

— Oh, vraiment ? Je n'avais pas remarqué, dit-elle, sarcastique.

— Je me félicite qu'il m'ait prévenu. Je n'aime pas que vous sortiez seule dans votre état. Si vous vouliez discuter des affaires du domaine, vous auriez dû venir me trouver. Je vous aurais accompagnée en voiture.

Maggie s'arrêta au pied du grand escalier et répondit en baissant la voix :

— Je ne remonterai plus jamais seule dans une voiture avec vous, Fred. La prochaine fois, je n'aurai peut-être pas la chance qu'un bandit de grands chemins vienne me sauver.

Fred rougit brusquement dans la lumière du lustre de cristal suspendu au plafond. Il lui saisit le bras.

— Pourquoi faut-il que vous fassiez tout le temps des difficultés ? Vous m'obligez à vous surveiller. Si vous vouliez bien être gentille avec moi de temps en temps...

— Si vous ne me lâchez pas tout de suite, je vais vous gifler.

Il se raidit, et quelques secondes passèrent avant qu'il la libère à contrecœur.

— Vous avez vraiment mauvais caractère.

— Alors vous seriez bien avisé de ne pas me contrarier.

Soulevant ses lourdes jupes en soie, elle se détourna pour gravir l'escalier.

Très tôt le lendemain matin, avant que les invités – ou leurs domestiques – soient levés, Maggie se glissa dans les écuries de Beasley Park.

Le bâtiment en pierre au toit de tuiles rouges abritait les chevaux d'attelage, les montures et ce qui restait des pur-sang de son père. Quand elle était plus jeune, c'était en quelque sorte sa deuxième maison.

Mais aujourd'hui, on l'y accueillait comme une étrangère.

— Comment ça, ma voiture n'est pas disponible ? s'exclama-t-elle avec indignation.

Sa casquette à la main, M. Tilley, le palefrenier en chef, se dandina d'un pied sur l'autre.

— Pardon, mademoiselle, mais... M. Burton-Smythe a dit que je ne devais atteler aucun véhicule sans sa permission expresse.

Tilley n'était employé au domaine que depuis deux ans. Il n'était pas étonnant qu'il considère Fred comme son patron.

— Il se trouve que Beasley appartient à la famille Honeywell. À moi, en fait. Et que j'ai besoin de ma voiture cet après-midi, rétorqua-t-elle d'un ton péremptoire.

Fred et les invités devaient déjeuner chez sir Roderick, à Letchford Hall, avant d'aller admirer une collection de gravures à l'eau-forte chez un voisin. Leur absence donnerait à Maggie l'occasion de faire une petite sortie. Mais pour cela, elle avait besoin de sa camériste et de sa voiture.

Et peut-être aussi d'un pistolet.

Il y en avait un petit dans l'armurerie de son père, qui avait juste la bonne taille pour se glisser dans son réticule.

Tilley tripotait toujours sa casquette.

— J'aimerais vous donner satisfaction, mademoiselle, mais j'ai promis à M. Burton-Smythe d'observer ses consignes.

Maggie sentait la moutarde lui monter au nez. Elle s'obligea à garder son calme. Après sa conversation avec M. Entwhistle, elle ne voulait pas qu'on l'accuse d'être aussi soupe au lait que son père.

— Très bien. Dans ce cas, je vais régler l'affaire avec M. Burton-Smythe.

Sur ces mots, elle s'éloigna, mais ne reprit pas le chemin de la maison. Elle était trop en colère. De plus, l'aube venait à peine de se lever. Personne n'était debout, à part les serviteurs qui travaillaient aux cuisines.

Alors elle décida de faire une promenade.

Elle traversa l'allée et coupa à travers la pelouse pour rejoindre le sentier qui l'emmènerait jusqu'à son sanctuaire, où jadis elle retrouvait Nicholas Seaton.

Des branches s'accrochèrent aux pans de sa pelisse tandis qu'elle s'enfonçait dans les bois. Un peu plus loin serpentait le ruisseau, entre ses berges couvertes de myosotis.

Maggie s'approcha, un peu essoufflée et victime d'un point de côté.

Et c'est là qu'elle le vit.

Un grand type bien habillé qui regardait l'eau courir sur les galets, debout sur la rive mouchetée de points bleus.

Il portait des bottes cavalières, une culotte beige et une redingote bleu marine à la coupe impeccable. Dans une attitude nonchalante, il tenait à la main sa cravache et son chapeau. Comme s'il attendait quelqu'un.

Comme s'il l'attendait, *elle*.

Au bruit de ses pas dans l'herbe humide, il se retourna.

Maggie ne fut pas surprise. Elle aurait reconnu entre mille cette somptueuse chevelure dorée et cette grâce féline.

Elle courut vers lui, tandis que son nom jaillissait de ses lèvres. Son vrai nom.

— Nicholas !

Il la rejoignit en deux enjambées et la prit dans ses bras, la souleva de terre.

Maggie se cramponna à son cou sans savoir si elle devait rire ou pleurer.

— Tu es là ! souffla-t-elle, le nez dans son cou. Enfin, tu es revenu à la maison !

26

St. Clare serra Maggie contre lui, si étroitement que le bout de ses bottines ne touchait plus le sol. Il enfouit le visage dans ses cheveux. Elle était tête nue. Sans doute son chapeau s'était-il envolé quand elle s'était élancée vers lui.

Seigneur, elle avait couru. Elle n'était pas censée le faire. Ce n'était pas raisonnable quand on avait une faiblesse pulmonaire. Il l'entendait haleter légèrement.

— Que fais-tu ici ? Pourquoi es-tu revenu ? Tu sais pourtant que...

— Chut, ma chérie.

Il la posa lentement sur ses pieds, la considéra avec inquiétude. Chaque trait de son visage, chaque contour de sa silhouette lui était aussi précieux que sa propre vie. Plus précieux que n'importe quel titre et n'importe quel héritage.

— Viens t'asseoir avec moi.

— Où ?

— Ici, sur la rive.

Il ôta sa redingote et la déposa sur l'herbe.

— Espèce d'idiot ! Tu vas la tacher, s'esclaffa-t-elle.

Comme s'il s'intéressait à sa redingote. Il en avait une douzaine dans sa penderie.

— Assieds-toi.

— Bon, si tu veux...

Elle obtempéra.

Elle portait une belle pelisse bleue sur sa robe en mousseline, et son épaisse chevelure brune était tordue en un simple chignon sur la nuque. Ses joues étaient toutes roses, ses yeux brillaient d'un éclat lumineux.

— Que viens-tu faire ici ? s'étonna-t-il.

— J'avais besoin de marcher. J'étais en colère.

— Si tôt le matin ? dit-il en souriant.

— Ne change pas de sujet. Je croyais que nous étions d'accord : c'est trop dangereux pour toi de revenir à Beasley Park.

— C'est vrai. Mais je ne supportais plus d'être séparé de toi.

L'expression de la jeune femme s'adoucit.

— Vraiment ?

— Apparemment, j'étais en train de devenir insupportable.

« Tu te languis d'elle comme un collégien énamouré », avait dit son grand-père.

Elle lui toucha la joue de ses doigts aussi légers que des ailes de papillon, les fit glisser sur le contour de sa mâchoire.

— Toi aussi, tu m'as manqué. Horriblement.

La main sur sa nuque, elle attira sa tête vers la sienne. Il l'embrassa. Ou était-ce elle qui l'embrassait ? Il ne savait pas trop. À peine leurs lèvres se frôlèrent-elles qu'il sentit son sang circuler plus vite dans ses veines. Un soulagement sans nom l'envahissait. Elle était là. Dans ses bras. Enfin !

— Maggie...

— Je suis venue ici totalement par hasard. Si je ne m'étais pas énervée...

— Toi et ton fichu caractère.

Elle fit glisser ses doigts dans ses cheveux.

— On m'a signifié dernièrement que c'était très déplaisant chez une dame.

— Pas pour moi. Tu es ma belle, ma farouche Maggie. Tu t'enflammes, tu rayonnes... Pas étonnant que sans toi la vie m'ait paru si terne.

— Je continue de penser que ce n'est pas prudent d'être venu, dit-elle, sans pouvoir s'empêcher de l'embrasser encore.

Il avait vaguement conscience de la brise qui faisait frissonner le feuillage des arbres, de sa monture, empruntée dans une écurie de louage, qui vagabondait un peu plus loin sur la berge pour brouter l'herbe. Tout cela lui rappelait qu'ils n'étaient pas seuls dans l'intimité d'un salon, mais en pleine nature, en terrain dégagé. N'importe qui pouvait les surprendre.

Il s'obligea à interrompre leur baiser, posa le front contre le sien.

— Tout va bien. Personne ne m'a vu arriver. La maison semblait dormir.

Elle écarquilla les yeux.

— Tu t'es approché du manoir ?

— Oui.

Il ne s'était pas attendu à éprouver autant d'émotion en voyant la grande demeure de style palladien en pierre jaune pâle. Ni en marchant plus tard sur les berges couvertes de fleurs bleues. Pourtant il avait été secoué jusqu'au tréfonds de son être, comme si chaque pierre, chaque arbre déclenchait un flot de souvenirs.

« Enfin, tu es revenu à la maison ! » avait dit Maggie.

Il n'avait jamais pensé à Beasley Park comme à son foyer. Il avait travaillé ici, il avait souffert, il s'était senti exclu, rejeté par sa mère, nié dans ses rêves et dans ses espoirs.

Non, son foyer n'était pas Beasley Park. C'était *elle*. Maggie Honeywell. Elle était son port d'attache, son havre dans la tempête.

Comment avait-il fait pour survivre loin d'elle durant toutes ces années à l'étranger ? Dix longues années, sans rien d'autre pour nourrir son âme que les souvenirs. Cela lui semblait inconcevable maintenant qu'il l'avait retrouvée, maintenant qu'il savait qu'elle était libre et qu'elle l'avait attendu durant tout ce temps.

Sa Maggie. Son amour.

— Est-ce comme dans tes souvenirs ? demanda-t-elle.

— Plus petit.

— C'est normal. Entre-temps, tu as grandi.

Elle s'allongea sur la redingote, la tête posée au bord d'une touffe de myosotis.

— Tu te rappelles que nous nous sommes étendus ici ce jour-là ? Quand tout a changé ?

— Comment pourrais-je l'oublier ?

Il fut tenté de s'étendre près d'elle. Mais il y avait certaines limites à ne pas franchir.

Il s'éclaircit la voix.

— Es-tu revenue souvent ici par la suite ?

— Tout le temps. Je crois que tous ces myosotis ont été arrosés de mes larmes.

Elle tourna la tête vers lui, et le col de sa redingote lui frôla la joue. Il prit sa main. Sa poitrine se serrait à l'idée qu'elle ait tant pleuré.

— C'est fini, maintenant.

— Oui, soupira-t-elle en pressant sa main dans la sienne.

— J'ai beaucoup pensé à cet endroit. Surtout au début. Je voulais revenir, voir si je ressentirais les mêmes choses...

— Et alors ?

Il prit une courte inspiration.

— Alors... non.

Comme elle haussait les sourcils, il expliqua :

— Ce n'est pas ce lieu qui me rendait heureux. C'était toi.

Il porta sa main à ses lèvres. Les yeux de Maggie s'étaient mis à briller. Seigneur, cette façon qu'elle avait de le regarder ! Comme s'il lui était aussi essentiel que la lumière ou l'air qu'elle respirait.

Son âme sœur. L'autre moitié de son cœur.

Cela le rendait euphorique, tout en l'emplissant d'humilité. Et surtout, cela comblait cet immense vide en lui. Comme si l'amour de Maggie réparait une multitude de petites pièces brisées dans sa mécanique personnelle.

Elle avait eu raison l'autre jour, dans Hyde Park. Séparés, ils n'étaient pas entiers. À présent il en avait bien conscience.

— Je t'aime, Maggie Honeywell, dit-il d'une voix enrouée. Tu le sais, n'est-ce pas ?

— Oui.

— Et toi, m'aimes-tu ? Pas seulement le souvenir de moi... le souvenir de Nicholas... mais l'homme que je suis aujourd'hui ?

— Oui. Pour toujours.

Sa voix veloutée de tendresse lui faisait une promesse, réitérait un serment qui n'avait jamais été trahi, qui résisterait à tout, au temps, à l'éloignement, et même à la mort, il en était persuadé.

— Dis-le. J'ai besoin de l'entendre.

— Je t'aime, Nicholas Seaton. Je t'aime, John Beresford. Quel que soit ton nom, qui que tu sois devenu, tu m'appartiens.

Il inclina la tête, nicha son visage contre sa paume tiède. Ces paroles étaient comme un baume sur son âme blessée.

— Oui, je t'appartiens, Maggie.

— Bien. Alors maintenant que ce point est réglé...

— Oui, maintenant...

Il hésita, soucieux de bien choisir ses mots. Il avait déjà tout répété dans sa tête pendant sa chevauchée. Mais il fallait maintenant qu'ils sortent, et dans le bon ordre.

— Je sais ce que tu ressens pour Beasley Park. Combien les métayers comptent à tes yeux. Mais...

Il s'interrompit. Que pesait un homme face à un domaine ancestral ? Comment pouvait-il plaider sa cause ?

Il n'eut pas à le faire. Maggie lui épargna cette peine.

— Mon père disait que seule la terre compte. Pas les gens. Ils passent, ils sont quantité négligeable. C'était sans doute pour m'inciter à épouser Fred. Pour que je m'oublie dans l'intérêt du domaine et que je ne songe qu'aux bénéfices de notre mariage.

Leur mariage.

Il se braqua :

— Tu n'as quand même pas l'intention...

— Non ! Mais papa avait raison. La terre nous survit à tous. Elle était là pendant ma maladie, pendant mon deuil. J'ai eu une illumination, tu sais. Je ne suis pas aussi indispensable à Beasley Park que je le croyais.

Elle eut un sourire triste.

Il pressa sa bouche contre l'intérieur de son poignet, là où son pouls battait vaillamment. Bien qu'il ait mal pour elle, il ne pouvait que se réjouir de ce qu'il entendait. Pour lui, Beasley Park était un rival au même titre que Frederick Burton-Smythe.

— J'ai eu une révélation similaire, dit-il.

— Vraiment ?

— Si j'avais retrouvé Gentleman Jim après mon départ de Beasley Park, j'aurais été prêt à le rejoindre dans n'importe quelle entreprise criminelle. À l'époque je n'avais pas de valeurs, pas de morale. Et plus tard, quand Allendale a proposé de me prendre sous son aile et de me faire passer pour son héritier légitime, il ne m'est pas venu à l'esprit de refuser. Pas par ambition ou par soif de privilèges, mais parce que j'ai toujours été en quête d'appartenance. Je voulais trouver ma place en ce monde.

— Ta place est auprès de moi, décréta-t-elle.

Ces paroles eurent raison de sa volonté. Submergé par l'émotion, il laissa sa carapace se fissurer, craqueler, tomber en poussière, emportant avec elle ses bonnes résolutions. Toute notion de prudence le déserta. Il n'y avait plus qu'eux deux.

Il roula sur elle, prit appui sur ses mains pour l'emprisonner entre ses bras, ignorant la douleur qui se réveillait dans son épaule.

Puis il captura sa bouche, le temps d'un baiser dur et farouche.

— Oui. Et ta place est à mes côtés. Pas sur ce maudit domaine où tu serais captive le reste de tes jours. Et pas dans le lit de Frederick Burton-Smythe.

— Je te l'ai dit, je ne me marierai pas avec lui. Je croyais m'y être résignée, mais depuis ton retour…

— Épouse-moi, Maggie.

Le ton hésitait entre l'injonction et la supplique. Ce n'était pas du tout la demande en mariage romantique qu'il avait imaginée en chevauchant depuis Londres.

La poitrine de Maggie se souleva, puis retomba. Il sentait son cœur battre follement au même rythme que le sien.

— De quoi vivrons-nous ? objecta-t-elle.

— Quelle importance ? Sans toi, la vie ne vaut pas la peine d'être vécue, de toute façon.

Elle détourna brièvement les yeux et il vit sa gorge se contracter.

— Tu m'as dit que sans moi tu n'étais que la moitié de toi-même, que ta vie était incomplète, ajouta-t-il. Mais je suis revenu. Je ne suis plus Nicholas Seaton, mais mon cœur t'appartient. Il t'a toujours appartenu. Si tu m'épouses...

— Bien sûr que je vais t'épouser.

— Oh, Maggie...

— Mais tu dois savoir que Fred ne donnera jamais son approbation à notre union. Cela revient à tirer un trait sur Beasley Park et sur ma fortune.

— Au diable, Beasley Park et ton argent ! Je te prendrai en chemise s'il le faut.

Elle eut un rire étouffé.

— Je peux te le prouver, ajouta-t-il d'une voix enrouée par le désir.

Elle noua les bras autour de son cou et, comme il reprenait sa bouche, elle lui rendit son baiser avec une passion égale à la sienne.

Plus tard, il retomba sur le dos près d'elle. Ils étaient allongés dans l'herbe côte à côte, main dans la main, comme tant d'années plus tôt. St. Clare arborait un sourire béat. Il était transi d'amour. Et à présent, il n'avait plus la tête à discuter de sujets terre à terre.

Mais Maggie si, apparemment :

— Je suppose que ton grand-père n'approuvera pas non plus notre mariage ?

— Tu crois ? Tu devrais l'inviter à prendre le thé pour lui poser la question.

— *Quoi ?*

Maggie se mit brusquement en position assise. On aurait pu croire que le comte en personne venait de se matérialiser devant elle.

— Ne me dis pas qu'il est venu, lui aussi ?

St. Clare soupira. Décidément, il fallait replonger dans la réalité.

Il se redressa sur un coude pour répondre :

— Si. Il est descendu à l'auberge du Cerf blanc. À cette heure, cela m'étonnerait qu'il soit déjà levé.

Les deux hommes étaient arrivés la veille au soir, un peu avant minuit. Son grand-père avait sauté le dîner pour aller directement se coucher. Et sans doute ne serait-il pas de très bonne humeur, ce matin.

— Nous avions l'intention de te rendre visite cet après-midi, de toute façon, ajouta-t-il.

— Comment ? Voyons... c'est de la folie !

— Pourquoi ? On m'a toujours dit que la chance sourit aux audacieux.

— Il y a audace et audace. Ton grand-père ne peut pas ignorer ce qui va se passer si quelqu'un du coin te reconnaît.

— Il en a conscience, oui.

— Et pourtant... il est venu ?

St. Clare haussa les épaules.

— Je lui ai dit ce que j'éprouvais pour toi. Il a compris que j'avais besoin de te voir. Que je n'en pouvais plus d'attendre. Et que je viendrais avec ou sans lui, quelles que soient les conséquences.

— Oh, bonté divine... Il doit me haïr !

— S'il blâme quelqu'un, c'est seulement moi. Il espérait me transmettre le titre. Si on découvre ma bâtardise, ce rêve volera en éclats.

Maggie fronça les sourcils et resta silencieuse un instant, avant de murmurer :

— Justement, j'ai de gros doutes là-dessus.

— Sur quoi ?

— Sur le fait que tu sois un bâtard.

27

Dans un silence abasourdi, St. Clare écouta Maggie lui raconter ce qu'elle avait appris sur Jenny, le père Tuck et Gentleman Jim.

Quand elle en vint à expliquer ce qu'elle avait eu l'intention de faire, son sang se glaça dans ses veines.

— Tu comptais te rendre à la taverne de Market Barrow ?

— Eh bien, oui. Si Fred ne m'avait pas empêchée de prendre la voiture.

— Dieu merci, il l'a fait ! Enfin Maggie, de notoriété publique, cette taverne est un repaire de racailles !

St. Clare s'était mis debout. Trop agité pour tenir en place, il faisait les cent pas le long de la rive.

— Oh, sottises, protesta-t-elle. Je ne comptais pas m'y rendre en pleine nuit, mais cet après-midi. Il ne me serait rien arrivé de grave.

— Et qu'aurais-tu trouvé là-bas en milieu de journée ? À qui aurais-tu posé des questions dans une taverne vide ?

Les traits de Maggie retombèrent.

— Oh. Je n'y avais pas pensé...

Elle se ressaisit rapidement :

— Eh bien, j'irai le soir. Et inutile de faire cette tête. Je ne risque rien. J'emmènerai Bessie. Et un pistolet, ajouta-t-elle après une courte pause.

— Doux Jésus, murmura-t-il. Je te croyais plus sensée.

— Tu sais que je tire aussi bien que n'importe quel homme.

C'était vrai. Plus jeune, elle n'avait jamais manqué d'adresse ni de courage. Elle était aussi douée pour tirer au pistolet que pour monter à cheval.

— Là n'est pas la question, rétorqua-t-il.

Maggie se releva à son tour et épousseta les plis de sa pelisse.

— Bien sûr que si. Au contraire. N'essaie même pas de me dissuader, parce que...

— Tu ne te rends pas compte des risques. Exactement comme quand tu as veillé Jenny mourante et que tu as failli le payer de ta vie. Ou quand tu es venue à Grosvenor Square pour m'empêcher de me battre en duel avec Fred. Ou quand tu es venue au Grillon ! Tu ne réfléchis jamais aux conséquences.

— Es-tu obligé de me faire une liste ? Cette fois, c'est différent. C'est...

— Démentiel. Et pour quoi ? Pour essayer de prouver cette théorie folle que tu as forgée. Jenny et Gentleman Jim auraient été mariés ? Laisse-moi rire !

— Ce n'est pas une théorie folle. C'est même parfaitement logique.

— Le fils d'un comte aurait épousé une putain ?

Elle leva les mains en signe d'exaspération.

— Oui ! Le même fils de comte qui est devenu bandit de grands chemins. S'il a pu changer à ce point de vie, pourquoi n'aurait-il pas épousé Jenny ?

St. Clare secoua la tête. C'était trop tiré par les cheveux, trop semblable à ses stupides espoirs d'enfant, quand il rêvait au jour où il découvrirait que ses parents avaient été unis par les liens sacrés du mariage.

Il ne pouvait y croire. Il ne *voulait* pas y croire.

Maggie vint se planter devant lui. Des mèches de cheveux détachées de son chignon auréolaient son visage, malmenées par la brise matinale.

— Tu es aveuglé par ta colère. Tu en veux tellement à Jenny d'avoir été une mauvaise mère que tu ne peux pas concevoir qu'elle ait eu quelques qualités.

— Elle n'en avait pas.

— Elle était belle autrefois. Cela suffit à la plupart des hommes, tu sais. Et sans doute avait-elle d'autres talents pour s'attacher l'affection de Gentleman Jim.

Il ricana.

Maggie posa une main sur sa poitrine dans un geste apaisant. Il perçut cette douce pression à travers son gilet et sa chemise et, en réaction, son sang se mit à circuler plus vite dans ses veines.

Quelques minutes plus tôt, il était étendu dans l'herbe à côté d'elle. Il l'avait embrassée, serrée dans ses bras. Demandée en mariage.

Elle avait dit oui.

Elle avait dit oui !

Et à présent ils se disputaient ? À propos de la relation qu'avaient eue Jenny et Gentleman Jim trente ans plus tôt ?

Il aurait pu en rire, s'il avait été moins irrité. Décidément, Maggie Honeywell avait le chic pour le bouleverser.

— Toutes les relations ne sont pas de grandes histoires d'amour, insista-t-elle. Pour la plupart des gens, un joli minois et une bonne dose de complaisance suffisent.

— Gentleman Jim n'avait aucune raison de l'épouser. Même s'il la trouvait à son goût. Même si elle attendait son enfant. Ce n'était pas un homme honorable.

— C'est ce qu'on dit. Mais il ne l'a pas forcément épousée parce qu'il tenait à elle. Il avait peut-être d'autres motifs.

— Par exemple ?

— Je ne sais pas... Embêter son père, par exemple.

— Il se serait marié par pure provocation, pour ensuite abandonner la mère de son fils ? Allons donc !

Cette éventualité avait quelque chose de glaçant.

— Tu l'as dit toi-même : il n'avait pas de principes. C'est ce qui ressort toujours quand on parle de John Beresford.

— Si c'était vrai...

St. Clare se méfiait trop des désillusions pour oser espérer. Selon son expérience, quand on fouillait le passé, on ne trouvait jamais ce à quoi on s'attendait.

— Mais c'est impossible, reprit-il. Si Jenny avait été mariée, elle l'aurait clamé sur tous les toits.

— Selon M. Entwhistle, elle semblait croire qu'on l'avait piégée avec un simulacre de mariage. Je soupçonne ce père ou frère Tuck, quel que soit son nom, de s'être prêté à cette duperie. À moins que Jenny ne l'ait réclamé sur son lit de mort parce qu'il était un vieil ami... ou quelqu'un qui lui avait tendu la main quand elle était dans le besoin ?

— Tu vois. Ce serait bien plus plausible. Tu es en train de faire une montagne d'une taupinière.

— Peut-être. Mais il n'y a qu'une seule façon de le savoir.

— Aller à Market Barrow ?

— Oui. Je ne peux pas prendre ma voiture, mais il y a toujours celle de Jane. Ses domestiques n'obéissent pas à Fred, et je suis sûre qu'elle ne verra pas d'inconvénient à...

— J'espère que Mlle Trumble aura le bon sens de ne pas t'aider dans cette folie ! Tu imagines une jeune et jolie dame qui entre dans une taverne malfamée, accompagnée de sa camériste en guise de garde du corps ? Tous les malandrins de la région vont se réjouir de voir débarquer une proie aussi facile !

Sans répondre, Maggie se contenta de le fixer de ses yeux bleus emplis de défi.

Il ravala un juron.

— Très bien. Si tu refuses d'entendre raison, j'irai moi-même.

Le visage de Maggie s'éclaira.

— Parfait. Je viens avec toi.

— Certainement pas ! C'est trop dangereux, je te l'ai dit. J'irai la nuit, et j'irai seul.

— Tu ne peux pas. Ton bras n'est pas guéri.

— Maggie...

— En outre, c'est moi qui ai découvert l'existence du père Tuck. Il ne serait pas juste que je t'attende sagement à la maison pendant que tu te lances dans cette aventure.

Oh, il connaissait bien cette expression butée, ce menton volontaire. Elle avait pris sa décision et n'en démordrait pas, quoi qu'il dise et quoi qu'il fasse.

— Je ne te parle pas de justice mais de sécurité, rétorqua-t-il dans une ultime tentative pour la décourager.

— Tu seras là pour me protéger. Et j'ai toute confiance en toi, riposta-t-elle avec un large sourire.

Dans l'après-midi, exactement comme il avait menacé de le faire, St. Clare se présenta à Beasley Park en compagnie de son grand-père.

Passer voir ses connaissances londoniennes était une marque de courtoisie quand on arrivait dans une région. Aussi, tout cela était-il parfaitement normal et correct.

Pourtant, alors qu'il gravissait les marches du perron, St. Clare ne se sentait pas du tout dans son élément.

Enfant, il n'avait jamais pénétré dans la maison par la grande porte. On l'obligeait à passer par l'office, ce qui ulcérait Maggie. Mais la règle était demeurée inflexible. Nicholas Seaton devait rester à sa place, c'est-à-dire avec les domestiques.

« Ta place est à mes côtés », lui avait-elle dit.

Le souvenir de ces paroles – et de ses baisers – lui donna du courage au moment de soulever le heurtoir en laiton.

— Belle propriété, commenta Allendale en jetant un regard aux alentours. Je suis surpris.

— Vous vous attendiez à une porcherie en ruine ?

Avant que le comte puisse répondre, la porte s'ouvrit sur la silhouette d'un valet en livrée verte. Un homme plutôt jeune, que St. Clare ne connaissait pas.

— Le comte d'Allendale et le vicomte de St. Clare demandent à voir Mlle Honeywell. Nous sommes attendus, déclara-t-il.

Le valet les regarda tour à tour, puis jeta un coup d'œil à la berline qui arborait les armoiries du comte. Il s'inclina dans une courbette et s'effaça pour leur permettre d'entrer.

Après les avoir débarrassés de leurs chapeaux et de leurs gants, il les précéda dans l'escalier et les conduisit au salon.

Maggie était installée sur le sofa. À leur entrée, elle se leva. Elle portait une robe en mousseline toute simple, nouée d'un ruban à la taille. Ses cheveux étaient relevés en un haut chignon d'où s'échappaient quelques boucles qui encadraient son visage.

Elle avait l'air très jeune, et elle était merveilleusement belle.

Le cœur de St. Clare cognait dans sa poitrine. Chaque fois que son regard se posait sur elle, il avait le souffle coupé.

Il fit de son mieux pour ne pas trahir son émotion et se flatta d'y réussir. Son grand-père l'avait déjà accusé de se comporter en collégien énamouré : inutile d'en rajouter.

Il s'inclina devant Maggie, procéda rapidement aux présentations.

Ni la jeune femme ni son grand-père ne parurent l'écouter. Elle exécuta une petite révérence en inclinant la tête avec une certaine raideur et le comte, sans préambule, s'adressa à elle :

— Enfin, mademoiselle Honeywell ! Je me suis laissé dire que vous aviez complètement envoûté mon petit-fils.

— Pas plus qu'il ne m'a envoûtée, riposta-t-elle du tac au tac.

Elle leur fit signe de s'asseoir. Allendale s'installa dans un fauteuil, sans quitter des yeux Maggie qui reprenait sa place sur le sofa tendu de soie.

— Lord St. Clare m'a dit que vous séjourniez à l'auberge du Cerf blanc, remarqua-t-elle. J'espère que vous disposez de tout le confort possible là-bas ?

— Disons, d'un confort dont je me contenterai, répondit Allendale. Mais où sont mon prétendu neveu et sa mère ? On m'a dit qu'ils résidaient ici.

— En effet. Mon voisin, M. Burton-Smythe, les a invités. Ils sont partis rendre visite à son père, sir Roderick, à Letchford Hall.

St. Clare se posta près de la cheminée. Son regard flotta sur le salon de belles proportions, les tapis épais, les murs tapissés de soie, les tableaux représentant des scènes de chasse, les fauteuils, divans et méridiennes confortables. Tout était exactement comme dans son souvenir.

Pourtant, quelque chose avait changé.

La lumière. Elle était chiche. Les lourdes tentures en velours prune étaient tirées pour empêcher le soleil de pénétrer dans la pièce, qui manquait de chaleur et de clarté.

— Burton-Smythe est votre tuteur ? demanda Allendale.

— Pour ainsi dire, répondit Maggie, qui tourna la tête vers St. Clare et s'étonna : Vous ne vous asseyez pas, milord ?

Il revint vers eux, prit place dans un fauteuil en bois de rose. Un sentiment d'étrangeté l'envahissait. En revenant à Beasley Park, il n'avait pas imaginé à quel point il serait perturbé par ce croisement du passé et du présent. Mais surtout, il n'avait pas réfléchi à ce que son retour impliquerait pour Maggie.

Oh, il ne doutait pas de son amour. Il savait qu'elle l'acceptait tel qu'il était. Et pourtant, en pleine journée, alors que le soleil brillait dehors de tous ses rayons, elle avait veillé à tirer les rideaux.

Parce qu'elle craignait que Fred, s'il rentrait, le reconnaisse ?

Cette pensée l'irritait au plus haut point.

Il n'avait pas peur d'affronter Frederick Burton-Smythe. Alors pourquoi Maggie essayait-elle de le protéger ? Le prenait-elle toujours pour ce garçon démuni qui ne pouvait pas se permettre de se défendre ? Redoutait-elle que Fred lui inflige une correction ?

Il croisa les bras, sentit les points de suture sur son épaule lui tirailler la peau.

— Quand vos invités doivent-ils revenir ? s'enquit Allendale.

— Pas avant un moment, je pense.

— Ce n'est pas grave. Nous allons les attendre.

Le sourire de Maggie retomba.

— Si vous le souhaitez, bien sûr. Mais ne préférez-vous pas venir dîner demain soir ?

— Burton-Smythe sera-t-il là ?

— Oui, ainsi que sir Roderick.

St. Clare se renfrogna. Un dîner. Qui se déroulerait donc à la lueur des chandelles. Pour mieux cacher ses traits et préserver sa véritable identité.

— C'est une excellente idée, approuva Allendale.

— Et Fred sera d'accord ? s'enquit St. Clare. Sait-il que nous sommes dans le Somerset ?

— Non, admit Maggie. Sinon, il ne m'aurait jamais laissée seule à la maison.

St. Clare ne put s'empêcher d'ironiser :

— Je vois. On ne laisse pas le loup entrer dans la bergerie.

Maggie pinça les lèvres.

— Cette comparaison ne flatte ni vous ni moi, milord.

Elle semblait pourtant parfaitement appropriée, selon St. Clare.

— Quand allez-vous le mettre au courant ?

— Je n'aurai pas à le faire. Il y a toujours quelqu'un pour m'épier et lui faire son rapport.

Allendale intervint :

— Votre voisin, ce Burton-Smythe... on dirait qu'il a pris ses aises chez vous ?

— C'est lui qui gère le domaine depuis la mort de mon père. Ce n'est pas l'idéal, mais...

— C'est tout sauf idéal, coupa St. Clare. Et si encore il se cantonnait au domaine... mais il s'évertue aussi à diriger la vie de Mlle Honeywell.

— Voyons, milord, je ne pense pas que le comte ait envie d'entendre...

— Détrompez-vous, dit St. Clare, avant d'expliquer à son grand-père : Le testament du squire Honeywell stipule que Burton-Smythe devra donner son approbation au mariage de Mlle Honeywell, sans quoi il lui faudra renoncer à ses prérogatives sur le domaine. Son père a usé de ce subterfuge pour l'obliger à épouser l'homme qu'il lui avait choisi.

— Alors pourquoi n'obéit-elle pas à la volonté paternelle ?

— Parce que c'est moi qu'elle va épouser. Ce matin, j'ai demandé sa main.

Le silence retomba. On aurait entendu une mouche voler.

Maggie et Allendale le dévisageaient.

Sur ces entrefaites, un valet arriva avec le thé. Ce n'était pas celui qui les avait accueillis, mais St. Clare ne le connaissait pas davantage.

Le domestique déposa son plateau sur une table basse, près du sofa.

— Ce sera tout, Salter, le remercia Maggie.

Ses yeux bleus étincelaient toujours, après l'annonce brutale que venait de faire St. Clare. Néanmoins, elle demanda d'une voix posée :

— Quelqu'un veut du thé ?

Ils attendirent tandis qu'elle faisait le service, comme si ce rituel social les réduisait au silence. C'est seulement quand elle reposa la théière en porcelaine sur le plateau d'argent qu'Allendale réagit enfin :

— Ainsi, mon petit-fils a demandé votre main ?

— En effet, milord.

— Et vous avez accepté de l'épouser, j'imagine ?

— Oui, milord.

Elle avait répondu avec une note de défi dans la voix. St. Clare réprima un sourire. Il aurait dû prévenir son grand-père que Maggie avait hérité du caractère de son père, qui était assurément la pire tête de mule du comté. Et qu'elle ne se laissait pas intimider par les hommes autoritaires.

— Avez-vous conscience qu'il risque de perdre son titre ?

Le comte attendit quelques secondes, avant de s'adresser directement à son petit-fils :

— Tu n'as pas de fortune personnelle pour entretenir une épouse qui a l'habitude de mener grand train. Comment comptes-tu lui offrir une maison, des domestiques, une voiture de luxe, des toilettes élégantes ?

— Vous vous méprenez, milord. Je n'ai pas besoin de tout cela, rétorqua Maggie.

— Et mon petit-fils ? Que faites-vous de ses besoins ? Un garçon rencontre une jeune fille, la met sur un piédestal. Bien, mais cela ne signifie pas qu'elle fera une épouse convenable pour le gentleman qu'il est devenu.

Maggie posa sa tasse sur la soucoupe dans un tintement de porcelaine.

— Je suis celle qui convient le mieux à lord St. Clare. Et c'est quand même à lui de choisir sa future femme.

— Exactement, opina St. Clare. De toute façon, ma décision est prise. Mlle Honeywell et moi allons nous marier aussi vite que possible.

— Quelles qu'en soient les conséquences ?

— Les joies du mariage compenseront largement les éventuels désagréments, assura Maggie.

Le regard de St. Clare croisa le sien et il se sentit submergé par tout cet amour ancré en lui depuis si longtemps, qui faisait autant partie de lui que le sang dans ses veines. Un amour si fort qu'il semblait impossible qu'il puisse grandir encore. Et pourtant, chaque jour il s'intensifiait.

Il priait pour que Maggie ait raison et que jamais elle ne regrette d'avoir perdu Beasley Park en l'épousant.

Un homme meilleur, au caractère plus noble, l'aurait sans doute empêchée de faire un tel sacrifice.

Mais il n'était ni bon ni noble d'âme.

Et cette fois, quand il quitterait le Somerset, il emmènerait Maggie Honeywell avec lui.

28

— St. Clare est venu ? Et vous l'avez reçu ?

La voix rageuse de Fred explosa dans la grande bibliothèque de Beasley Park.

Il marcha droit sur Maggie, qui était pelotonnée dans un fauteuil près de la fenêtre.

Elle leva le nez du livre qu'elle était en train de lire.

— Vous rentrez plus tôt que prévu, remarqua-t-elle sans s'émouvoir. Où est Mlle Trumble ?

— Au diable Mlle Trumble ! Est-ce vrai ? Vous avez reçu ce type ici ? Seule ?

— Bien sûr. Je ne courais aucun risque. Il était accompagné du comte d'Allendale. Vous ne pensez tout de même pas qu'il allait m'enlever sous les yeux de son grand-père ?

Le visage de Fred s'empourpra.

— Vous saviez qu'il allait venir ? Est-ce pour cette raison que vous avez prétendu être trop fatiguée pour nous accompagner ? Aviez-vous rendez-vous avec cet homme ?

Maggie tourna nonchalamment une page de son livre.

— Cela va peut-être vous surprendre, Fred, mais je n'ai pas du tout envie de sillonner les routes de campagne par temps de forte chaleur. Je préfère rester tranquille à la maison. Et oui, quand des connaissances viennent me saluer, je les invite à prendre le thé. Voudriez-vous que les domestiques ferment les volets et dévissent le heurtoir sur la porte ?

Fred renifla avec fureur, tel un taureau sur le point de charger.

— Ce salopard vous a suivie ici !

À cet instant, Lionel Beresford fit son apparition sur le seuil. Ses manières blasées s'étaient envolées. Une lueur calculatrice brillait dans ses yeux :

— Il paraît que mon cousin est venu ? Avec mon oncle ? Ce n'était pas du tout prévu.

— Ils ont pris le thé avec Mlle Honeywell, déclara Fred d'un ton ulcéré, comme s'il sous-entendait qu'une orgie avait eu lieu dans le salon.

Jane arriva dans la foulée, sa capote à la main.

— Ah, tu es là, dit-elle en se dirigeant vers Maggie. On vient de me dire que lord Allendale et lord St. Clare sont venus te rendre visite. Est-ce vrai ?

— Oui. Ils sont descendus à l'auberge du Cerf blanc. Mais tiens, je me demande… Ne crois-tu pas qu'ils seraient mieux installés ici ? Nous pourrions organiser une garden-party, fit Maggie en riant sous cape.

— Certainement pas ! s'écria Fred. Je l'interdis expressément. Plus tôt St. Clare s'en ira, mieux je me porterai. Je ne veux pas qu'il vienne sous ce toit vous faire des avances.

Des avances.

Maggie se rappela leur tendre interlude ce matin même, sur la berge du ruisseau. Elle sentit sa colère s'éveiller.

— Ne soyez pas ridicule, Fred. Lord St. Clare est un gentleman. Il est très bien élevé. Et comme moi aussi je connais les bonnes manières, je l'ai invité à dîner demain soir.

— Bon sang, il n'est pas question...

— Lui et lord Allendale arriveront à dix-neuf heures, le coupa-t-elle en le fusillant du regard. Le sujet est clos. Vous vous êtes battu en duel avec lui, et il a gagné. Il est temps que vous acceptiez la défaite.

Jane émit un petit son étranglé.

Peut-être Maggie avait-elle poussé le bouchon un peu loin ?

Le visage de Fred était devenu violacé.

Il s'exclama, haletant :

— La défaite ? *La défaite ?* Que savez-vous de ce duel ? Ce sont des affaires qui se traitent entre hommes !

Lionel posa une main sur son bras :

— Venez, laissons ces dames à leurs lectures. J'aimerais m'entretenir un instant avec vous. Peut-être autour d'une bouteille de porto ?

De mauvaise grâce, Fred suivit son invité et sortit de la bibliothèque, non sans jeter un dernier regard furibond à Maggie.

— Je ne l'ai jamais vu dans un état pareil, commenta Jane qui s'était assise dans le fauteuil voisin. N'est-ce pas imprudent de le pousser à bout ?

Sans doute avait-elle raison. Le caractère de Fred s'était aggravé, ces derniers temps. Plus Maggie lui résistait, moins il gérait sa frustration. Jusqu'à ce qu'il tente de l'embrasser de force dans la voiture. Et maintenant qu'il savait St. Clare dans les parages, il était sur le point d'exploser.

Maggie aurait peut-être dû le craindre, mais ce n'était pas le cas. Elle était amoureuse. Fiancée. Et ce soir, avec un peu de chance, elle résoudrait l'énigme de la naissance de Nicholas Seaton.

Pour une fois, l'avenir semblait dégagé. Et le présent lui souriait.

— Fred ne peut pas m'atteindre, affirma-t-elle en refermant son livre d'un geste sec. Aujourd'hui, j'ai l'impression que rien ni personne ne le peut !

Ce soir-là, quand l'horloge du couloir sonna onze coups, Maggie quitta la maison par la porte de l'office et rejoignit l'allée où l'attendait un attelage à deux chevaux conduit par un petit cocher. Emmitouflé dans un manteau, il avait le visage dissimulé par un chapeau.

Maggie n'eut qu'un instant pour l'examiner à la faible lueur de la lune avant que la portière s'ouvre.

St. Clare descendit.

— C'est Enzo ? demanda-t-elle.

— Ne t'occupe pas de lui.

Il la fit monter rapidement en voiture, la rejoignit et referma la portière.

— Quelqu'un t'a vue partir ?

— Non, je ne crois pas.

Elle avait été discrète comme une petite souris, s'était habillée à la lumière d'une unique chandelle, enfilant une de ses plus vieilles robes et sa pelisse. Seule Bessie était au courant. La maison était déserte. Lionel Beresford et son odieux valet dormaient à poings fermés.

Du moins l'espérait-elle.

St. Clare s'assit face à elle. Il portait un manteau à capuche. Sa canne et son chapeau étaient posés sur la banquette défraîchie.

— C'était une bonne idée de louer une voiture. Personne ne remarquera ce véhicule sur la route, dit-elle.

Il ne répondit pas.

À la lumière blafarde de la lanterne, elle s'efforça de discerner ses traits dans la pénombre.

— Si tu as décidé de bouder…

— Je ne boude pas.

Elle haussa les sourcils, mais préféra se taire. Que dire ? Il n'était pas d'accord pour qu'elle s'embarque dans cette aventure, et c'était compréhensible. Se rendre dans une taverne malfamée en pleine nuit comportait effectivement des risques. Pour elle comme pour lui. Après tout, il n'était pas invincible. Il s'était fait tirer dessus quelque temps plus tôt et son épaule devait encore être douloureuse, même s'il le cachait bien.

Assis face à elle, il paraissait presque sculpté dans le marbre, silencieux, la mine soucieuse, comme s'il avait bien autre chose en tête qu'une escapade nocturne dans son passé.

Maggie, en revanche, frétillait d'excitation.

Combien de fois dans leur jeunesse avaient-ils parlé de cette fameuse taverne de Market Barrow ?

Et bientôt, ils y seraient !

La voiture cahotait sur la route et ne semblait manquer aucune pierre, aucun nid-de-poule. La suspension était mauvaise et l'habitacle mal calfeutré. Le vent froid s'infiltrait à travers les interstices autour des portières et des fenêtres.

Frissonnant, Maggie resserra les pans de sa pelisse sur sa poitrine.

St. Clare soupira. La seconde suivante, il se laissa tomber près d'elle et lui glissa un bras autour des épaules pour l'amener contre sa chaleur.

— Ça va mieux ?

Elle se blottit contre lui. Il lui parut aussi brûlant qu'une chaudière.

— Bien mieux, oui.

Ils ne croisèrent pas une seule voiture sur la route, mais à plusieurs reprises Maggie crut distinguer un claquement de sabots étouffé derrière eux, comme si un cavalier les suivait.

Elle espérait qu'il ne s'agissait pas d'un bandit de grands chemins...

— Quelle distance jusqu'à Market Barrow ?

— Un peu plus de trois lieues. Quand nous serons arrivés, je veux que tu restes près de moi, c'est compris ?

— Ne t'inquiète pas pour moi.

Avant de quitter la maison, elle avait glissé dans son réticule le petit pistolet de son père. Elle ne s'était pas entraînée au tir depuis un moment, mais certaines choses ne s'oubliaient pas.

— Bien sûr que je m'inquiète, objecta-t-il. S'il t'arrivait malheur...

— Je ne te lâcherai pas d'une semelle, promis.

Elle posa la main sur la poitrine de St. Clare, perçut sous son gant le relief des boutons qui fermaient son manteau. Il y avait quelque chose d'incroyablement intime et troublant à voyager ainsi dans une voiture fermée, enveloppée dans son manteau, protégée par son bras.

— Lord Allendale a-t-il donné son avis sur cette équipée ? demanda-t-elle.

— Il s'est couché tôt.

— Il n'est pas au courant ?

— De cette histoire de père Tuck ? Non, je ne lui en ai pas parlé. Je n'en ai pas vu l'utilité.

— Eh bien, j'espère que demain nous aurons des nouvelles importantes à lui communiquer.

Une bonne demi-heure plus tard, la voiture brinquebalante entra dans la cour de la taverne.

Maggie souleva le rideau mangé par les mites pour jeter un coup d'œil à travers le carreau poussiéreux.

Elle fut déçue. La taverne ne ressemblait en rien à ce qu'elle avait imaginé, c'est-à-dire une sorte de repaire de brigands tout droit sorti d'un roman gothique. C'était un simple bâtiment en pierre érigé au bord de la route, dans un fouillis de buissons et d'arbres.

Elle leva les yeux sur l'enseigne qui se balançait doucement au gré du vent et lut :

— Les Dagues croisées. Brrr... Ce n'est pas très engageant.

— Rien à voir avec l'auberge du Cerf blanc, reconnut St. Clare.

Il se pencha pour ouvrir la portière, mais elle le retint et suggéra :

— Un baiser pour nous porter chance ?

Il se renfrogna.

— Tout cela t'amuse, hein ?

— C'est vrai.

— Maggie, c'est dangereux...

— Oui. Dangereux comme galoper à travers champs sur un cheval ombrageux. Ou sauter par-dessus une clôture. Ou franchir un ravin.

Elle n'avait pas monté depuis une éternité, mais elle se rappelait parfaitement l'ivresse de la vitesse et ce sentiment grisant de liberté que recherchaient tous les Honeywell.

— Cela fait des années que je vis dans un cocon, prisonnière entre quatre murs. La nuit où je t'ai retrouvé, je suis revenue à la vie. Il n'est pas question de faire demi-tour maintenant.

Il soupira.

— Tu as raison.

Inclinant la tête, il lui donna un baiser ardent. Étourdie, le cœur battant, elle s'agrippa à son manteau. C'est lui qui mit un terme à leur baiser. Le regard flamboyant, il remonta la capuche de Maggie sur sa tête pour dissimuler ses traits, puis ouvrit la portière.

— Surtout, ne t'éloigne pas de moi.

Il sauta à terre, se tourna pour la saisir par la taille et la déposa sur le sol, aussi aisément qu'il aurait soulevé une aigrette de pissenlit.

— Enzo, ouvre l'œil, ordonna-t-il encore en glissant la main de Maggie sous son bras.

Le valet acquiesça d'un hochement de tête.

— Est-il en sécurité ici ? s'inquiéta la jeune femme.

— Ne te tracasse pas pour lui.

Ils se dirigèrent vers l'entrée de la taverne. La cour était déserte, hormis la présence d'un cavalier vêtu d'une veste en toile cirée, juché sur un cheval bai qui n'avait pas l'air bien vaillant. Son chapeau basculé sur le front dissimulait son visage.

Maggie réprima un frisson. La main crispée sur son réticule, elle s'assura que le pistolet était toujours là.

Dans la taverne, il faisait presque aussi sombre que dehors. La lourde porte se referma derrière eux en grinçant sur ses charnières rouillées.

À ce bruit, tous les clients tournèrent la tête dans leur direction. Et ils étaient nombreux. Dans un coin, trois types aux cheveux blancs étaient voûtés au-dessus de leurs chopes de bière. Deux hommes d'âge moyen fumaient la pipe près de la cheminée. Un autre groupe colonisait le haut comptoir en bois.

À la lueur de la lanterne à huile suspendue à une chaîne, leurs visages paraissaient sinistres. Et le plus sinistre de tous était le tavernier, un colosse chauve dont le nez cabossé semblait avoir été cassé une bonne douzaine de fois.

Maggie glissa un regard inquiet à St. Clare. Il arborait une mine impassible. Elle lui serra le bras tandis qu'ils s'approchaient du comptoir.

Le tavernier les jaugea d'un œil méfiant, avant de concentrer son attention sur St. Clare.

— Je peux vous aider, milord ? s'enquit-il d'un ton goguenard.

— Cette dame aimerait vous poser quelques questions. Veuillez vous montrer aimable avec elle, je vous prie.

Le cœur de Maggie se gonfla de reconnaissance. Elle avait cru que St. Clare procéderait lui-même à l'interrogatoire, et que son rôle serait réduit à celui d'observatrice. Mais ce n'était pas comme ça qu'il avait l'intention d'agir.

Il la traitait en partenaire et en égale, comme il l'avait toujours fait. Il la laissait s'exprimer.

Elle se serait jetée à son cou pour l'embrasser, si le moment s'y était prêté.

— Des questions ? À quel sujet ? demanda le tavernier.

Maggie s'humecta les lèvres.

— Êtes-vous le propriétaire de cette taverne ?

— Qui le demande ?

— Eh bien… moi, bien sûr. Je cherche quelqu'un.

Un des jeunes types près du comptoir réagit en lançant un sifflement salace.

— Est-ce que je ferais l'affaire, mam'zelle ? s'enquit un autre.

St. Clare les foudroya du regard, et ils retombèrent dans un silence amusé.

Maggie décida de les ignorer. Elle reprit :

— Je cherche un homme qui fréquentait cet endroit il y a très longtemps.

— Combien de temps ?

— Environ trente ans. Peut-être un peu moins.

— Trente ans ? Mais j'étais encore dans mes langes, à cette époque !

Maggie sentit le découragement l'envahir.

— À qui pourrions-nous parler ? Il doit bien y avoir quelqu'un, dit St. Clare en pivotant vers les trois vieux qui les observaient dans leur coin. Ceux-là, par exemple.

— Non. C'est à mon père que vous devez parler, répondit le tavernier en crachant par terre. Mais je vais pas le déranger à cette heure-là.

— Vous serez récompensé, bien sûr, intervint Maggie.

Le tavernier plissa les paupières.

— Les secrets, ça coûte cher dans le coin, milady. Et personne ici voudra dénoncer un ami.

— Il n'est pas question de ça, assura St. Clare de sa voix grave qui résonna dans la salle. Il s'agit d'une histoire de famille.

Un brouhaha de chuchotements s'éleva autour d'eux.

St. Clare déposa un souverain en or sur le comptoir.

— Je vous en donnerai un autre, une fois que nous aurons parlé à votre père.

Le tavernier saisit la pièce et mordit dedans. Apparemment satisfait, il l'empocha, puis désigna l'escalier étroit et mal éclairé qui montait vers l'étage :

— Il est là-haut.

— Appelez-le. Nous préférons discuter ici.

— C'est pas possible. Il ne quitte plus sa chambre.

Maggie sentit le bras de St. Clare se raidir sous sa main. Elle comprenait sa réaction. On était peut-être en train de leur tendre un piège, de chercher à les isoler pour les dépouiller.

— Pourquoi ne quitte-t-il plus sa chambre ? demanda-t-elle.

— Parce qu'il est aveugle, le vieux bougre.

29

St. Clare se maudissait d'avoir accepté d'emmener Maggie dans ce coupe-gorge, et encore plus de lui avoir permis de gravir l'escalier en bois avec le tavernier.

Son instinct lui soufflait qu'ils commettaient une erreur.

Les marches craquaient sous leurs pieds. L'odeur qui flottait à l'étage était pire que le relent fétide de bière rance et de transpiration dans la salle. Cela sentait l'urine, la viande pourrie et les corps crasseux.

Au bout du couloir, le tavernier s'immobilisa devant une porte :

— C'est là.

St. Clare tira Maggie en arrière, prêt à toute éventualité…

Mais quand le battant pivota, il n'y avait personne derrière.

Assis près de la fenêtre, un vieux bonhomme rabougri tourna son regard opaque dans leur direction. Les rayons de lune qui passaient par la vitre graisseuse éclairaient son visage ridé.

— Qui est là ? croassa-t-il.

— C'est moi, p'pa, dit le tavernier. Ces gens veulent des renseignements sur quelqu'un que t'as peut-être connu dans le temps.

— Quels gens ?

— Une dame et un gentleman. Y m'ont donné un souverain. Et y m'en donneront un autre quand ils t'auront parlé.

— Deux souverains ? s'exclama le vieil homme, la mine réjouie.

Le tavernier se tourna vers Maggie et St. Clare :

— Je vous présente mon père, Ed Mullens. Il est propriétaire des Dagues croisées depuis... 1780, c'est ça, p'pa ?

— C'est ça, c'est ça, acquiesça le vieux. Entrez, bonnes gens. Je reçois pas beaucoup de visites, vous savez.

St. Clare et Maggie s'avancèrent au milieu de la pièce, et le tavernier se retira en refermant la porte.

— Avez-vous une bougie ? demanda Maggie.

— Sur la table. Dans mon état, j'en ai pas vraiment besoin.

St. Clare dénicha un briquet et réussit à faire jaillir une étincelle pour allumer la bougie.

Maggie fit glisser sa capuche dans son cou. Près du lit se trouvait une chaise bancale. Elle s'y assit avec précaution, puis alla droit au but :

— Monsieur Mullens, vous souvenez-vous d'un homme qui s'appelait le père Tuck, ou peut-être frère Tuck ? Cela remonte à une trentaine d'années.

— Bien sûr que je me souviens de lui, dit Mullens entre deux quintes de toux. D'où le connaissez-vous, mam'zelle ?

— C'est nous qui posons les questions, intervint St. Clare.

Autre quinte de toux, puis :

— J'ai pas envie de causer du tort au vieux Tuck.

— Nous ne voulons pas lui créer d'ennuis, assura Maggie. Nous voulons juste en apprendre plus à son sujet.

— C'était un homme d'Église.

Là-dessus, Mullens eut un rire rauque qui provoqua une autre quinte de toux.

St. Clare s'approcha de la fenêtre qui donnait sur la cour de la taverne.

Enzo était là, fidèle au poste. Bien que jeune et malingre, il savait se défendre. Et comme St. Clare, il était armé. Il avait deux pistolets sur lui, sans compter le fusil caché dans le coffre, sous le siège.

— Vous, là... donnez-moi un verre de vin, demanda en haletant Mullens qui toussait toujours.

Une bouteille traînait sur la table de chevet. St. Clare la déboucha, remplit le verre posé à côté et le tendit au vieux.

Mullens but plusieurs gorgées.

St. Clare vint se placer derrière Maggie.

— Oui, il était prêtre, mais on m'a dit qu'il avait quitté les ordres, remarqua-t-elle.

— Pas du tout. Quand il a arrêté de boire, il est retourné dans sa paroisse. Il avait la foi, cet idiot.

Mullens termina son verre d'une lampée.

— Quelle paroisse ? demanda St. Clare.

— Je sais pas trop. Quelque part dans le Devonshire, je crois.

— Vous ne pouvez pas être plus précis ? insista Maggie d'un air d'espoir.

— Non, désolé.

Mullens réfléchit un instant. Puis il murmura :

— Il est revenu une fois, je m'en souviens maintenant. Il brandissait sa bible et nous menaçait des flammes de l'enfer si nous ne nous repentions pas. Les gars l'ont un peu bousculé, il a déguerpi et on l'a jamais revu. Il est peut-être bien mort, à l'heure qu'il est.

— Il était ami avec l'une de vos serveuses, n'est-ce pas ? questionna encore Maggie.

— Qui vous a dit ça ?

— Il fréquentait Jenny Seaton.

— Jenny la Luronne ? gloussa Mullens. J'ai pas entendu ce nom depuis des années !

— Vous vous rappelez qu'elle a travaillé chez vous ?

— J'ai encore toute ma tête, mam'zelle. C'est moi qui l'ai engagée. Elle avait à peine seize ans, elle sortait tout droit de sa ferme, mais elle était jolie comme un cœur. Elle connaissait rien de la vie, mais elle a pas tardé à apprendre, conclut-il avec un sourire édenté.

La main de St. Clare se crispa sur le dossier de la chaise. Maggie tourna la tête pour lui jeter un regard inquiet. *Ça va ?*

Il s'obligea à détendre les doigts et lui répondit d'un sourire pincé. *Pas de problème.*

Jenny ne l'avait jamais aimé et, en dix ans, il avait rarement pensé à elle. Il n'y avait pas lieu de s'offusquer des propos de Mullens.

— Jenny a vite trouvé comment arrondir ses fins de mois, poursuivit ce dernier. Mais elle n'a jamais fricoté avec Tuck. À ma connaissance, ils se sont croisés une seule fois, et je peux vous dire qu'il y a eu du grabuge.

— Ils se sont disputés ?

— Un peu ! Elle est arrivée pour travailler un soir et l'a vu installé au bar. Il était complètement soûl et tenait à peine debout. Il a fallu lui éclaircir les idées en le collant sous la pompe dans la cour avant de le laisser repartir chez lui. « Qu'est-ce qu'il fait là, le pasteur ? » elle a demandé comme ça, Jenny. Les gars ont explosé de rire. « Quoi, ce poivrot, un pasteur ? qu'on a dit. Et nous, on est ses ouailles ? » On a bien rigolé. Mais tout à coup, Jenny s'est mise à pleurer. Elle s'est jetée sur Tuck en le rouant de coups. Il a fallu la maîtriser, elle était hystérique.

— Quand cela s'est-il passé ? demanda St. Clare.

Mullens haussa les épaules.

— Je me rappelle plus bien. C'était il y a un bail.

— Gentleman Jim était son fiancé, à l'époque ? s'enquit Maggie.

— Son *fiancé* ?

Mullens éclata de rire.

Maggie s'obstina :

— Son bon ami, son amoureux. Appelez ça comme vous voulez.

— J'ai encore soif, dit Mullens en brandissant son verre vide à l'aveuglette.

Cette fois, ce fut Maggie qui s'en saisit et alla le remplir près de la table de chevet, avant de revenir le caler dans la main du vieil homme.

— Alors, Gentleman Jim et Jenny ?

— Oh, elle lui plaisait, pour sûr. Mais c'était un drôle de type, ce Jim. Très mystérieux. Et il a jamais eu d'*amoureuse*.

St. Clare retint la chaise tandis que Maggie se rasseyait.

— J'ai une autre question à vous poser. Quand Jenny s'en est prise au père Tuck… était-elle enceinte ?

— Allez savoir. J'ai entendu dire qu'elle l'était, mais elle a fichu le camp peu après et on l'a jamais revue. J'imagine qu'elle est retournée dans sa ferme.

— Et Jim ?

— Il était parti depuis des semaines. Avec les gars, on lui a fait une belle fête d'adieu dans la grande salle. Ah, c'était le bon temps quand Jim avait ses habitudes ici ! On s'amusait bien avec lui. Avec ses cheveux blonds et ses belles manières, il tournait la tête de toutes les garces. Elles venaient de loin pour s'asseoir sur ses genoux.

St. Clare n'était pas surpris. La personnalité du fringant vicomte hors la loi avait dû attirer les foules.

— Gentleman Jim connaissait-il le père Tuck ? s'enquit Maggie.

— Peut-être bien. Jim connaissait plein de monde. Il avait des amis chez les notables et chez les plus humbles. Je me rappelle une fois...

Le vieil homme se lança dans une série d'anecdotes, qui manifestement évoquaient pour lui une période de sa vie plus heureuse.

Maggie le laissa parler, en profita pour lui poser de temps en temps une question sur Jim, Jenny ou le père Tuck, sans toutefois recueillir d'information essentielle.

St. Clare retourna près de la fenêtre pour jeter un coup d'œil dans la cour. Un homme titubant traînait près de l'entrée.

— Êtes-vous sûr que la paroisse de Tuck se trouvait dans le Devonshire ? demanda Maggie lorsque le flot de souvenirs se fut tari.

— Je vous l'ai dit, j'ai encore toute ma tête.

St. Clare jeta un regard éloquent à Maggie. Il était temps de partir. Ils étaient déjà restés plus longtemps que prévu.

Plus ils s'attardaient, et plus ils prenaient le risque que les choses tournent au vinaigre.

Comme il ouvrait la bouche pour prendre congé du vieux Mullens, un mouvement attira son attention dehors.

Un attelage tiré par quatre chevaux venait de pénétrer dans la cour.

Deux hommes étaient assis sur le siège du conducteur : le cocher, ainsi qu'un autre type vêtu d'une veste en toile cirée.

Celui-ci désigna Enzo et leur voiture de louage.

Damnation.

— Il faut y aller, décréta-t-il en revenant vers Maggie.

— Mais... j'ai encore des questions à poser ! protesta-t-elle.

— Nous n'avons pas le temps.

Tout en l'entraînant vers la porte, il se tourna vers Mullens et demanda :

— Y a-t-il une autre issue que la porte d'entrée ? Un escalier extérieur, par exemple ?

— Y a que la cuisine.

St. Clare ravala un juron. Ils étaient obligés de passer par le rez-de-chaussée. Il ouvrit la porte, jeta un coup d'œil dans le couloir. Personne.

— Allons-y. Vite ! ordonna-t-il à Maggie.

Dieu merci, elle parut comprendre l'urgence de la situation.

— Au revoir, monsieur Mullens. Et merci infiniment pour tous ces renseignements, lança-t-elle.

— Attendez ! cria Mullens. J'ai pas compris votre nom...

St. Clare referma la porte et le couloir se retrouva plongé dans la pénombre, seulement éclairé par la faible lumière qui montait de l'escalier.

— Qu'y a-t-il ? Un guet-apens ? s'enquit Maggie.

— Quelqu'un nous a suivis ici.

— Quoi ?

Elle aurait pilé net s'il ne l'avait entraînée fermement vers le palier.

— Remonte ta capuche. Nous allons essayer de passer par la cuisine. Avec un peu de chance, nous pourrons rejoindre la voiture sans être vus.

À peine eut-il parlé qu'il comprit la stupidité de ce plan. Leur voiture et Enzo avaient déjà été repérés.

— Qui nous a suivis ? Ton cousin ? chuchota Maggie tandis qu'ils descendaient prudemment quelques marches.

St. Clare n'eut pas besoin de répondre. Une voix familière s'éleva du rez-de-chaussée :

— Je sais qu'elle est ici ! Ne m'obligez pas à aller chercher le juge de paix !

St. Clare se retint de ricaner. Il n'y avait que cet imbécile de Fred pour lancer une telle menace devant des forbans sans doute armés jusqu'aux dents !

— Oh non... ! Que fait-il ici ? souffla Maggie.

La réponse ne tarda pas à venir :

— Nous ne voulons pas causer de problèmes, fit la voix nonchalante de Lionel Beresford. Dites-nous simplement où nous pouvons trouver la dame en question et la fripouille qui l'a kidnappée.

— Kidnappée ! se récria Maggie.

Elle semblait plus indignée qu'inquiète. Sans doute n'avait-elle pas mesuré les conséquences, si on les surprenait ensemble dans une taverne au beau milieu de la nuit...

Main dans la main, ils descendirent encore quelques marches, sans bruit.

— J'aime pas trop les aristos qui débarquent chez moi pour me menacer. Avec un pistolet, en plus, grogna le tavernier.

Un *pistolet* ?

— Quel crétin, marmonna St. Clare. Il va se faire tuer.

La voix de Fred retentit :

— Où sont-ils ?

— Voyons, mon ami, cette arme n'est pas utile, objecta Lionel. Je crois que je sais où mon cousin a emmené sa captive. Mon brave, vous avez des chambres à l'étage où un homme pourrait s'enfermer avec une dame ?

Le tavernier s'esclaffa.

— T'entends ça, Billy ? Une dame ? Aux Dagues croisées !

Une voix éraillée, sans doute celle dudit Bill, répondit :

— Je vois pas de dame ici, pour sûr !

St. Clare serra la main de Maggie. Ils n'avaient aucun moyen de gagner la cuisine en catimini. Ils pouvaient juste espérer que Fred et Lionel se fatigueraient et iraient jeter un coup d'œil à l'arrière de la taverne.

Mais ils furent vite déçus.

— Je vais envoyer mon valet inspecter les environs, dit Lionel.

Cette fois, il fallait prendre une décision. Soit ils étaient découverts, soit ils révélaient leur présence.

St. Clare échangea un coup d'œil rapide avec Maggie, et sut d'emblée quelle solution elle préférait.

— Inutile de vous donner cette peine, déclara-t-il d'une voix forte.

Ils descendirent les dernières marches.

Près du comptoir, Fred tenait un pistolet au bout de son bras ballant. Lionel, très chic, avait conservé son chapeau. Son valet, un type au regard fuyant d'âge indéterminé, se tenait à son côté.

À la vue du couple, le visage rougeaud de Fred se déforma sous l'effet de la fureur.

— Je ne voulais pas le croire ! jeta-t-il à Maggie d'un air dégoûté. Vous vous êtes glissée hors de la maison pour vous rendre dans ce bouge. St. Clare, vous m'en répondrez !

Il pointa le canon de son arme sur St. Clare.

— J'en ai bien l'intention, rétorqua ce dernier. Mais je me demande comment vous avez fait pour nous trouver.

— C'est grâce à moi, il me semble, intervint Lionel.

Maggie lâcha la main de St. Clare.

— Vous avez demandé à votre valet de me suivre, c'est ça ? Quelle sournoiserie ! Alors que je vous reçois sous mon toit !

— C'est vrai, il vous a suivie, puis il est revenu me prévenir et j'ai jugé plus prudent d'alerter M. Burton-Smythe.

Lionel adressa un sourire cauteleux à St. Clare, avant d'ajouter :

— Toutes mes excuses, mon cousin, si j'ai interrompu votre nuit de plaisir.

— Oh, rassurez-vous, mon plaisir ne fait que commencer.

Glissant la main dans la poche intérieure de son manteau, St. Clare brandit son pistolet, une arme à double canon et platine à silex.

Lionel eut un mouvement de recul.

Dans leur coin, les trois vieux s'esclaffèrent joyeusement.

— Eh, où il est ton juge de paix maintenant ? gloussa l'un d'eux.

La main de Fred s'était mise à trembler. Néanmoins, il s'entêta :

— Venez, Margaret. Immédiatement. Je vous ramène à la maison.

— Posez donc cette arme, rétorqua-t-elle d'un air exaspéré. Vous n'avez jamais su tirer.

Les clients de la taverne rigolèrent de plus belle.

L'un d'eux cria :

— Vous faites bien de le prévenir, mam'zelle. Il a aucune chance contre notre camarade.

— Ouais, il sait pas à qui il a affaire, renchérit un autre.

Notre camarade ?

St. Clare avait noté les regards et les chuchotements des trois vieux à son arrivée. Il en avait deviné la raison, mais n'avait pas eu le temps de s'appesantir là-dessus.

— Maggie, venez, ordonna de nouveau Fred.

— Elle n'ira nulle part avec vous, objecta St. Clare. Ni ce soir ni jamais. Elle est mienne.

La haine brilla dans les yeux de Fred, tout comme des années plus tôt dans les écuries du squire Honeywell.

— Pour qui vous prenez-vous ? cracha-t-il.

L'un des trois vieux l'apostropha :

— Tu ne sais donc pas à qui tu t'adresses, mon gars ? C'est Gentleman Jim !

Le vieux d'à côté se tordit de rire.

— Mais non, idiot ! C'est pas Jim, il est bien trop jeune !

— C'est pourtant son portrait craché. Ça doit être son fils, alors.

Fred dévisageait St. Clare. Quelque chose changea dans sa physionomie. Il ouvrit la bouche, la referma. Sa poitrine se souleva.

Puis il secoua la tête, comme s'il refusait de croire ce qu'il avait sous les yeux.

— En effet, je suis son fils, dit St. Clare avec un froid sourire.

Intérieurement, il bouillait face à celui qui l'avait jadis chassé de Beasley Park, qui l'avait roué de coups et cravaché, puis l'avait obligé à abandonner l'amour de sa vie. Frederick Burton-Smythe. Qui avait voulu le faire pendre pour un crime qu'il n'avait pas commis.

Enfin, ils se retrouvaient vraiment face à face.

Ce soir, il n'était pas le vicomte flegmatique toujours maître de lui. Il était le garçon révolté et sanguin qui avait fui le Somerset dix ans plus tôt.

— Vous ne me reconnaissez pas, Fred ?

— Nicholas Seaton, murmura Fred d'une voix incrédule. Non, ce n'est pas possible...

— Oh si, c'est possible. Je vous le garantis.

Et, dans un cliquetis sinistre, il releva le chien de son pistolet.

30

Maggie eut un coup au cœur. Jusqu'à présent, St. Clare avait gardé le contrôle de la situation et elle s'était gardée d'intervenir. Mais à présent, il était clair qu'il se laissait envahir par ses émotions.

Elle avait l'impression qu'un désastre était imminent. Non seulement Fred et St. Clare se menaçaient mutuellement de leur pistolet, mais les clients de la taverne s'étaient tous levés. Certains semblaient armés, eux aussi. Et le tavernier avait sorti de sous son comptoir une grosse matraque, comme s'il s'attendait à une bagarre générale.

— Le fils de Jim ! s'exclama l'un des trois vieux. Je l'ai reconnu au premier regard ! Je te l'avais pas dit, Bill ?

Maggie posa la main sur le bras de St. Clare, prenant garde à ne pas le surprendre.

— Ça ne va rien résoudre, objecta-t-elle.

— Non, sans doute pas, répondit-il, son attention concentrée sur Fred. Mais ça me fera beaucoup de bien.

Fred avait également relevé le chien de son pistolet. Sa main tremblait toujours, ce qui n'était pas très rassurant. En l'état actuel des choses, il risquait plus de tirer accidentellement sur St. Clare que de se faire abattre par ce dernier.

— Fred, posez cette arme, l'adjura-t-elle. Vous allez blesser quelqu'un.

— Oui, *lui* ! répliqua Fred en regardant St. Clare avec haine.

Lionel Beresford avait reculé vers le comptoir pour se glisser derrière son valet. Pointant prudemment la tête derrière son épaule, il demanda :

— Mon cousin, pourriez-vous nous dire qui est Nicholas Seaton ?

— C'est moi, répondit St. Clare sans sourciller.

Maggie frémit. Seigneur, tout cela était sa faute ! St. Clare avait voulu oublier son ancienne identité. Pour lui, Nicholas Seaton était mort et enterré. Mais maintenant, à cause d'elle, il était obligé de se confronter à son passé.

— Le fils d'une putain et d'un criminel, dit Fred. Né à Beasley Park, n'est-ce pas, Margaret ? Il nettoyait les écuries du squire Honeywell.

— Taisez-vous ! s'écria Maggie, poings serrés.

— Et c'était aussi un voleur, poursuivit Fred. Une petite fripouille minable. Il aurait été pendu pour ses crimes, si quelqu'un ne l'avait pas libéré. Vous l'accueilliez déjà dans votre lit à cette époque, Margaret ?

À partir de là, les choses évoluèrent très vite.

St. Clare fourra son pistolet dans les mains de Maggie et, en deux enjambées, il franchit la distance qui le séparait de Fred. D'un coup précis, il fit valdinguer son arme avant de lui coller son poing dans la figure.

Les clients de la taverne rugirent de joie et se massèrent autour d'eux pour mieux voir.

La force de l'impact avait propulsé Fred contre une table. Il se redressa, s'accorda une seconde pour reprendre ses esprits, puis, tête baissée, chargea St. Clare tel un taureau furieux.

Il le heurta en plein abdomen, avec une telle violence qu'il faillit le projeter à terre.

Mais St. Clare n'était plus ce palefrenier maigrelet que Fred pouvait rosser sans crainte de représailles. Il répondit de plusieurs coups puissants, le premier sur la pommette de Fred, les suivants dans les côtes, arrachant des grognements étouffés à son adversaire.

Maggie s'était précipitée, dans l'intention de ramasser le pistolet échappé aux mains de Fred. Mais l'odieux valet de Lionel Beresford fut plus rapide. Il se baissa et attrapa l'arme sous son nez. Puis, avec un ricanement triomphant, il rejoignit son maître qui s'était recroquevillé derrière le comptoir.

Pendant ce temps, St. Clare et Fred se battaient toujours. Les verres volaient, les chaises basculaient et se brisaient. St. Clare avait les cheveux hirsutes. Son manteau était déchiré et sa cravate à demi arrachée. Il avait du sang sur le front et au coin de la bouche.

Fred n'était pas en meilleur état. Son chapeau et sa veste avaient disparu. Il ne restait que deux boutons sur son gilet, et ses cheveux cuivrés se dressaient en bataille sur son crâne. Son nez pissait le sang et il avait un œil à demi fermé.

Ce qui ne semblait pas le ramener à la raison.

Il attrapa St. Clare par le devant de sa chemise et le fit tournoyer de côté, avant de lui flanquer un coup de poing dans la mâchoire.

Maggie porta la main à sa bouche pour étouffer un cri. Mais St. Clare n'était pas sonné. Il répliqua aussitôt en frappant Fred une fois, deux fois, puis… levant soudain le pied, il décocha une ruade qui envoya Fred contre la porte d'entrée.

Celle-ci céda sous le choc, et Fred se retrouva étalé dans la cour.

La foule de spectateurs se déchaîna :

— Eh, vous avez vu ça, les gars ?

— C'est le rejeton de Jim, y a pas de doute !

Mais la bagarre n'était pas terminée.

St. Clare sortit, et les deux hommes reprirent le combat.

Maggie accourut, suivie par les clients hilares.

— Arrêtez ! Ça suffit ! cria-t-elle.

St. Clare et Fred se tournaient autour, haletants, sourds à ses paroles. Fred se jeta sur St. Clare dans une attaque maladroite qui manquait de vigueur. Tous deux s'agrippèrent et commencèrent à échanger des coups imprécis.

— Oh, pour l'amour de Dieu ! s'exclama Maggie.

Si elle avait eu un seau d'eau glacée sous la main, elle le leur aurait lancé à la figure pour les calmer.

Comme elle jetait un regard autour d'elle, son attention se fixa sur la voiture de louage. Celle-ci n'avait pas bougé de place, mais... il n'y avait plus personne sur le siège du conducteur. Pire, les chevaux avaient été dételés.

Alarmée, elle se fraya un passage parmi la foule et courut vers le véhicule, pour découvrir que les guides avaient été sectionnés. La panique l'envahit.

— Enzo ? Où êtes-vous ? appela-t-elle.

Un son ténu l'alerta. Avec les braillements des clients, elle faillit ne pas l'entendre. C'était un tout petit filet de voix, qui semblait provenir de l'autre véhicule stationné dans la cour.

La voiture de Fred.

Lionel Beresford, son valet et le cocher s'étaient retranchés de ce côté-là, prêts à filer sans tambour ni trompette. Le valet tenait toujours le pistolet de Fred.

Maggie s'approcha du trio :

— Je vous demande pardon, mais est-ce mon domestique que j'entends dans votre voiture ?

— Nous ne faisons qu'obéir aux ordres, mademoiselle Honeywell, répondit Lionel.

— Les ordres ? Quels ordres ?

— Ceux de M. Burton-Smythe, évidemment.

— Il n'a aucune autorité sur mon valet. Laissez tout de suite sortir ce garçon.

— Impossible, désolé.

— Oh, vraiment ?

— Pas tant que M. Burton-Smythe n'aura pas donné son accord. Et comme vous pouvez le constater, il est un peu occupé en ce moment avec mon cousin.

Furieuse, Maggie s'approcha de la voiture pour ouvrir la portière, mais le valet lui bloqua le passage.

— Poussez-vous !

— Ce garçon va être remis au juge de paix, dit encore Lionel.

— C'est ridicule. Il n'a rien fait de mal. C'est vous qui allez comparaître devant le juge, si vous ne le libérez pas immédiatement.

Lionel ricana.

— Sous quel chef d'inculpation ?

— Enlèvement. Et je vous accuserai en plus d'avoir endommagé ma voiture de louage. Qu'est-ce qui vous a pris de couper les guides ? Et je vous préviens : si vous me dites encore que c'était sur l'ordre de M. Burton-Smythe, je ne réponds plus de mes actes ! Maintenant écartez-vous, conclut-elle d'une voix durcie.

Cette fois, elle braquait le pistolet de St. Clare dans leur direction.

Elle n'obtint pas la réaction escomptée.

Les deux domestiques éclatèrent de rire. Et Lionel Beresford laissa échapper un gloussement, comme s'il était en présence d'une demeurée qui aurait tenu son pistolet à l'envers.

— Faites attention avec ça, ma petite dame, dit le valet. Vous pourriez vous faire mal.

— Libérez Enzo ou je vous jure que vous allez le regretter, gronda-t-elle.

— Allons, ne faites pas l'enfant, dit Lionel.

Il esquissa un geste dans sa direction, avec l'intention de lui confisquer l'arme.

— Si vous vous blessez, nous serons ob...

Maggie pressa la détente.

Une détonation éclata dans la nuit, couvrant un instant le tapage qui régnait dans la cour.

Le bruit ramena St. Clare à la raison. Il tourna la tête, chercha Maggie dans la cohue. Elle était là une minute plus tôt, le suppliant d'arrêter de se battre...

Mais elle avait disparu.

Repoussant violemment Fred, il se fraya un chemin parmi les spectateurs. Quelqu'un criait. Ce son lui glaça le sang. Mais, Dieu merci, ce n'était pas une voix féminine.

C'était le valet de Lionel.

Courbé en deux, il se tenait le bras. Un pistolet gisait à terre, à ses pieds. Le cocher de Fred s'élança pour le ramasser, mais Maggie flanqua un coup de pied dedans avant qu'il puisse l'atteindre.

Elle faisait face aux trois hommes, vers lesquels elle pointait son pistolet.

— Ma main ! Elle m'a détruit la main ! rugit le valet.

— Oh, sottises, rétorqua Maggie. J'ai visé le pistolet et je fais mouche à tous les coups.

St. Clare la rejoignit en quelques pas, encore essoufflé après la bagarre.

— Tu n'as rien ?

— Et toi ? répliqua-t-elle en écarquillant les yeux.

D'un geste, il rejeta ses cheveux en arrière. Il se doutait de quoi il avait l'air. Il avait du sang partout, sur le visage, sur les phalanges, sur sa chemise déchirée. Mais seule une petite partie de ce sang était le sien.

— Je vais bien... en dépit des apparences.

— Tant mieux.

Elle passa devant le valet qui geignait toujours, ouvrit la portière. Enzo était à l'intérieur, les mains liées. Il leva sur elle un regard soulagé.

— Damnation ! s'exclama St. Clare en se précipitant pour le détacher. Mais que... ?

— Ils l'ont séquestré. Et ils ont coupé les guides de nos chevaux, l'informa Maggie.

St. Clare aida Enzo à descendre de voiture.

— Mais... comment ont-ils réussi, Enzo ? Tu étais armé jusqu'aux dents.

L'air penaud, Enzo répondit en italien.

St. Clare se tourna vers son cousin :

— À quoi rime cette plaisanterie, je vous prie ?

— Il ne s'agit pas d'une plaisanterie, intervint Fred qui s'approchait, un mouchoir pressé contre la bouche.

Son regard luisait de colère, mais il n'était plus menaçant. Sans doute avait-il le corps trop meurtri pour continuer à se battre.

— Je vais vous traîner devant le juge, vous et votre valet, pour avoir enlevé Mlle Honeywell. Et votre titre ne vous protégera pas.

— Son titre ? répéta Lionel, sarcastique. Mais il n'en a pas ! Vous avez encore moins de sang Beresford dans les veines que ma mère et moi le supposions. En fait... vous n'êtes pas un Beresford !

— Bien sûr que si, contra Maggie, avant de répondre à Fred. Il ne peut s'agir d'un enlèvement, puisque je suis venue de mon plein gré. Vous l'avez déjà admis devant toute la taverne, en disant que je m'étais glissée hors de la maison pour...

— Restez en dehors de cela, Margaret.

Les cris du valet s'étaient mués en gémissements :

— Ma main...

— Oh, ça suffit ! siffla Lionel. La balle t'a à peine effleuré.

Fred saisit Maggie par le bras.

— Je vous ramène à Beasley Park.

— Sûrement pas ! s'interposa St. Clare.

— Elle n'a pas le choix. Votre voiture n'est plus en état de rouler. Le seul moyen pour elle de rentrer, c'est de monter dans la mienne.

Maggie se dégagea et vint se placer près de St. Clare :

— Dans ce cas, je préfère marcher.

St. Clare jeta un coup d'œil à la voiture de louage. Les deux chevaux bais n'avaient pas fière allure, mais ils étaient robustes.

— Ce ne sera pas nécessaire, dit-il, avant d'apostropher Enzo : Va préparer les chevaux.

Enzo obtempéra sans délai. Il enleva aux chevaux leurs colliers, leur laissant juste le harnais. Puis il n'eut qu'à nouer les guides sectionnés pour confectionner des rênes.

Fred et Lionel auraient sans doute tenté de l'en empêcher si les clients de la taverne ne s'étaient rassemblés autour du véhicule. Vieux et jeunes observaient Enzo, faisaient des commentaires et l'encourageaient.

Le tavernier était aux premières loges, sa matraque à la main.

— Vous feriez bien de vous dépêcher avant que le constable arrive et commence à lire le Riot Act[1], dit-il.

— Ne vous inquiétez pas, nous allons filer, assura St. Clare.

Du regard, il interrogea Maggie. Celle-ci eut un léger sourire :

— Je vais prendre le second cheval.

— Ne dis pas de bêtises, mon amour.

Il la souleva pour la jucher sur le dos du bai le plus grand et, attrapant les rênes, s'installa derrière elle avant de glisser les bras autour de sa taille.

— C'est bien mieux comme ça.

Maggie se laissa aller contre sa poitrine.

— Je vous interdis de partir avec lui ! éructa Fred. Vous m'entendez, Margaret ? Vous serez perdue de réputation !

Enzo attrapa le fusil dans le coffre sous le siège du conducteur, puis enfourcha le deuxième cheval.

— Où est mon pistolet ? demanda Fred à Lionel.

— Mlle Honeywell l'a arraché des mains de mon valet en tirant dessus. C'était… fascinant.

— Elle l'a envoyé sous la voiture, monsieur, précisa le cocher. Voulez-vous que je le récupère ?

— Évidemment, imbécile ! Margaret, je vous préviens, il y aura des conséquences. Si vous partez avec St. Clare ce soir, vous perdrez tout ce qui vous est cher !

— Oh non, pas tout, rétorqua Maggie.

Souriant, St. Clare fit tourner bride à leur monture. Croisant le regard du tavernier, il lui lança le souverain qu'il lui avait promis.

L'homme l'attrapa au vol.

---

1. Riot Act : loi votée en 1714 qui permet aux autorités locales de déclarer hors la loi tout rassemblement de plus de douze personnes. *(N.d.T.)*

— Bon voyage, milord.

— Au revoir, Mullens. Vous direz à votre estimé père que le fils de Gentleman Jim lui adresse ses respects.

Sur ces mots, St. Clare talonna le cheval qui partit au galop dans la nuit.

31

Ils parcoururent un peu moins d'une lieue, avant que Maggie demande à St. Clare de faire halte.

— Je ne peux pas continuer à monter en amazone. Pas à cru, expliqua-t-elle.

St. Clare fit dévier leur monture vers le bas-côté de la route et s'enfonça dans un bosquet d'arbres.

Au loin, une chouette hulula. Ils n'avaient pas vu la voiture de Fred, n'avaient croisé personne. Autour d'eux, il n'y avait que la nuit profonde et la lune qui les éclairait de ses rayons argentés.

Enzo monta néanmoins la garde non loin, tandis que Maggie retroussait ses jupes sur ses cuisses pour pouvoir balancer sa jambe droite par-dessus l'encolure du cheval.

— Je ne suis pas sûr que tu seras mieux à califourchon, remarqua St. Clare, les yeux rivés à ses mollets gainés de soie et joliment galbés.

Elle rabattit ses jupes et les pans de sa pelisse sur ses chevilles.

— Au moins, tu ne seras plus obligé de me tenir.

— Mais j'aime ça, objecta-t-il en resserrant son bras autour de sa taille.

— Pendant encore deux lieues ?

— Pendant le reste de notre vie. C'est ce qui est prévu, non ?

Il frotta sa joue contre la soie de ses cheveux. Maggie posa la main sur la sienne, au niveau de son ventre. Sa tête était nichée sous le menton de St. Clare. Son dos long et souple reposait sur sa poitrine, et sa croupe s'imbriquait si parfaitement contre son bassin qu'il était au supplice.

— Tu m'as fait peur, ce soir, murmura-t-elle.

— Vraiment ?

— Un peu.

— J'ai pourtant eu l'impression que tu étais aussi pugnace que moi.

— Tu m'as effrayée quand tu te battais avec Fred. Tu avais l'air hors de toi, prêt à le tuer à mains nues. Comme si tu ne sentais pas les coups.

— Fred était dans le même état.

St. Clare avait senti les points de suture craquer. Il avait eu mal, mais sur le moment il s'en moquait éperdument.

Quant à Fred, il avait gémi et grimacé chaque fois que son épaule était malmenée, mais cela ne l'avait pas empêché de se servir de ses poings, et de manière plutôt efficace. St. Clare aurait de la chance s'il réussissait à se lever le lendemain. Il était déjà perclus de douleurs.

— Tu le détestes toujours autant ? demanda-t-elle encore.

— Non...

À contrecœur, il avoua :

— Oui. Tout à l'heure, à la taverne, je le haïssais de toutes mes forces. Le passé a rejailli d'un coup. Ce sentiment d'injustice... le souvenir de ce qu'il m'a fait... de ce qu'il t'a fait... Je crois que j'ai un peu perdu la tête.

Un doux euphémisme.

En entendant Fred insulter Maggie, il avait vu rouge et avait été submergé par l'envie féroce de voir son sang couler, l'envie de le faire souffrir autant qu'il les avait fait souffrir.

— Bon, j'admets que c'était plutôt réjouissant à voir, dit-elle en tournant la tête pour lui sourire.

— Tiens donc ! Je croyais que tu avais eu peur ?

— Oui, aussi. C'était un mélange d'émotions violentes. Le moment le plus excitant de toute ma vie, je pense.

St. Clare se mit à rire doucement.

— Petite folle. Que vais-je donc faire de toi ?

Il avait la réponse précise à cette question.

Au clair de lune, il trouva sa bouche, l'embrassa avec sensualité. Ses lèvres satinées s'abandonnèrent aux siennes et il sentit son souffle s'accélérer.

— Je suis une Honeywell, souffla-t-elle entre deux baisers. Nous aimons une pincée de danger. C'est comme ça.

— C'était bien plus qu'une pincée, mon ange.

Il l'embrassa une dernière fois avant de ramener le cheval sur la route. Enzo leur emboîta le pas.

— À tout moment, les clients de la taverne auraient pu se retourner contre nous. Et tu aurais pu tuer le valet de Lionel, ajouta-t-il.

— Non, c'était hautement improbable. Primo, parce que je vise très bien...

— C'est vrai.

— Et secundo, parce que ces types t'ont reconnu dès que tu as franchi le seuil des Dagues croisées. Tu dois vraiment beaucoup ressembler à ton père.

— Apparemment.

— Et pour ces hommes, Gentleman Jim est un héros de légende. Ils se sont naturellement rangés de ton côté. Surtout face à Fred et ton cousin, qui sont entrés dans la place comme en terrain conquis en menaçant d'appeler le juge de paix.

— Fred est un crétin. Mais cela ne le rend pas moins dangereux. Et je crois qu'il va nous mettre des bâtons dans les roues, Maggie.

— Eh bien, qu'il essaie donc.

— Nous devons nous marier au plus vite. Dès que je me serai procuré une dispense de bans.

Il voulait l'emmener loin de Beasley Park, loin de Fred et de la malveillance des Beresford. Quelque part où il pourrait avoir l'œil sur elle. Dans son lit, pour commencer.

— Bien sûr, acquiesça-t-elle, mais en attendant je ne me laisserai pas chasser de chez moi. Pas tant que j'aurai la loi de mon côté, en tout cas. Pour quelque temps encore, Beasley Park m'appartient. Et la première chose que je vais faire à mon retour à la maison est de me débarrasser de ton cousin et de sa mère. Je veux qu'ils soient partis dès l'aube.

— Bonne idée. Mais… nous n'allons pas à Beasley Park.

Elle se tortilla pour croiser son regard.

— Où allons-nous, alors ?

— À l'auberge du Cerf blanc, répondit-il en lançant le cheval au petit galop.

Devant la cheminée, Maggie se réchauffait les mains au feu qu'un domestique venait d'allumer. L'auberge du Cerf blanc ne ressemblait en rien aux Dagues croisées. C'était un établissement des plus respectables, géré par d'honnêtes gens qui faisaient preuve d'une grande déférence vis-à-vis du comte et de son petit-fils.

À l'arrivée de Maggie et de St. Clare, le couple de propriétaires, bien que tiré du lit à une heure indue, n'avait nullement récriminé. Ils avaient pudiquement détourné les yeux face au visage meurtri de St. Clare, sa chemise déchirée et son gilet taché de sang, et s'étaient contentés de les installer dans un salon privé.

Dans la foulée, St. Clare avait réveillé son grand-père pour discuter avec lui. Il était revenu dix minutes plus tard, peigné, débarbouillé et vêtu de vêtements propres.

À sa vue, Maggie avait eu un petit coup au cœur. Comme toujours.

Mais il n'était pas seul.

Lord Allendale l'accompagnait.

— Mademoiselle Honeywell, la salua-t-il.

— Milord, murmura Maggie en faisant la révérence.

La pièce n'était éclairée que par le feu de cheminée et un chandelier à trois bougies. Les flammes dansaient dans l'âtre, crépitaient, et jetaient des ombres sur le visage austère du comte, le rendant encore plus intimidant.

— Eh bien, vous nous avez mis dans une belle panade, constata-t-il.

Le centre du salon était occupé par une table en bois entourée de quatre chaises à dossier droit. Allendale en choisit une pour s'asseoir.

— J'apprends que mon petit-fils a publiquement révélé sa véritable identité ? Et dans une taverne malfamée, de surcroît ?

St. Clare tira une chaise à l'intention de Maggie. Alors qu'elle y prenait place, leurs mains se frôlèrent l'espace d'un instant. Elle ressentit des picotements dans les doigts. Une vague de chaleur naquit dans son ventre, la rendant toute faible. Elle n'osa croiser son regard, de peur de rougir.

— Il n'y avait là personne d'importance, objecta-t-elle. Hormis M. Burton-Smythe et M. Beresford.

— Burton-Smythe peut être convaincu de garder le silence. Après tout, il doit penser à votre réputation. Mais Beresford ? Ce fourbe suffisant et sa mère auront tout raconté aux journaux demain matin.

— Nous sommes le matin, remarqua St. Clare en s'asseyant près de Maggie.

Allendale se renfrogna de plus belle.

— As-tu perdu l'esprit, mon garçon ? Sortir en pleine nuit pour te bagarrer ? En présence d'une dame, en plus ! Est-ce vous qui avez inspiré cette folie à mon petit-fils, mademoiselle Honeywell ? Et toi, John... regarde-toi. La lèvre fendue et un œil au beurre noir, comme une petite fripouille. N'as-tu donc pas compris qu'on ne gagne rien à remuer les cendres du passé ?

— Cependant... notre démarche n'a pas été vaine, intervint Maggie.

Elle se tourna vers St. Clare et demanda, surprise :

— Tu ne lui as rien dit ?

— Dire quoi ? s'enquit Allendale en plissant les paupières.

St. Clare se passa la main sur le visage.

— Ce n'est rien. De vieilles rumeurs concernant mon père et ma mère.

— Quelles rumeurs ?

St. Clare se mura dans le silence.

Maggie comprenait pourquoi il hésitait à parler. Mais elle-même n'avait pas de telles réticences.

— Il semblerait qu'il y ait une chance que les parents de lord St. Clare aient été mariés, dit-elle.

— *Quoi ?*

Allendale avait sursauté.

L'aubergiste choisit ce moment pour entrer avec un plateau.

— Pardon de vous déranger, mais je vous ai apporté du thé et du gâteau au carvi. Si vous préférez, ma femme peut vous préparer un petit déjeuner plus solide : œufs, saucisses, porridge...

— Merci, ce sera tout, coupa St. Clare.

— Bien, milord. Je vous laisse, alors.

L'aubergiste s'inclina, recula, puis exécuta une seconde courbette avant de se retirer en refermant la porte derrière lui.

Il y eut encore un instant de silence, durant lequel on n'entendit que le bruit de ses pas qui s'éloignaient dans le couloir.

Puis Allendale demanda d'une voix sourde :

— Vous prétendez que mon fils aurait été marié ?

— Ce n'est rien, répéta St. Clare. Juste une déduction que Mlle Honeywell croit pouvoir faire d'une déclaration de ma défunte mère.

— Une déclaration sur son lit de mort, précisa Maggie avec dignité. Et ce n'est pas tout.

Elle raconta au comte ce que Jenny avait dit durant ses derniers instants, puis relata ce qu'ils avaient découvert sur le père Tuck, en incluant les informations glanées auprès de M. Mullens.

Lorsqu'elle eut fini, Allendale resta silencieux quelques secondes avant de murmurer :

— Une paroisse du Devonshire ?

— Oui, acquiesça Maggie. C'est ce que M. Mullens a dit. Il n'a pas pu se montrer plus précis.

— Cela ne veut rien dire, s'obstina St. Clare. Ce ne sont que les divagations d'une mourante et d'un vieil aubergiste. Au mieux, cela ne pourra susciter que de faux espoirs.

Allendale reporta son regard sur Maggie, comme si son avis comptait autant pour lui que celui de son petit-fils :

— Et vous n'êtes pas d'accord, mademoiselle Honeywell ? Vous pensez qu'il faut explorer cette piste ?

Maggie jeta un regard inquiet à St. Clare. En dix ans, il était devenu un homme sophistiqué, qui avait voyagé dans de nombreux pays et avait désormais une expérience du monde bien supérieure à la sienne.

Pourtant, elle n'avait aucun mal à comprendre qu'il rejette l'idée d'un mariage officiel entre ses parents. C'était du Nicholas tout craché. L'angoisse d'un garçon misérable qui avait essuyé tant de déceptions qu'il ne s'autorisait plus à espérer.

— Oui, je pense que ça en vaut la peine, répondit-elle avec conviction.

Le visage d'Allendale se détendit.

Maggie prit une inspiration et enchaîna :

— Imaginez que le père Tuck ait bel et bien célébré l'union de Jenny et de Gentleman Jim. Si plus tard Jenny a retrouvé Tuck ivre mort aux Dagues croisées, et que les clients se sont moqués d'elle quand elle a dit qu'il était prêtre... elle a très bien pu penser avoir été victime d'une mauvaise plaisanterie. Gentleman Jim était connu pour jouer des tours pendables, n'est-ce pas ?

Seul le silence lui répondit.

La mine sombre, Allendale et St. Clare semblaient perdus dans leurs pensées. Personne n'avait touché à la théière. Un ruban de vapeur s'élevait du bec.

Maggie reprit :

— D'après M. Mullens, Jenny a quitté la taverne peu après, et tout le monde a pensé qu'elle était retournée dans la ferme de ses parents. Pour ma part, je sais qu'elle est arrivée à Beasley Park dans un état lamentable. Non seulement elle était enceinte, mais aussi à demi morte de faim, comme si elle avait longtemps erré avant d'échouer là. Et elle était persuadée que son enfant était un bâtard.

Allendale se décida à réagir :

— Vous croyez que mon fils aurait épousé une fille comme ça ? Une prostituée ? Non, c'est impossible. Il savait qu'un jour il devrait rentrer au bercail. Que je finirais par lui pardonner. Alors lier son destin à une telle créature... je n'y crois pas, conclut-il en secouant la tête.

— Serait-il possible qu'il l'ait fait par rancœur... pour vous punir de l'avoir chassé ? se risqua à demander St. Clare.

La question parut flotter dans l'air un moment, et l'atmosphère de la pièce s'en trouva changée. Comme si cette hypothèse avait ouvert une boîte de Pandore pleine de possibilités cruelles.

— Par rancœur ? répéta Allendale.

Son visage se décomposa soudain et son regard gris se ternit, comme s'il absorbait un choc violent. Sous les yeux de Maggie, il parut même se recroqueviller sur sa chaise et vieillir de plusieurs années.

— C'est possible, admit-il finalement.

Maggie détourna la tête par pudeur. Elle se sentait comme une intruse dans ce moment d'émotion où le comte admettait que son défunt fils avait été un vrai marginal, et pas seulement un chenapan qui aimait jouer avec les limites.

— J'ai été trop dur avec lui après ce duel avec le fils Penworthy, expliqua Allendale. Je lui ai dit que la coupe était pleine. Que je ne m'occuperais plus de lui, que je le reniais. Alors qu'au fond, je n'ai jamais pensé que la rupture était définitive. Il était mon héritier. Mon fils unique.

— De toute façon, il était adulte et responsable de ses actes, murmura St. Clare. Il allait être père. Il aurait pu revenir vers vous. Si ce n'était pas pour lui, il aurait pu le faire pour moi.

Allendale s'éclaircit la voix.

— Inutile de pleurnicher sur tout ça. Ça ne changera rien au présent. Quant à vous, mademoiselle Honeywell...

Le comte reporta sur Maggie un regard sévère :

— ... vous n'avez rien à faire ici à cette heure. J'ai ordonné à mon cocher de vous ramener chez vous.

— Merci, milord. Je suis désolée de vous causer ce désagrément, dit-elle en s'efforçant d'adopter une expression penaude.

— Mon petit-fils et moi vous rendrons visite demain. L'invitation à dîner tient-elle encore ?

— Vous... vous avez toujours l'intention de venir ?

Maggie jeta un regard alarmé à St. Clare. Il semblait aussi stupéfait qu'elle.

— M. Burton-Smythe et son père seront là, précisa-t-elle.

— Ainsi que cet idiot de Lionel et sa bécasse de mère, n'est-ce pas ?

St. Clare remarqua :

— Non, grand-père. Mlle Honeywell s'apprête à les jeter dehors.

— Gardez-vous en bien, fit le comte. Je veux voir ces chacals quand je viendrai dîner demain soir.

Cette perspective n'enchantait guère Maggie.

— Si vous y tenez absolument... c'est d'accord, concéda-t-elle de mauvaise grâce. Mais sachez que cela risque de mettre tout le monde mal à l'aise.

— Sans doute, mais certains bien plus que d'autres ! répliqua Allendale.

32

Le lendemain, à dix-neuf heures précises, St. Clare se présenta à la porte de Beasley Park, vêtu d'un superbe habit de soirée, d'un gilet crème et d'une cravate artistement nouée.

Maggie l'accueillit sur le perron. Elle jeta un coup d'œil derrière lui, au bas des marches, puis dans l'allée illuminée de torches. La voiture du comte n'était nulle part en vue. Pas plus que le comte lui-même.

L'appréhension la saisit.

— Où est lord Allendale ?

La mine sombre de St. Clare était encore accentuée par son coquard plutôt spectaculaire, sa lèvre fendue et la coupure qui lui striait le front.

— Il est parti.

— Parti ? Mais où ça ?

Un valet s'approcha. Maggie le renvoya d'un geste de la main. Elle fit entrer St. Clare dans le hall, referma la porte.

— J'ai quelques soupçons à ce sujet, dit-il, avant de demander : Comment te sens-tu ?

— Très bien.

— Tes invités ne t'ont pas importunée ?

— Non. Enfin, Fred n'a pas été très facile à gérer. Il est venu ce matin, puis de nouveau dans l'après-midi, pour essayer de me parler en tête à tête, mais

Jane ne m'a pas quittée d'une semelle. Fred était près de l'étrangler, je crois.

St. Clare sourit.

— Dieu bénisse Jane Trumble. Et les Beresford ? Ont-ils posé des problèmes ?

— Pas à moi, en tout cas. Ils sont restés dans leurs appartements pendant la majeure partie de la journée. J'ai peur qu'ils en aient profité pour écrire des lettres et révéler ton identité à tout le monde. Quand ils sont descendus dans le salon en fin d'après-midi, ils avaient l'air satisfait comme deux chats qui viennent de vider un pot de crème.

St. Clare ne parut pas alarmé. Il semblait plus préoccupé par le bien-être de Maggie.

— Je serais bien venu plus tôt, mais j'ai préféré laisser ma colère retomber. Je n'avais pas envie de déclencher une autre bagarre...

— Oh, Seigneur, non ! L'ambiance est déjà assez tendue comme ça.

C'était un euphémisme.

Maggie était rentrée à Beasley Park dans la voiture du comte, puis elle était allée réveiller Jane pour tout lui raconter.

Adorable, cette dernière était restée discuter avec elle jusqu'à l'aube. Elle s'était un peu offusquée que Maggie lui ait caché son escapade, au lieu de la mettre dans la confidence.

— Ce n'était pas mon secret, je n'avais pas le droit de le divulguer, avait plaidé Maggie.

Jane avait fini par dire qu'elle comprenait, sans pouvoir masquer sa déception.

Fred aussi était déçu. Extrêmement déçu. Ce soir en arrivant, il avait toisé Maggie d'un regard méprisant. Sans un mot, il la condamnait. Son opinion était faite, et il l'avait explicitement exprimée à la taverne. Elle était une gourgandine, une femme perdue qui avait galvaudé son innocence avec un gredin et ne pouvait plus espérer sauver sa réputation.

— Ces gens ne comptent pas, assura-t-elle. Je ne me soucie que de toi. Est-ce que ton grand-père va nous rejoindre ?

— Je n'en sais rien. Il ne m'a pas laissé de mot. Il était déjà parti quand je me suis réveillé ce matin. À en croire l'aubergiste, il a quitté le Cerf blanc très tôt, juste après que je me suis retiré dans ma chambre. Il a sauté dans sa voiture avec son bagage et…

St. Clare s'interrompit, haussa les épaules.

Le cœur de Maggie se serra. Le comte l'avait abandonné. À présent que la véritable identité de son petit-fils était sur le point d'être divulguée, il n'avait plus besoin de lui. Et apparemment, son affection pour lui s'était évaporée. Comme si St. Clare n'avait aucune valeur en tant qu'être humain.

La colère envahit la jeune femme, en même temps qu'un vif sentiment de culpabilité.

Rien de tout cela ne serait arrivé si elle n'avait pas insisté pour accompagner St. Clare à Market Barrow. Tout était sa faute.

Elle lui saisit la main, lui fit traverser le hall et l'entraîna dans la bibliothèque.

Les appliques murales étaient allumées, ainsi que le lustre suspendu au plafond. Elle ne se donna pas la peine de fermer la porte. Elle n'en avait pas pour longtemps. De toute façon, ils ne disposaient que de quelques instants.

Les autres invités étaient réunis au salon – Jane et la tante Harriet, Lionel Beresford et sa mère, Fred et sir Roderick. Ils prenaient un verre de xérès en l'attendant. Si elle ne les rejoignait pas bientôt, l'un d'eux risquait de se mettre à sa recherche.

— Ton grand-père ne va pas venir, n'est-ce pas ? demanda-t-elle.

— Et après ? Qu'est-ce que ça change ? répliqua-t-il, le regard fixé sur leurs mains jointes.

— Pour moi, rien, répondit-elle en toute sincérité. Pour utiliser tes propres termes... je te prendrais en chemise.

Il eut un petit rire.

— J'ai dit ça, moi ?

— Mais oui.

— Sache que tes chemises sont certainement beaucoup plus jolies que les miennes.

Le poids qui écrasait la poitrine de Maggie l'empêcha de sourire. Elle avait trop conscience de ce qu'il perdait par sa faute.

Portant sa main à ses lèvres, elle déposa un baiser sur ses phalanges meurtries.

— J'ai un peu d'argent de côté. Une petite somme que j'ai économisée pour survivre, au cas où Beasley Park m'échapperait. Ce n'est pas grand-chose, mais...

— Maggie...

— ... quand il y en a pour un, il y en a pour deux, paraît-il.

— Ma chérie, je ne suis pas sans le sou.

— Je... je sais.

En réalité, elle n'en savait rien du tout. Elle se doutait juste qu'il avait été prévoyant. Nicholas Seaton connaissait la valeur de l'argent. Elle n'imaginait pas qu'il ait dépensé sans épargner un minimum, au cas où son grand-père lui retirerait son soutien.

Quoi qu'il en soit, ce pécule ne représentait sans doute pas grand-chose par rapport à la fortune à laquelle il devait renoncer. Et sans Maggie, il serait devenu un jour le comte d'Allendale, un homme riche, puissant, entièrement libéré d'un passé pesant.

— Je suis désolée, dit-elle. J'ai tout gâché, n'est-ce pas ? J'ai insisté pour que nous allions à la taverne des Dagues croisées, et maintenant...

— Chut.

Il posa la main sur sa joue et se pencha pour déposer un baiser sur son front, avant de chuchoter :

— La partie n'est pas encore terminée.

St. Clare gravit l'escalier avec Maggie à son bras, vêtue d'une élégante robe de soirée en soie bleu-gris, au décolleté plongeant, dont les manches trois-quarts épousaient ses bras minces. Le tissu rebrodé de perles de verre étincelait sur les plis de la jupe à chacun de ses pas.

Elle ressemblait à une créature féerique, une magnifique sylphide aux yeux bleus. Et elle lui appartenait, enfin.

Un sourire naquit sur ses lèvres tandis qu'il se la remémorait telle qu'elle lui était apparue la veille, dans la cour de la taverne, le pistolet encore fumant à la main.

Les gens sous-estimaient Maggie Honeywell à leurs risques et périls. Elle était peut-être affaiblie par rapport à la jeune fille qu'elle avait été. Sa santé restait précaire. Mais sa fragilité physique était compensée par sa bravoure et sa détermination.

Il tourna la tête vers elle. L'expression grave inscrite sur ses traits le frappa. Elle était persuadée que les événements de Market Barrow avaient fait fuir Allendale et que c'était sa faute.

Elle se trompait.

St. Clare connaissait son grand-père. Si celui-ci avait vraiment décidé de l'abandonner, il ne se serait pas enfui en catimini au milieu de la nuit. Il lui aurait dit ses quatre vérités en face.

Pendant dix ans, il n'avait pas manqué une occasion de lui rappeler que sa seule utilité consistait à assurer la transmission du titre. Mais St. Clare le soupçonnait de cacher son affection par pudeur, et il avait été conforté dans cette impression quand le comte avait proposé de l'accompagner dans le Somerset pour faire la connaissance de Maggie.

Non, son grand-père ne l'avait pas abandonné.

Pour autant, St. Clare avait eu un choc en découvrant qu'Allendale avait disparu. Non seulement parce qu'il n'avait pas laissé de message, mais aussi parce que tous deux étaient attendus pour dîner à Beasley Park.

En son absence, St. Clare n'avait eu que deux possibilités : décliner l'invitation ou s'y rendre seul. Et la première option n'était pas concevable.

Maggie comptait sur lui.

En outre, il avait compris quelque chose, la veille. Il n'avait plus peur d'affronter son passé. Proclamer son identité devant cette foule de malandrins avait été une véritable libération. Il avait revendiqué son vrai nom et ses origines.

La main de Maggie se crispa sur son bras lorsqu'ils atteignirent le palier. Du salon situé un peu plus loin ne s'échappait aucun bruit. Ni murmures de voix ni arpèges au pianoforte.

Ils comprirent rapidement pourquoi.

Les invités étaient assis dans un silence épais. Installée sur le sofa à côté de sa tante, Jane Trumble sirotait un verre de xérès. Lionel et sa mère trônaient dans des fauteuils jumeaux. La mine renfrognée, Fred était appuyé contre le manteau de la cheminée. Et sir Roderick occupait un divan un peu à l'écart, les mains croisées sur l'abdomen, dans l'attitude d'un patriarche mécontent.

Il était le double bedonnant et grisonnant de Fred. St. Clare se souvenait de lui comme d'un homme inflexible, aussi dur avec les braconniers qu'il attrapait sur ses terres qu'avec son propre fils quand celui-ci le contrariait.

Il fut le premier à les apercevoir sur le seuil du salon et se leva aussitôt. Ses genoux craquèrent. Les autres l'imitèrent pour saluer l'arrivée de St. Clare. Seule Mme Beresford demeura obstinément assise dans son fauteuil.

Un sourire arrogant aux lèvres, Lionel s'inclina.

— Vous voyez, Madre ? J'avais raison. Il est venu.

Mme Beresford tourna la tête vers St. Clare et son sautoir de perles à double rang cliqueta autour de son cou.

— Je n'ose y croire, lança-t-elle. Que vous ayez le front de vous présenter ici ce soir… Quel toupet ! Si cela ne tenait qu'à moi…

— Justement non, madame, l'interrompit Maggie. Je suis très honorée de recevoir lord St. Clare.

— *Honorée ?*

Fred avait presque craché le mot. Son visage était marbré de noir et de bleu, il avait l'œil à demi fermé tant sa paupière était gonflée et son nez, sans doute cassé durant la bagarre, semblait avoir été récemment redressé par un médecin.

— Et pourquoi lui donnez-vous du « St. Clare » ? Il n'est pas vicomte !

La tante de Mlle Trumble s'agita soudain sur le sofa, et l'aigrette de son turban frémit tandis qu'elle inclinait la tête vers sa nièce :

— Qu'a-t-il dit ? De quoi a-t-il honte ?

Mlle Trumble lui glissa quelques mots à l'oreille, avant d'adresser un sourire à St. Clare.

— C'est un plaisir de vous revoir, milord.

— Pour moi aussi, mademoiselle Trumble. Lord Mattingly m'a prié de vous transmettre ses respects.

— Vraiment ? C'est très aimable de sa part, répondit-elle, rougissante.

Sir Roderick dévisageait St. Clare d'un œil torve.

— Mademoiselle Honeywell, vous avez peut-être le droit de recevoir qui vous voulez tant que vous êtes la maîtresse des lieux, mais par pitié, ne nous demandez pas de participer à cette mascarade. Cet homme est un ancien domestique de votre père, n'est-ce pas ? Le fils d'une aide de cuisine ?

— Un vulgaire vautour, renchérit Fred.

— Qui veut faire un tour ? s'étonna tante Harriet.

— Il est le petit-fils de lord Allendale, c'est un fait irréfutable, intervint Maggie.

Lionel se mit à rire.

— Vous poussez le bouchon trop loin, mademoiselle Honeywell. Comme on dit, la partie est terminée. Vous feriez aussi bien d'avouer que ce type est Nicholas Seaton. Il l'a lui-même admis à la taverne.

— L'un n'empêche pas l'autre, monsieur Beresford.

Maggie fit signe à St. Clare de s'asseoir.

— Désirez-vous un verre de xérès, milord ?

— Non, merci.

St. Clare attendit que Maggie se soit installée dans un fauteuil près de Mlle Trumble, pour s'asseoir lui-même.

Tante Harriet le dévisagea avec stupeur.

— Qu'est-il arrivé à votre figure ? Vous êtes-vous encore battu ?

D'abord interloqué, St. Clare se rappela que la tante de Jane avait tendance à mélanger les époques.

— Oui, j'en ai bien peur, madame.

— De mon temps, grogna sir Roderick, un gentleman défiguré ne se présentait pas devant les dames. Il leur épargnait ce spectacle lamentable.

Fred rougit sous le regard réprobateur de son père.

Sir Roderick reprit :

— Quant à vous, mademoiselle Honeywell, le rôle que vous avez joué dans cette histoire ne m'a pas échappé. Si j'avais su que le comte d'Allendale ne viendrait pas ce soir, j'aurais renoncé à ce dîner pour avoir un entretien privé avec vous. Cela fait déjà un moment que votre conduite est sujette à caution.

St. Clare jeta un coup d'œil à Maggie. Sans doute était-elle agacée, à juste titre. C'est à la requête du comte d'Allendale qu'elle avait accepté d'organiser ce repas. Néanmoins, cela ne se voyait pas. Une lueur de défi brillait dans ses yeux bleu saphir. Elle se tenait bien droite, le menton pointé en avant, dans une allure presque martiale.

— Je ne refuse pas de m'entretenir avec vous, milord. Mais ne vous donnez pas ce mal si c'est pour m'infliger un sermon. Je n'en accepterai aucun, ni de votre part ni de celle de votre fils. Vous n'avez pas le droit de vous opposer à mon bonheur.

— Oh, voyons..., commença Mlle Trumble.

Sir Roderick pivota vers elle.

— Tenez votre langue, mademoiselle. Laissez-moi vous dire que vous êtes un piètre chaperon. Par votre faute, Mlle Honeywell est ruinée de réputation.

— Je vous prie de ne pas parler à Jane sur ce ton, dit vivement Maggie.

— Mais où est lord Allendale ? demanda Mme Beresford à St. Clare. Pourquoi ne vous a-t-il pas accompagné ?

— Mon grand-père avait à faire ailleurs.

Lionel ôta un fil sur son gilet avant d'ironiser :

— Évidemment. Maintenant que l'imposture a été révélée, Allendale est rentré à Londres. À moins qu'il n'ait carrément décidé de rejoindre le Continent ? Il n'a pas passé beaucoup de temps en Angleterre, depuis que son fils a souillé l'honneur de la famille.

— La pomme ne tombe pas loin de l'arbre, persifla Mme Beresford.

— Le comte nous rejoindra dès qu'il en aura la possibilité, assura St. Clare d'une voix égale.

Maggie tourna la tête vers lui, et une question flotta dans son regard. *Va-t-il vraiment venir ?* Mais elle garda le silence.

— Dois-je retarder l'heure du dîner ? s'enquit-elle.

— Ce ne sera pas nécessaire. Mon grand-père ne voudrait pas faire attendre les convives.

— Bah ! Nous pouvons bien patienter un quart d'heure, lança Lionel qui semblait beaucoup s'amuser.

— Oui, Seaton n'a qu'à nous distraire entretemps en nous racontant ce qu'il a fait après avoir échappé au gibet, se moqua Fred.

Mme Beresford frémit.

— Le gibet ? Seigneur ! C'est effrayant. Hélas, il faut bien punir certains crimes et mettre hors d'état de nuire les scélérats sans morale ni éducation.

— Il a volé les bijoux de Mlle Honeywell. Trois joyaux inestimables qu'elle tenait de sa mère. Je les ai retrouvés dans la chambre de Seaton, au-dessus des écuries.

— Au-dessus des écuries ? Comme c'est original ! gloussa Lionel.

— Justement, Fred, comment se fait-il que *vous* les ayez découverts ? demanda Maggie d'un ton accusateur. Vous les avez retrouvés avant même que je m'aperçoive de leur disparition ! Et, comme par hasard, un jour où mon père était absent.

— Il n'y a rien d'étrange à cela, dit sir Roderick. Les domestiques renseignaient déjà mon fils à l'époque. N'est-ce pas, Frederick ? L'un d'eux t'a signalé le forfait, c'est bien cela ? Une femme de chambre, je crois ?

Fred resta silencieux un instant, avant de répondre :

— Je ne m'en souviens pas.

St. Clare sentit la colère se réveiller en lui, comme si les braises n'étaient pas tout à fait éteintes après la bagarre à la taverne.

— Vous ne vous en souvenez pas parce que cela ne s'est jamais passé, lança-t-il. Si vous avez trouvé ces bijoux, c'est que vous les aviez cachés vous-même !

— Comment osez-vous accuser mon fils ! s'indigna sir Roderick.

— J'ai dit la même chose à l'époque, intervint Maggie. Car c'est la vérité. Fred a toujours voulu nous séparer, Nicholas et moi. Par tous les moyens.

— Ainsi, vous admettez que cet homme est le garçon d'écurie né sur le domaine ? Le fils de ce bandit de grands chemins ?

— Il s'appelait Jim, déclara soudain la tante Harriet.

— Oui. Gentleman Jim. Et c'était un criminel.

— C'était aussi mon fils, lança lord Allendale depuis le pas de la porte.

Tout le monde se figea.

Puis, comme le comte pénétrait dans le salon, St. Clare se leva, aussitôt imité par les autres.

Allendale était encore en tenue de voyage, comme s'il n'avait pas pris le temps de se changer. Un valet fébrile apparut derrière lui, trop tard pour annoncer son arrivée dans les formes.

— *Comment ?* s'exclama sir Roderick.

— Le brigand dont vous parlez était mon fils, James Beresford. Et vous avez raison : l'homme qui est devant vous est son fils. Mon petit-fils. Mon héritier *légitime*. J'ai les documents pour le prouver, ajouta le comte en retirant un papier de la poche de son manteau.

33

Le regard de Maggie vola de St. Clare à lord Allendale, avant de revenir sur St. Clare. Quelque chose passait entre les deux hommes, un message silencieux.

Elle comprit tout à coup que St. Clare s'attendait à ce coup de théâtre. Il avait su que son grand-père reviendrait.

Le comte était un homme matois. N'avait-il pas inventé le mariage de son fils avec une Italienne soi-disant disparue depuis longtemps ? Et à présent...

À présent, Maggie se sentait remplie d'espoir, impatiente d'entendre ses révélations.

Jane et la tante Harriet, tout aussi excitées, étaient suspendues aux lèvres du comte.

— C'est impossible, objecta Fred en se laissant retomber sur le divan. Ces preuves n'existent pas.

D'un geste, sir Roderick réduisit son fils au silence :

— Laisse parler Sa Seigneurie.

Allendale vint s'asseoir dans un fauteuil près de Maggie, qui jeta un coup d'œil au document. Mais celui-ci était plié et le comte le gardait en main tel un talisman.

— Je me suis rendu à Exeter ce matin, pour m'entretenir avec l'évêque et lui demander de m'aider à trouver une paroisse du Devonshire qui était jadis sous l'autorité du père Tuck.

— Le père Tuck ? Jamais entendu parler, glousssa Mme Beresford.

Allendale la crucifia d'un regard implacable, et elle parut se ratatiner sur place.

— C'est un prêtre voyou qui a connu mon fils autrefois.

— Encore une histoire qui n'a ni queue ni tête, grommela Lionel Beresford.

— Certainement pas, contra Maggie. Le père Tuck a fréquenté la taverne des Dagues croisées il y a une trentaine d'années. Il était bien connu là-bas et si vous en doutez, vous n'avez qu'à interroger le pasteur, M. Applewhite.

Cela dit, elle inclina la tête en direction du comte pour le prier de poursuivre.

— Je connaissais déjà l'évêque d'Exeter, reprit celui-ci. Il a eu la bonté de me recevoir sans rendez-vous. Après avoir consulté les archives, il m'a dirigé vers l'église du village de Thorne St. Mary, situé à environ cinq lieues, tout près de la grand-route. Ce qui m'a facilité le voyage, je l'avoue. Je suis revenu aussi vite que j'ai pu.

Fred secoua la tête, mais se garda de prononcer un mot.

— Vous avez pu rencontrer le père Tuck ? s'enquit Maggie.

— Il se fait désormais appeler M. Tuck, mais oui, j'ai eu cette chance. C'est un humble bonhomme de ma génération, qui regrette amèrement ses errements passés. En parler est douloureux pour lui, néanmoins sa mémoire est encore bonne. Il se rappelle tout à fait mon fils et Jenny Seaton.

— Ce sont des fadaises ! aboya Fred.

— Je te dis de te taire, le réprimanda sir Roderick entre ses dents.

— Mais ne voyez-vous pas qu'il s'agit encore des pires élucubrations, père ?

Avec un froid sourire, Allendale reprit :

— L'ancienne église du révérend Tuck, dans le Somerset, a été détruite par un incendie dans lequel ont brûlé la plupart des archives. Mais en dehors des quelques années où il a sombré dans l'alcoolisme, M. Tuck a été un pasteur consciencieux. Il avait exécuté des copies des documents officiels et les conservait dans un coffre. Il les détient encore aujourd'hui, pour la plupart. Il est allé les consulter et a pu me rapporter la preuve que j'ai désormais en ma possession.

Le comte brandit le papier et annonça :

— Le certificat de mariage de Jenny Seaton.

Le silence retomba dans le salon. Tout le monde retenait son souffle.

Enfin, Maggie demanda :

— Vous voulez dire… que votre fils l'avait bel et bien épousée ?

— Voyez par vous-même, mademoiselle Honeywell.

Maggie saisit le feuillet que le comte lui tendait, le déplia. Ses yeux s'écarquillèrent et son cœur fit un bond dans sa poitrine.

Doux Jésus.

C'était vrai.

— Pouvez-vous lire à voix haute ? pria Allendale.

Les doigts légèrement tremblants, elle s'exécuta :

— « Jenny Seaton, de la paroisse de Colebrook, Somersetshire, et James Edward Beresford de Worth House, Hertfordshire, se sont unis devant témoins à Southleigh Chapel, Somersetshire, en ce 7 juin de l'année 1789. »

Elle releva la tête.

— C'est signé : William Oswald Tuck, ajouta-t-elle.

Mme Beresford jaillit de son fauteuil.

— Laissez-moi voir !

Avant que Maggie puisse l'en empêcher, elle lui arracha le document, le parcourut, puis le fourra dans les mains de son fils qui l'avait rejointe :

— Sornettes ! C'est un faux. Il n'y a même pas la signature des témoins.

— Il s'agit d'une copie rédigée par M. Tuck, expliqua Allendale. Similaire à celle qu'on délivre à toute femme comme preuve de son mariage.

Lionel Beresford avait abandonné ses airs blasés. Entre ses paupières lourdes, son regard avait retrouvé toute son acuité.

— Et qui sont ces témoins ? Les avez-vous rencontrés ? demanda-t-il.

— *Nous*, en tout cas, nous allons leur parler, décréta Mme Beresford. Soyez-en sûr, milord. Et dans les plus brefs délais !

Allendale récupéra le papier des mains de Lionel Beresford. Il le replia, avant de le transmettre à St. Clare qui le glissa dans sa poche, sans même y jeter un coup d'œil.

— Je vous souhaite bonne chance, Lavinia, car ils sont enterrés dans le cimetière de l'ancienne église du père Tuck. Ce sont des gredins avec qui il s'était acoquiné à une certaine époque. Quand il est retourné à ses fonctions cléricales, ils l'ont accompagné pour lui servir de domestiques, mais ils sont morts depuis longtemps.

Mme Beresford blêmit. Déconfite, elle se tourna vers son fils :

— Lionel ?

— Je suppose, dit ce dernier, que ce Tuck est prêt à témoigner de tout cela devant un tribunal ?

— S'il faut en arriver là, oui. Mais je vous préviens : si vous salissez notre nom, il faudra en assumer les conséquences. Je n'hésiterai pas à vous faire un procès en diffamation.

— Un procès en diffamation ? Quelle idée saugrenue ! se récria Mme Beresford avec un rire nerveux. Comment pouvez-vous y songer, milord ?

— Je ferai beaucoup plus qu'y songer si vous me défiez, madame, n'en doutez pas, rétorqua Allendale d'un ton menaçant. Et si je découvre que vous avez encore dégoisé sur mon petit-fils, ou que vous avez écrit aux gazettes de Londres, un procès sera le moindre de vos déboires.

Lionel Beresford pâlit.

Fred, en revanche, devenait de plus en plus rouge sous ses hématomes.

— Tout cela est très commode. Trop commode, fit-il d'une voix grinçante. Et vous, Seaton ? Vous n'avez rien à dire ?

St. Clare n'avait toujours pas examiné le document. Il s'adressa à son grand-père :

— Je suis... à court de mots.

— C'est bien naturel, mon garçon.

— Oui, c'est un choc. Il y a de quoi être bouleversé, renchérit Maggie.

Sir Roderick intervint :

— Si ce certificat est valide, pourquoi diable cette fille de cuisine a-t-elle fait croire à tout le monde qu'elle n'était pas mariée ? Qu'elle avait accouché d'un bâtard ? Ma parole, elle devait être complètement folle !

Maggie fronça les sourcils. Jenny n'était peut-être pas parfaite, mais elle n'en demeurait pas moins la mère de St. Clare.

— Elle était jeune et ignorante, répliqua-t-elle. Après son mariage, elle est tombée sur Tuck à la taverne. Il était ivre mort et les clients se sont moqués d'elle quand elle leur a dit qu'il était prêtre. Elle a pensé avoir été dupée.

— Sur ce point, nous pouvons seulement faire des suppositions, précisa le comte. Mais oui, je pense que c'est ce qui s'est passé. Mlle Seaton a cru que Tuck était complice de mon fils et qu'ils avaient tous deux organisé une parodie de mariage. Et quand elle a quitté les Dagues croisées, elle était persuadée de porter un bâtard.

— Jim a toujours adoré faire des blagues, opina tante Harriet.

— Que dites-vous, ma tante ? demanda Jane.

— James Beresford faisait des paris insensés qu'il notait dans le registre de son club. Les jeunes gens aiment ce genre de farces.

— Mais de là à simuler un mariage... non ! protesta sir Roderick. Nous parlons d'un sacrement. Aucun gentleman, même le plus facétieux, n'irait jusque-là.

Il se tourna vers St. Clare et ajouta :

— Quand je pense que toute votre jeunesse a été gâchée par cette histoire, milord... Vous avez toute ma compassion.

Fred resta bouche bée un instant, avant de s'exclamer :

— Vous n'allez quand même pas croire ces fariboles, père ?

— J'ai dit que je le plaignais, mais cela n'excuse pas ses crimes. Voler les bijoux de la fille de son bienfaiteur, c'était...

— Sir Roderick, coupa Maggie, je vous ai dit et répété que...

— Je n'ai aucun désir de réécrire l'histoire, mademoiselle Honeywell. Nous avons eu bien assez de surprises comme ça pour ce soir. Et, je vous le confesse, je n'aime pas beaucoup ça.

— C'est regrettable, car j'ai encore une nouvelle à vous annoncer, déclara Allendale.

Il retira un autre papier de la poche de son manteau.

— Pendant que j'étais à Exeter, j'en ai profité pour demander une dispense à l'évêque.

— Une... dispense ? bredouilla Maggie.

Allendale lui tendit le papier. Ses yeux gris pétillaient.

— Oui, une dispense de bans. Pour que vous puissiez épouser mon petit-fils sans tarder.

Jusqu'alors, St. Clare n'avait pas été particulièrement bouleversé par les révélations de son grand-père. Il savait que le vieil homme était tout à fait capable de jouer la comédie. Tout, depuis son arrivée théâtrale jusqu'à sa façon dramatique de présenter ces prétendues preuves, sentait la mise en scène.

Mais cette dispense de bans était bien réelle.

Son regard croisa celui de Maggie, et il eut un sourire spontané qu'elle lui rendit, radieuse.

— Avez-vous accepté d'épouser cet homme, mademoiselle Honeywell ? s'enquit sir Roderick.

— Oui. Je le souhaite de tout mon cœur.

Maggie se leva pour rejoindre St. Clare. Il prit ses mains dans les siennes.

— Je te promets que tu n'auras jamais à le regretter, murmura-t-il.

— Espèce d'idiot, répondit-elle d'une voix caressante. Bien sûr que je ne le regretterai pas. Tu es l'amour de ma vie.

— Quelle scène émouvante ! ricana Fred. Mais vous oubliez un petit détail, Margaret : jamais je ne donnerai mon accord à cette union. Et sans mon approbation, vous pouvez dire au revoir à Beasley Park !

— J'en ai bien conscience, rétorqua-t-elle tranquillement.

Le comte se dressa.

— Et pourquoi refuseriez-vous que mon petit-fils épouse Mlle Honeywell ? Vous ne pourriez trouver meilleur parti pour elle.

— Parce que c'est moi que Mlle Honeywell va épouser !

— Vous savez bien que non, Fred, objecta St. Clare. Et plus tôt vous vous résignerez, mieux cela sera.

— Je n'ai jamais dit que je vous épouserais, ajouta Maggie. Vous vous êtes juste obstiné à le croire, à cause du testament de papa.

— Le choix entre deux prétendants ! se réjouit tante Harriet. Dis-moi, Jane, qui est le second ? Celui qui a les cheveux roux ?

— C'est M. Burton-Smythe, ma tante. Il vit sur le domaine voisin.

— Qui ça ?

— M. Burton-Smythe !

Lionel Beresford se leva à son tour.

— Tout cela est très romantique, mais Madre et moi allons prendre congé.

Il se dirigea vers la porte. Sa mère lui emboîta aussitôt le pas en vitupérant :

— Exactement ! Nous avons à faire. Organiser notre départ et... plein d'autres choses. Nous n'allons sûrement pas rester là où nous ne sommes pas les bienvenus. Bonsoir, milord, dit-elle en saluant Allendale au passage d'un mouvement raide de la tête.

Mère et fils s'éloignèrent en chuchotant furieusement.

— Ils vont essayer d'attraper la malle-poste avant que leurs lettres soient distribuées aux journaux, glissa St. Clare à Maggie.

— Alors ils feraient bien de se dépêcher, répondit-elle en pouffant.

Un valet apparut sur le pas de la porte, après avoir évité de justesse une collision avec les Beresford. Il toussota.

— Oui, Salter ? fit Maggie.

— Le dîner est servi, mademoiselle.

— Parfait, commenta Allendale en allant offrir son bras à tante Harriet. Puis-je vous escorter, madame ? Ainsi, nous laisserons un moment d'intimité aux jeunes fiancés.

— Excellente idée, milord.

Tante Harriet se laissa guider hors du salon. Mlle Trumble leur emboîta le pas, après avoir pris un instant pour féliciter Maggie. Elle fut suivie de sir Roderick dont la voix résonna dans le couloir :

— Toute cette affaire est louche. Vraiment, je n'approuve pas...

Maggie leva les yeux vers St. Clare. Elle parut sur le point de dire quelque chose, mais il l'en empêcha en secouant légèrement la tête.

Ils n'étaient pas encore seuls.

Fred s'était retranché près de la cheminée, le visage déformé par le dépit.

— Vous croyez sans doute avoir gagné ?

St. Clare se positionna devant Maggie. Il connaissait Fred. Celui-ci n'était jamais aussi dangereux que lorsqu'il pensait avoir été humilié.

— Je ne suis pas un trophée pour lequel on se bat, objecta Maggie. Je suis une femme adulte qui pense par elle-même, qui a des sentiments et ses opinions propres.

Fred ne parut pas l'entendre. Il était trop frustré.

— J'aurais fait n'importe quoi pour que vous deveniez ma femme. Je vous aurais traitée comme une reine. Mais vous ne pensez qu'à Seaton !

Il avait craché ces mots, comme s'il craignait de s'étouffer avec.

— Vous deux, avec vos plaisanteries que je ne comprenais pas, avec vos petits rendez-vous secrets... Vous passiez votre temps à vous moquer de moi dès que j'avais le dos tourné !

Maggie secoua la tête en silence.

— Vous étiez une brute et vous n'avez pas changé, remarqua St. Clare.

— J'étais le maître et vous, un domestique.

— Et cela vous donnait le droit de frapper quelqu'un qui ne pouvait pas se défendre ?

— Il fallait bien que quelqu'un vous remette à votre place, répliqua Fred sans afficher le moindre remords.

— Mais je suis à ma place aujourd'hui, pas vrai ?

Ce n'était pas une bonne idée de le provoquer, mais St. Clare ne pouvait s'en empêcher.

— En dépit de toutes vos manœuvres, Maggie et moi allons nous marier, conclut-il.

— Croyez-vous ? C'est encore moi qui détiens le pouvoir, Margaret. Sur votre maison et sur votre fortune. Si vous l'épousez...

— Ça suffit, Fred. Assez. Je ne vous épouserai pas, même pour garder Beasley Park. Je n'ai jamais été amoureuse de vous. *Jamais*.

— À cause de lui. S'il n'était pas là...

— Vous avez déjà essayé de vous débarrasser de moi, coupa St. Clare, mais ça n'a pas marché.

— Je... J'aurais pu vous tuer, ce soir-là ! bégaya Fred, frémissant de rage.

— Pourquoi ne l'avez-vous pas fait ?

— Parce que je voulais vous voir souffrir. Je voulais qu'on vous pende. Et pire.

St. Clare haussa les sourcils.

— Pire ?

— Je voulais que vous vous sentiez seul, abandonné de tous. Le plus misérable des vermisseaux !

St. Clare eut l'impression qu'un étau se refermait sur sa poitrine. Même après toutes ces années, il gardait un souvenir vivace de cette nuit-là où Fred l'avait enfermé dans le box. La peur, le désespoir, les coups désespérés qu'il avait portés contre la cloison en bois, jusqu'à ce que ses poings saignent... Il s'en souvenait comme si c'était hier.

Puis il avait entendu le son du verrou qui coulissait, et quelqu'un avait chuchoté son nom dans la nuit.

— Je n'étais pas seul. Maggie est venue me libérer.

— Je ne sais pas comment elle a su que vous étiez enfermé...

— Par hasard. J'ai entendu tante Daphné bavarder avec la femme du pasteur, dit Maggie.

— Dommage pour moi, marmonna Fred qui semblait se parler à lui-même. J'aurais dû cacher les bijoux la veille. Si j'avais été plus rapide...

— *Cacher les bijoux ?*

Tous trois tournèrent la tête vers la porte du salon.

Sir Roderick se tenait sur le seuil. Il était apparemment revenu chercher son fils qui tardait à rejoindre les autres convives.

— Cacher les bijoux ? répéta-t-il, incrédule. Tu veux dire que Mlle Honeywell a dit vrai ? C'est toi... *mon fils*... qui as tout manigancé pour faire accuser un domestique ? Et si tu avais réussi, tu aurais laissé pendre le petit-fils d'un comte !

Fred était devenu livide.

— Père, je...

— Silence ! tonna sir Roderick dont la voix claqua comme un coup de pistolet.

La mine solennelle, il pivota vers St. Clare :

— Au nom de notre famille, milord, je vous demande humblement pardon. Soyez sûr que mon fils fera amende honorable, en commençant par donner son accord à votre mariage. C'est le moins qu'il puisse faire pour expier sa faute.

— Père, je...

— Pas un mot ! Nous rentrons à Letchford Hall. Tu rendras compte de tes actes, mon garçon.

St. Clare et Maggie les regardèrent disparaître.

Nicholas avait le sentiment étrange qu'un chapitre de sa vie venait de se clore ; un pan de son histoire laissé en suspens, encore douloureux après toutes ces années.

La repentance de sir Roderick n'avait pas l'impact d'un jugement légal, mais cela lui suffisait amplement.

— Mon Dieu, murmura Maggie. Est-ce que cela veut dire... ce que je crois ?

— Ça dépend. Sir Roderick tiendra-t-il parole ? Va-t-il obliger Fred à donner son consentement à notre mariage ?

— Il est la seule autorité que Fred reconnaisse.

— Ce qui signifie...

Les yeux de la jeune femme s'embuèrent de larmes, et elle compléta :

— ... que je vais garder Beasley Park.

Il la prit dans ses bras, écarta une mèche de cheveux qui bouclait sur sa tempe.

— Je croyais que cela n'avait pas d'importance ?

— Pas si je devais choisir entre le domaine et toi. Mais si je n'y suis plus forcée... Oh, je veux tout ! s'écria-t-elle en se jetant à son cou pour le serrer farouchement dans ses bras.

Ils s'embrassèrent.

Au bout d'un moment, elle s'écarta et s'étonna :

— Tu n'as même pas daigné lire le certificat de mariage de ta mère ?

— C'est inutile.

— Tu ne crois pas vraiment à son authenticité, n'est-ce pas ? Tu penses que c'est encore une entourloupe de ton grand-père ?

— Cela me semble probable, en effet.

— Et si tu te trompais ?

Elle glissa la main dans la poche de son gilet et en retira le papier.

— Tiens. Lis-le, et dis-moi si c'est un faux.

À contrecœur, il déplia le document, parcourut les quelques lignes rédigées dans une écriture inégale et tarabiscotée. Les mots étaient difficiles à lire car l'encre avait pâli par endroits, avec le temps.

Malgré lui, il sentit son pouls s'accélérer.

— Ce n'est pas possible...

— Pourquoi ? Ne veux-tu pas tout, toi aussi ? Le titre. Le nom des Beresford. Et moi. Sois gourmand, car je te préviens : j'ai bien l'intention de l'être !

Elle se mit sur la pointe des pieds pour déposer un doux baiser sur ses lèvres.

Le cœur de St. Clare battait la chamade. Lorsqu'il parla, sa voix trahissait une intense émotion :

— Je ne suis déjà pas sûr de te mériter...

Les yeux brillants de larmes de joie, elle saisit son visage entre ses petites mains douces :

— Qu'est-ce que le *mérite* a à voir dans tout ça ? Crois-tu que je te mérite ? Que je mérite Beasley ? Mais le domaine est à moi, et toi aussi tu m'appartiens. Demain, mon amour, nous allons prendre cette dispense de bans et nous marier. À moins que tu n'aies prévu autre chose ? le taquina-t-elle.

Il sourit.

— Non, pas du tout.

Il baissa la tête vers sa belle rebelle aux yeux bleus et se sentit submergé par un flot d'amour. Cet amour qui avait éclairé sa route, tel un phare qui guide le bateau vers le port. Il n'était pas revenu vers ce lieu, mais vers Maggie. Sa place était auprès d'elle. Depuis toujours.

— Demain t'appartient. Tous mes lendemains t'appartiennent, promit-il.

— Alors ce sera demain.

Elle l'embrassa de nouveau, tendrement, passionnément. Dans ce baiser, elle lui promettait aussi tous ses lendemains. Son cœur. Son âme. Et le monde entier.

Pour l'éternité.

Épilogue

Beasley Park, Somerset, printemps 1823

Maggie stoppa sa jument baie au sommet du promontoire rocheux. La brise parfumée souleva son amazone tandis qu'elle contemplait le panorama. En cette saison, Beasley Park était le plus bel endroit au monde, avec ses prairies jonchées de myosotis.

— Regarde cette vue, mon chéri. As-tu jamais vu quelque chose d'aussi magnifique ?

L'honorable James Aldrick Nicholas Beresford arrêta son poney dodu près de la jument. Ses cheveux blond foncé étaient malmenés par le vent. Il avait déjà la main ferme sur les rênes. À cinq ans, il était presque aussi à l'aise que sa mère en selle.

— Tu n'as pas le droit de galoper, maman, lui rappela-t-il. Papa a dit…

— Bah ! Papa n'interdirait pas un petit galop par une si belle journée.

— Croyez-vous, chère vicomtesse ?

St. Clare venait de les rejoindre sur son étalon noir, une bête immense et intimidante que Maggie rêvait de monter depuis que son époux en avait fait l'acquisition, le mois dernier.

« Certainement pas avant la naissance du bébé », avait-il dit.

Il avait raison, bien sûr. Mais Maggie ne devait pas accoucher avant six mois et, en attendant, elle trépignait d'impatience.

St. Clare approcha sa monture de la sienne. Son expression était faussement sévère, mais son regard gris ardoise brillait de tendresse, comme toujours.

Il prit sa main gantée dans la sienne.

— Tu m'as promis de faire attention, Maggie. L'aurais-tu oublié ?

— Un petit galop en montée n'est pas dangereux. Pourquoi n'as-tu pas voulu faire la course avec moi ?

— Je n'ai pas eu le temps de réagir. Tu as filé comme le vent, et James t'a suivie.

— Tu as vu comme j'ai galopé vite, papa ?

Les yeux gris du petit garçon brillaient de joie.

— Tu as galopé si vite que tu as presque réussi à battre ta mère, fiston.

— Je pourrais la battre, si j'avais un vrai cheval. Je suis trop grand pour monter un poney maintenant, assura James d'un air offensé.

Maggie lui jeta un regard d'avertissement. Ce sujet avait été maintes fois abordé. James était évidemment trop petit pour avoir un vrai cheval. En outre, ses parents avaient promis à lord Allendale que le jeune héritier continuerait de monter un poney placide jusqu'à l'âge de dix ans. Cette petite concession tranquillisait le vieux comte.

— C'est vrai, insista James, têtu.

Il grandissait trop vite au goût de Maggie. On aurait dit que le bonheur altérait le temps. Il lui semblait qu'une éternité s'était écoulée depuis l'époque où elle vivait claquemurée dans le manoir, en habits de grand deuil, fragile et solitaire, rêvant d'échapper à l'emprise des Burton-Smythe.

Sir Roderick était mort d'une apoplexie au cours de l'hiver 1820. Et Fred – désormais sir Frederick – avait épousé une jeune fille du village qui l'adorait et lui avait rapidement donné un fils.

Fred évitait autant que possible de fréquenter ses voisins. St. Clare et sa famille le croisaient parfois au bourg ou à la frontière de leurs domaines respectifs. Même si les deux hommes se détestaient toujours cordialement, ils avaient au moins la décence de ne plus en venir aux mains.

Quant à Maggie, une activité physique régulière et modérée au grand air avait fait merveille sur ses poumons et son état de santé général. St. Clare l'avait soutenue et encouragée. Au bout de trois mois de mariage, elle avait repris l'équitation et tous deux avaient parcouru les terres de Beasley Park, comme au temps de leur jeunesse.

Il était toujours l'amour de sa vie. Son meilleur ami, son âme sœur. Avoir des enfants n'avait fait que renforcer le lien indestructible qui les unissait.

— C'est une belle journée, n'est-ce pas ? murmura-t-il en caressant machinalement le dos de sa main.

— Superbe. Nous aurions dû demander à Nounou d'amener Ivo et Jack pour faire un pique-nique.

— Il n'est pas trop tard.

— Oh non, pas les petits ! bougonna James, la mine boudeuse.

— Voyons, ne sois pas jaloux. Tu dois donner l'exemple à tes petits frères, le morigéna St. Clare.

— Mais, papa…

— Retourne à la maison. Dis à Nounou que nous allons pique-niquer sur la rive du ruisseau et qu'elle doit amener les petits directement là-bas.

— Et tu as le droit de passer prendre une part de gâteau aux cuisines, ajouta Maggie pour l'amadouer. N'oublie pas de demander un panier de pique-nique au cuisinier. Il n'aura qu'à envoyer Salter nous l'apporter.

James poussa un soupir bruyant.

— D'accord, maman.

Il fit tourner bride à son poney et redescendit la colline au petit trot, en direction du palefrenier qui l'attendait pour le ramener.

En le regardant s'éloigner, St. Clare ne put s'empêcher de sourire.

— Parfois, je me dis qu'il est plus Honeywell que Beresford.

— Cela ne saute pas aux yeux au premier abord.

James, le petit Ivo de trois ans et bébé Jack ressemblaient énormément à leur père, avec leurs cheveux blonds et leurs yeux gris.

— C'est vrai, admit St. Clare. James est mon portrait craché. Mais il a ton sale caractère.

Il mit pied à terre et, après avoir attaché son étalon à un arbre proche, revint aider Maggie à descendre de sa jument.

Ses mains douces et fermes se placèrent sur sa taille et la soulevèrent pour la déposer avec précaution sur le sol.

— Je ne suis pas en cristal, tu sais, dit-elle, les mains sur ses épaules.

— Oui, je sais. Mais chaque fois que tu attends un enfant, je… Enfin, serait-ce trop demander que cette fois nous ne quittions pas la maison ?

Il est vrai qu'ils avaient beaucoup voyagé. Ils avaient passé l'automne à Londres avec lord et lady Mattingly. Jane et Mattingly s'étaient mariés moins d'un an après eux et avaient des enfants du même âge que les leurs. Les deux familles aimaient beaucoup se retrouver.

Toutefois, les séjours à Londres étaient toujours une épreuve. Les ragots concernant la légitimité de St. Clare continuaient de circuler en ville. S'y ajoutaient de vives critiques sur sa mère.

Bien que six ans se soient écoulés, il fallait encore subir les regards méprisants et les chuchotements fielleux. Maggie et St. Clare les affrontaient, afin de préserver l'avenir de leurs enfants. En dépit de l'effort que cela leur demandait, ils devaient continuer à se montrer en société, en espérant que les choses s'améliorent avec le temps.

Après leur séjour à Londres, ils avaient pris la route du Nord pour passer l'hiver et une partie du printemps dans le Hertfordshire, à Worth House, la résidence de lord Allendale.

Le comte adorait ses petits-enfants.

En juin, ils étaient enfin rentrés à Beasley Park, car Maggie voulait profiter de l'été sur le domaine de son enfance.

— Tout va bien se passer, promit-elle en posant la main sur son ventre à peine bombé.

— Tu dis toujours ça.

Il inclina la tête, et ses lèvres frôlèrent les siennes dans un prélude à un baiser plus sensuel. Maggie sentit les battements de son cœur se précipiter. Elle ferma les yeux tandis que sa bouche épousait la sienne, noua les bras autour de son cou. En dépit des années passées, les baisers de son mari avaient toujours le pouvoir de la rendre toute chose.

— Nicholas ! souffla-t-elle.

C'est ainsi qu'elle l'appelait quand ils étaient en tête à tête.

Il émit un son sourd qui hésitait entre le rire et le grognement.

— Je crois que c'est comme ça que les ennuis commencent.

— Comment ça, les ennuis ?

— De merveilleux ennuis, chuchota-t-il en posant la main sur son flanc. Je me demande si c'est une fille, cette fois ?

— Je l'espère. Les dames sont vraiment en minorité dans cette famille.

— Moi aussi, je l'espère. Je veux une belle petite fille brune aux yeux bleus, aussi vaillante et volontaire que sa mère.

Maggie lui sourit.

— Qui sait, peut-être sera-t-elle exactement comme ça ?

Et le temps lui donna raison.

Note de l'autrice

J'ai commencé à écrire *Gentleman Jim* il y a des années, à peu près à l'époque où j'ai écrit une autre romance d'époque Régence, *A Work of Art*. Le manuscrit s'intitulait à l'origine *Gentleman Jack*, mais quand j'ai voulu le remanier, HBO avait sorti une mini-série du même titre, aussi ai-je renommé mon roman *Gentleman Jim*. Ce n'est pas mon prénom préféré, je l'avoue, mais il était bien dans l'esprit de l'histoire.

Celle-ci m'a été inspirée par deux romans classiques que j'adore : *Le Comte de Monte-Cristo* d'Alexandre Dumas, publié en 1844, et *Histoire de Tom Jones, enfant trouvé* de Henry Fielding, publié en 1749.

Je fais plusieurs références à ces deux livres au cours de l'intrigue, par exemple avec les personnages de Jenny et de Mme Square, ainsi que dans les dialogues, quand St. Clare déclare qu'il va « attendre et espérer » que Maggie revienne à Londres. J'ai inclus une partie de cette citation dans une épigraphe. La voici dans son intégralité, extraite de la lettre d'Edmond Dantès à Maximilien Morrel :

Il n'y a ni bonheur ni malheur en ce monde, il y a la comparaison d'un état à un autre, voilà tout. Celui-là seul qui a éprouvé l'extrême infortune est apte à ressentir l'extrême félicité. Il faut avoir voulu mourir, Maximilien, pour savoir combien il est bon de vivre.

Vivez donc et soyez heureux, enfants chéris de mon cœur, et n'oubliez jamais que, jusqu'au jour où Dieu daignera dévoiler l'avenir à l'homme, toute la sagesse humaine sera dans ces deux mots :

Attendre et espérer !

Comme toujours, si vous souhaitez plus d'informations sur la mode et l'étiquette du XIXe siècle, ou sur tout autre sujet en rapport avec mes romans, je vous invite à visiter le blog de mon site : MimiMatthews.com.

Remerciements

J'ai accouché de ce livre dans la douleur, littéralement, car j'avais de terribles tensions dans le cou et le monde entier était en proie au chaos. Je n'avais aucune envie de respecter une date de remise et je suis donc profondément reconnaissante à celles et ceux qui ont fait preuve de patience envers moi.

Je remercie ma brillante éditrice, Deb Nemeth, pour ses conseils et ses suggestions qui ne manquent jamais d'améliorer mes écrits.

Merci également à mes merveilleuses lectrices, Flora et Dana, pour leurs retours et leurs encouragements dans les moments difficiles. Je n'aurais pu rêver d'une meilleure équipe pour mener à bien ce roman.

Je remercie aussi James Egan, qui a conçu la couverture ; Colleen Sheehan qui s'est occupée de formater le texte ; et, comme toujours, mes adorables parents qui m'ont soutenue quand les choses se corsaient.

Enfin je voudrais vous remercier, vous, mes lectrices. Quand j'ai commencé à publier les premiers chapitres de *Gentleman Jim* dans ma newsletter, nombre d'entre vous m'ont envoyé un message pour me demander pourquoi je ne publiais pas carrément le livre. Vos paroles bienveillantes et vos louanges m'ont vraiment aidée à aller jusqu'au bout. Cette histoire est pour vous.

À propos de l'autrice

Mimi Matthews écrit des essais historiques et des romances d'époque victorienne. Ses romans ont reçu des critiques élogieuses dans le *Library Journal*, le *Publishers Weekly* et le *Kirkus*. Ses articles sont cités dans le *Victorian Web*, le *Journal of Victorian Culture*, et diffusés dans BUST Magazine.

Dans une autre vie, Mimi est avocate. Elle réside en Californie avec sa famille qui comprend un cheval de dressage andalou à la retraite, un berger des Shetland et deux chats siamois.

Pour plus d'informations, veuillez consulter le site : www.mimimatthews.com

AVENTURES & PASSIONS

4 mai

Ella Quinn

Les Worthington - Le dandy au grand cœur

Inédit

Pour sa première saison, Dorothea Sterne est accueillie à Londres chez le comte de Worthington, beau-frère de sa meilleure amie, lady Charlotte. Lors d'une promenade à Hyde Park, Melle Sterne sauve d'un méchant coup de canne un petit chien qui s'était agrippé aux pompons d'argent des souliers d'un promeneur. Qui peut être aussi cruel avec un animal sans défense ? Charlotte reconnaît en cet individu son cousin Dominic Vivers, marquis de Merton. Un triste sire, snob, imbu de son titre comme de lui-même et peu apprécié dans la famille. Or, Dominic et Dorothea ne cessent de se croiser aux bals où ils sont invités, et bientôt le bon cœur de la jeune fille entrevoit, chez ce fat, un homme sensible, délicat. De plus en plus troublée, Dorothea va tenter de percer le mystère de ce dandy enrubanné.

✦

Betina Krahn

La famille Bumgarten - L'ultimatum

Inédit

Pour faire taire les mauvaises langues de la bonne société de Boston et préserver sa réputation, Daisy Bumgarten est bien décidée à se marier avec le plus titré des hommes. Son choix se porte sur la famille Graham dont le fils Arthur, sixième duc de Meridian, est la proie idéale. C'était sans compter le frère cadet, Ashton, qui a toujours protégé son frère et entend bien ne pas l'abandonner aux mains d'une écervelée qui prétend descendre du roi Charles II ! Pourtant, les deux frères sont bientôt ensorcelés par la jeune femme et veulent tout deux l'épouser... Qu'à cela ne tienne ! Daisy leur lance un ultimatum, ils ont dix jours pour y répondre.

Sarah MacLean

Les diaboliques - Belle de nuit

Inédit

Caleb Calhoun vient d'arriver à Londres pour régler un certain nombre de problèmes avec son associée, Seraphina Talbot. Le retour de ce riche Bostonien sera peut-être aussi le moyen de renouer avec la cadette de Seraphina, Sesily, qui avait embrasé son cœur, deux ans plus tôt. Or Sesily est une femme libre, consciente de son pouvoir de séduction. Avec un groupe d'amies, elle a décidé de ruiner la réputation de ces maris indélicats qui se pensent au-dessus des lois. Un soir, à l'occasion d'un bal, Caleb la surprend dans le jardin, les cheveux ébouriffés et le souffle court, avec le comte de Torton portant sur le front une odieuse injure. Pour se tirer d'affaire, Sesily ne voit qu'une solution : se jeter dans les bras de Caleb !

✦

Heather McCollum

Les fils Sinclair - Le conquérant des Highlands

Inédit

Depuis la mort de leur chef, le clan Sutherland fait la guerre au clan Sinclair. La victoire devrait revenir à ces derniers, plus nombreux. Mais au moment de l'ultime combat, des dizaines d'archers arrivent sur le champ de bataille, avec à leur tête Arabella Sutherland, le visage à moitié masqué. D'une flèche, elle tue George Sinclair, le laird, devant les yeux effarés de ses trois fils. Cain, l'aîné, parvient à recueillir les derniers mots de son père : « Conquiers les Sutherland. » Bien décidé à honorer cette dernière volonté, Cain s'élance à la poursuite de la mystérieuse meurtrière.

Elizabeth Hoyt

Les trois princes - Le dernier duel

Au détour d'un chemin, Lucinda trébuche sur ce qu'elle croit être un cadavre, mais qui se révèle bien vivant. Ce bel Apollon laissé pour mort a sans doute été attaqué par des brigands. Qui est-il, au juste ? Un vagabond, une canaille, comme le redoute le père de Lucinda, qui craint pour la vertu de sa fille depuis l'arrivée de cet homme sous son toit. Ce bel inconnu, dont le regard profond ensorcèle Lucinda, est l'énigmatique vicomte Simon Iddesleigh, assoiffé de vengeance depuis l'assassinat de son frère.

Regency

4 mai

Mary Balogh

L'ange blond et l'ange noir

Inédit

Après cinq ans d'attente, Jennifer Winward vient enfin de se fiancer avec Lionel Kersey. L'événement est officialisé à l'occasion de son premier bal. Dans la foule des invités, elle croise le regard noir d'un homme altier et froid, lord Thornell, qui est revenu à Londres après une longue absence et dont la vie de débauche alimente les ragots. Jennifer ignore que ce libertin et son fiancé se détestent. Pour les deux hommes que tout oppose, elle devient l'instrument de leur vengeance, mais la jeune femme est bien décidée à prendre son destin en main.

✦

Martha Waters

Chamailleries amoureuses

Inédit

Lorsque Diana Templeton veut mettre un peu de piquant dans son existence, elle cherche à se quereller avec le séduisant marquis de Willingham, Jeremy. Pour l'heure, lady Templeton vient de parier cent livres qu'il sera marié d'ici à la fin de l'année à une femme qu'elle lui aura trouvée. Mais Jeremy, dont les prouesses en chambre viennent d'être remises en cause par une de ses maîtresses, a besoin de redorer sa réputation. Pourquoi ne pas proposer une brève liaison à Diana ? Pas question. Diana veut gagner son pari, même si les manœuvres du marquis se font de plus en plus persuasives...

13453

Composition
FACOMPO

Achevé d'imprimer en Italie
par GRAFICA VENETA
le 6 mars 2022

Dépôt légal : avril 2022
EAN 9782290366400
OTP L21EPSN002418N001

ÉDITIONS J'AI LU
87, quai Panhard-et-Levassor, 75013 Paris

Diffusion France et étranger : Flammarion